U0929591

你可醒醒吧

翘摇 著

上册

青岛出版社
QINGDAO PUBLISHING HOUSE

图书在版编目(CIP)数据

你可醒醒吧/翘摇著. —青岛：青岛出版社，2021.7
ISBN 978-7-5552-9270-8

Ⅰ.①你… Ⅱ.①翘… Ⅲ.①长篇小说—中国—当代 Ⅳ.①I247.5

中国版本图书馆CIP数据核字（2020）第173414号

书　　名　你可醒醒吧
作　　者　翘　摇
出版发行　青岛出版社
社　　址　青岛市崂山区海尔路182号（266061）
本社网址　http://www.qdpub.com
邮购电话　18613853563　0532-68068091
责任编辑　李文峰
特约编辑　崔　悦
校　　对　张会卜
装帧设计　蒋　晴
照　　排　李红艳
印　　刷　三河市良远印务有限公司
出版日期　2021年7月第1版　2021年7月第1次印刷
开　　本　32开（880mm×1230mm）
印　　张　18
字　　数　350千
书　　号　ISBN 978-7-5552-9270-8
定　　价　65.00元（全2册）

编校印装质量、盗版监督服务电话　4006532017　0532-68068050

目 录 上册

目录 下册

第一章
空降的漂亮姐姐

“盼盼，从下周开始，你就去学校党政宣传办上班吧。”

张主任坐在办公桌后，厚重的黑框眼镜遮住了他的双眼，让陆盼盼看不清他的眼神。

“为什么？”陆盼盼陡然双手握拳，“我做错了什么吗？”

张主任扶了扶眼镜，欲言又止。

“我知道了。”陆盼盼说，“因为教练那件事吧？”

张主任似乎没听到陆盼盼的话：“宣传办多好啊，每天就坐坐办公室，朝九晚五，还有寒暑假，别人想去宣传办还去不了呢。”

陆盼盼目光骤然一冷，不接他的话。

“我对教练有没有意思您比谁看得都清楚，哪次聚餐不是他借酒装疯对我动手动脚？带学生出去打比赛，他在酒店怎么揩我油您不是不知道吧？前天晚上他自个儿喝多了跑到我家楼下赖着不走，是我让他去的吗？我要不是看着联赛马上要进入决赛阶段肯定就一盆开水泼下去了。结果他老婆跑来学校闹，说我是狐狸精，勾引她老公，这事儿说得过去吗？主任，您虽然高度近视，但是不瞎吧？”

小姑娘年纪轻轻的，眼神却有一股超出她年龄的气势，逼得张主任心慌。

“唉……盼盼，你也不要怪我。”张主任摘了眼镜，揉着眉心，“马上要决赛了，我得为了大局着想，咱们球队不能没有教练啊。”

陆盼盼缓缓开口：“那我呢？我这些年对球队的付出就少了吗？”

张主任：“不可否认，这几年你把咱们的队员照顾得很好，我……”

张主任的话被啪的一声巨响打断。

他连忙戴上眼镜，这才看清，原来是陆盼盼砸碎了茶杯。

“你这是发什么脾气呢？”

“张主任，”陆盼盼指尖被茶水烫红，手垂在腿边微微颤抖，“在我成为庆阳大学排球队经理之前，你们的成绩怎么样不用我帮你回忆吧？我不敢说庆阳如今的成绩都是我一个人的功劳，但你要搞清楚：是我，建立了一套完整的管理体系；是我，不分日夜地做数据分析；是我，争取到了资金赞助，让球员享受更好的医疗条件。原来我这些年这么努力，在你眼里就是个保姆？”

张主任弯腰去收拾茶杯，不回答陆盼盼的问题。

“盼盼啊，女孩子不要这么倔，你去写一份调岗报告吧。”

陆盼盼闻言，气得没脾气了。

他现在就是铁了心保教练弃经理，她还跟他争执什么呢？

陆盼盼拿起办公桌上的纸和笔，低头写了起来。

张主任看她终于妥协，不由得松了口气，拿着拖把抹干净了地上的茶水。

陆盼盼写了几个字，突然抬头，笔头挑着下巴，笑吟吟地看着张主任。

“主任，您说我长这么漂亮，万一宣传办哪个男人又看上我了可怎么办哟？难不成您下一次要把我往食堂调？”

张主任放好拖把，皱眉瞪了她一眼。

不可否认，陆盼盼长得确实漂亮。她刚进球队那会儿，队员们个个见了她就跟丢了魂似的，那时候他还怕这么个美女影响球队成绩呢。

谁知道球队里那群熊孩子见了美女就跟打了鸡血似的，接球都能接出扣杀的气势来。

张主任：“宣传办哪儿有男的？全都是女的，你瞎操什么心呢？”

陆盼盼笑了笑，不再说话。

片刻，她放下笔，将写好的报告拿在手上。

“这么快？给我看看。”

张主任伸手就要去拿，却被陆盼盼躲开。

她站了起来，将报告翻过来，背面朝上放在张主任面前。

“张主任，谢谢您这几年的培养。”

张主任：“你跟我客气什么呢？以后咱们也是能常常见面的。”

陆盼盼点头：“那我先走了。”

张主任朝她挥挥手。

陆盼盼刚走出去，张主任就把面前的纸翻开一看，抬头四个“龙飞凤舞”的大字：

“辞职报告”。

再下面是更潦草的五个字：

“老娘不干了”。

陆盼盼前脚踏出主任办公室，后脚就看到群里有球员在问她是不是辞职了。

简单回了一个“嗯”，陆盼盼前往共享单车停靠点，发现正值下课时间，单车供不应求，于是她只能步行前往排球馆。

到了排球馆，她看见办公室门外的走廊上站满了人。

陆盼盼只瞄一眼，就知道球员到齐了。

这些高个子大男孩儿挤在办公室门口，有的局促不安，有的面色涨红，气氛倒不像离别，怪异得让陆盼盼说不上来是什么感觉。

陆盼盼朝办公室走去，他们却没有自然地让开一条路，扭扭捏捏地堵在陆盼盼面前。

“一个个的怎么跟小孩儿似的？天下没有不散的筵席，就算我不辞职，你们也会有毕业的一天。”

陆盼盼笑着拨开他们，正要抬腿进办公室，就见队长从里面走了出来。

他目光闪烁，支支吾吾不知道该说什么。

陆盼盼笑着拍他的肩膀：“好啦，马上就要决赛了，你们不要分心。好好训练，争取拿个冠军，弥补去年止步四强的遗憾。”

陆盼盼走进办公室，而身后的队员却没有立即跟进来，在门口挤眉弄眼了好一会儿，才慢吞吞地走进来。

陆盼盼放下包，弯腰打开电脑，选中一个文件夹，打开一看，顿时一惊。

“这……”

她抬头看向队员，这些大男孩儿却没有几个敢看她的。

陆盼盼自知在职场混得不好，不懂得取悦领导，也不会为自己争取福利，只知道埋头做事，更别说钻研那些弯弯绕绕的事情。

但是此刻此景，她再糊涂也大概猜到是怎么回事了。

陆盼盼没说话，转身打开文件柜，找到最上层的那个牛皮纸文件袋，伸手一摸，果然空空如也。

她就这样举着手愣了片刻，身后的队员也心知肚明。

气氛僵到了极点。

队里的二传手忍不住想站出来说话，刚说了一个“盼”字就被人拉住。

他只能选择缄默。

陆盼盼闭了闭眼。

她看似平静，可内心像动漫特效一般被冰封住。

说起来夸张，可陆盼盼此刻就是这样的状态。

“好啦，”陆盼盼垂下手，在裤子边擦了擦，为了掩饰尴尬，一回头又是客客气气的模样，“我们注定缘分到此，你们好好加油，别辜负了自己的梦想。”

陆盼盼走出排球馆。夕阳下，这座球馆大气辉煌。

她还记得，刚来这里时，这里还是一座破烂的旧建筑。

有这样翻天覆地的变化，她认为自己功不可没。

可如今，没人承认她的功劳，他们甚至辜负了她这几年的赤诚。在她说出辞职的那一刻，所有情分竟然全被这群她悉心培养的球员斩断。

那台电脑和那个文件袋里保存的是她这几年做的全国各大高校排球队的数据——精确到每一场比赛。

这些数据有多重要呢？这么说吧，陆盼盼刚刚成为球队经理时，这支球队连高校选拔赛都无法突围，领导和教练焦头烂额，甚至一度有解散球队的想法。

那时候的陆盼盼每天查阅资料，在铺天盖地的文献中找到了一丝希望。

据说现在的顶尖职业球队会做数据分析，而这个概念还没有被引进高校球队。

于是陆盼盼把两只袖子一撸就开干。

数据分析软件 Data Volley（数据排球）的界面里全是意大利文，陆盼盼一窍不通，那就熬夜学。

每一场比赛结束后，球员们精疲力竭，陆盼盼也好不到哪儿去，因为比赛时她要全程精神高度集中地记录对手和自家球员的每一次位置变化与打法，眼睛不能离开球场，而手指要盲打出精确的记录数据。

就这样，几年下来，手握各大高校球队数据的庆阳大学球队做到了知己知彼，再配合高强度训练，在去年的联赛上终于异军突起，从“查无此队”的球队成为一路冲进全国四强的强队。

可如今，缘分尽了，情分也没了。

在得知陆盼盼要离开的那一刻，球员们竟然第一时间把她记录的所有数据藏了起来，生怕她握着的这些东西，成为来日击败他们的武器。

人不为己天诛地灭，陆盼盼理解他们的做法，却不赞同。

在短短十分钟的路程里，陆盼盼做了个决定：

离开这个行业，这个让她寒透心的行业。

陆盼盼走到小区门口，看到手机广告，立刻想到了金鑫——那个高科技集团的太子爷，成天拿着钱没处花就投在体育上的主儿。

当初球队的赞助还是他看在陆盼盼的面子上才给的呢。

也不知道是不是相识多年的默契，陆盼盼刚拿出手机，金鑫就打了电话过来。

“有空不？现在来一趟俱乐部。”

金鑫开了一家排球俱乐部，是会员制，专供业余爱好者练习。陆盼盼空闲的时候会去那里坐上一会儿，偶尔会发现那些业余球员有一些野路子打法，改进一下就能用到联赛里。

“没空。”陆盼盼斩钉截铁地拒绝。她现在只想让金鑫帮她找份工作。这两年工资不高，她没什么积蓄，要是开上一段时间空窗，她可能就吃不上饭了。

“你那儿有没有什么工作机会？”

“你真的快来，我刚刚看到一个新会员，年纪轻轻的，球打得真好啊，一点儿不比专业的差！”金鑫根本没注意陆盼盼在说什么，还沉浸在兴奋中，“虽然看样子身高不到一米九，但是弹跳力非常牛！绝对是个天才选手！最重要的是，这家伙长得还很帅，绝对是让你看了流口水的那种！”

“不看不看！”陆盼盼心烦地在挂断电话前吼道，“我辞职了！别跟我谈排球，管他什么天才地才，我一眼都不看！”

回到家里，陆盼盼看着这间房子，心里越发烦躁。当初为了方便，她在庆阳大学街对面的公寓租了房子，如今辞职了，闹得还不愉快，她不想再跟这些人每天抬头不见低头见。

正好房子合同也快到期了，于是她回到家里，第一件事就是打开租房网站。

在点开第一个下拉框，选择租房区域时，陆盼盼就犯了难。

新工作还没确定，导致她无法决定自己接下来要搬到哪里。

陆盼盼愁了一会儿，倒在床上，拿出手机跟许曼妍视频。

屏幕那头，许曼妍坐在化妆台前画眉。

许曼妍：“今天怎么这么有空跟我视频？”

陆盼盼：“你有没有什么朋友的公司招人啊？”

许曼妍：“我又不过问这些。怎么了？”

陆盼盼：“我辞职了。”

许曼妍拿着眉笔的手一抖，立刻画出去一大截。

她一边拿棉签擦，一边说：“干得好好的怎么辞职了？”

陆盼盼翻了个身，把这几天发生的事情一股脑儿说了出来。

“太过分了！都不是东西！”许曼妍一拍桌子，桌面上口红倒了一片，“我早就说你那教练是个人渣。还有你那些球员，全都是白眼狼！等老娘回来不干死他们我名字倒过来写！”

“收住。”陆盼盼说，“等你敢回来再说。”

许曼妍和陆盼盼高中一相逢就“臭味相投”，三年来几乎形影不离，高考后两人又都在这个城市上大学。

只是毕业后许曼妍游手好闲，少不得被家里逼婚，于是她干脆收拾行李躲去了马尔代夫。

“嗯……”许曼妍说，“等我家里松口了我就回来。”

说完，许曼妍继续化妆，陆盼盼整理衣柜，两人就这么开着视频也不说话。

约莫过了二十分钟，许曼妍对着镜头调整头发，随口说道：“你不知道，我前几天差点儿翻车。”

陆盼盼拿了个打包袋出来，把冬天的衣服往里塞。

“怎么了？”

许曼妍：“上周我在酒店遇到一个中国来的男孩儿，长得倒不是很帅，但跟我初恋是一个款，而且很纯情，看他两眼他就脸红。”

陆盼盼头都不抬一下就说：“在一起了吗？”

许曼妍：“要是在一起了还翻什么车呀？”

陆盼盼轻笑：“你也有失手的一天。”

“不是我失手！”许曼妍烦躁地拨开刘海，“本来他都来我房间了，束手束脚的，结果，好家伙……”

陆盼盼：“说重点！”

许曼妍：“结果他的身份证掉出来了，他居然才十七岁！他个未成年浪什么浪呢？”

“好笑，”陆盼盼说，“明明是你撩人家，结果怪人家浪。”

陆盼盼了解她，她从小心思就不在学习上，没少换男朋友，但都是露水情缘，她心里从来不当真。即便这样，她也是有原则的。

她一不撩有主的，二不撩痴情的，三不撩未成年的。

“不说这个了。”许曼妍凑近镜头，“你收拾衣服干吗？”

陆盼盼打包了一整袋冬装，往角落里堆：“我想搬家，在找地方呢。”

许曼妍：“那你住我家去啊，反正我有空房间。当初叫你来你不来，现在你没工作了去给我看房子呀，钥匙你也有的。”

许曼妍毕业后，家里给她买了一套江景房，不仅生活方便，而且旁边还是顶尖的财经类大学——允和大学。

陆盼盼一想，成。

第二天陆盼盼就叫了个搬家公司把东西全搬去了许曼妍家。

这套大房子的次卧一直是留给陆盼盼的，但她只是偶尔来住。床单和被套都是现成的，所以她稍微整理一下自己的东西就收拾妥当了。

忙活了一个上午，陆盼盼点了份外卖，睡了午觉起来，日光正透过纱帘洒在床上。

五月初的天气不冷不热，正适合户外活动。

这里还能隐隐约约听到下课铃声，陆盼盼心下一动，换了一身舒适的衣服就往允和大学走去。

古老的校园四处散发着逼人的学霸气息，看到草坪上席地而坐的几个年轻人抱着几张纸争得面红耳赤时，陆盼盼甚至觉得有点儿窒息。

去操场逛了一圈，又在允和大学著名的湖边吹了会儿风，陆盼盼浑身舒爽。一眨眼却乌云蔽日，怕是要下雨了。

春天的雨总是突如其来，让人措手不及。

有的人能邂逅一段雨中情缘，而有的人只能在雨中当一只奔跑的落汤鸡。

陆盼盼属于后者。

雨越来越大，起初只是毛毛雨，现在变成了冷冷的冰雨——无情地拍打在陆盼盼的脸上。

陆盼盼叫了一辆车，司机却打电话告知她不能开进学校。

陆盼盼正愁着，下课铃声响起，从前方教学楼里涌出一大群学生。

陆盼盼不得已躲到了报亭的屋檐下，刚一站定，就看到报亭里的一个小烤箱里正翻滚着一个拳头大的番薯，皮儿已经翻开了，橙黄的瓤儿露出来，每一缕甜香都在呼唤着陆盼盼。

陆盼盼敲了敲报亭的门，老板从手机前抬头。

“要什么？”

陆盼盼指着烤箱说：“这个烤番薯。”

老板放下手机，站了起来，拿出一个纸袋子正要给陆盼盼装起来，突然又抬头看了陆盼盼身后一眼，随即停下了动作。

“这个……”

突然，陆盼盼的肩膀被人拍了一下。

她一回头，首先映入眼帘的是一件黑色卫衣。

这人肩宽腰细，身材很好。

随后，“腿控”陆盼盼又低头瞄了一眼这人的腿——可以，非常可以。她在男排工作这几年，得出一个结论：男排运动员的腿称第二，就没人的腿敢称第一。

而这个人，显然有一双媲美男排运动员的腿。

最后，她才抬头看清了这个人的脸：

干净利落的黑色短发下，有一张白皙干净的脸。剑眉挺鼻薄唇，轮廓深刻硬朗，但那双微微上挑的桃花眼，带着一丝睡不醒的惺忪，为这张脸平添了几分慵懒与柔和。

男人抬起手，握着一把伞。

“给你。”

“嗯？”陆盼盼眨了眨眼睛。雨天使她的眼睛显得格外水灵。

男人又把伞往前递了递。

“雨大，你拿着伞吧。”

陆盼盼从小到大收到过不少异性的搭讪，所以也不意外，平静地接过伞，说：“谢谢，那你留个电话给我吧，我下次来的时候还给你。”

男人微微皱眉，陆盼盼不确定是不是在他脸上看到了一丝不耐烦。

“不用了，这是教学楼的公用伞，你直接还到教学楼吧。”

对方这么说，陆盼盼自然也不坚持，再次轻声说了句谢谢，然后撑开伞走入雨中。

等她走出几米后，突然反应过来不对劲：她的番薯呢？

她一回头，就看见身后的男人朝报亭老板指了指那个唯一的烤番薯：“麻烦你了。”

老板：“最后一个，差点儿就被买走了，你来得真及时。”

陆盼盼：“……”

收到烤番薯并且付了钱后，顾祁转身走入雨中。

当冷冷的冰雨在他脸上胡乱地拍打时，他开始怀疑自己是个傻瓜。

刚才他走近报亭看到一个个子娇小、侧脸清秀，但是头发已经被淋湿的女孩儿踮着脚指着烤箱里唯一的烤番薯，并且双眼亮晶晶的，好像八辈子没吃过烤番薯时，他竟然产生了一丝保护欲。

回去的路上，顾祁一直在思考一个问题：

那股莫名其妙的保护欲散发的对象究竟是那个淋雨的女孩儿还是烤箱里的最后一个烤番薯？

回到宿舍后，顾祁拿出勺子，掰开烤番薯，站到阳台上。

霍修远从床上下来，扶了扶眼镜，看向顾祁。

“分我一半。”

“你想都不要想。”

霍修远：“……”

顾祁和霍修远都是金融专业的大一学生，这间寝室只有他们两个人，是因为他们的学号排在班级最后，哪个寝室都放不下，于是两人被分配到了一间寝室。

还有就是，霍修远身份证上的出生日期写错了，比真实的日期晚了两年，所以他今年还不能名正言顺地进网吧。

“说说，最近怎么了？”顾祁和霍修远站在阳台上，顾祁一边吃烤番薯，一边赏雨，“自从你从马尔代夫回来状态就不对劲，旅游的时候被人骗钱了？”

霍修远思绪飘远，重重地叹气：“没有被骗钱，被骗心了。”

顾祁：“说人话。”

霍修远：“顾祁，你相信一见钟情吗？”

顾祁吃了一口番薯，眼睛微眯。

霍修远以为他要诉说一段往事，便期待地看着他。

顾祁：“我让你说人话，听不懂吗？”

霍修远：“……”

他怎么能期待顾祁这种人说出什么关于一见钟情的见解呢？

霍修远深吸一口气，回忆起往事，眼里逐渐有了怒意：“我这次去马尔代夫玩，遇到一个女人。”

顾祁：“漂亮吗？”

虽然不想承认，但霍修远不能改变客观事实，只能咬牙切齿地说：“漂亮，有大大的眼睛、漆黑的头发，皮肤白得像雪，说话声音细细软软的……”

顾祁突然愣了愣。

有大大的眼睛、漆黑的头发，皮肤白得像雪，说话声音细细软软的。

美女中有一半都是这样，但顾祁听着霍修远的描述，莫名地想起了今天在报亭遇到的那个女人。

雨渐渐停了。

霍修远继续说道：“我刚到马尔代夫那天，在酒店顶楼的酒吧遇到了她。她喝了一点儿酒，脸上有红晕，然后来找我说话。她问我学什么的，我说金融，然后她说她也是学金融的，我们那天聊到了酒吧打烊……”

顾祁：“然后呢？”

霍修远：“后来的几天，我们一起吃饭，一起逛景点，然后……”

顾祁略不耐烦地说：“说重点！”

“然后有一天晚上，她把我堵在墙角，亲了我一下。”

顾祁上下打量着霍修远："你一个一米八五的大老爷们儿被一个女人堵在墙角，丢不丢人？"

"这是重点吗？她亲了我一下！"霍修远难得有这么激动的时候，"那天她可能是喝多了，亲完了就靠在我身上了，说每天都想着我，然后让我送她去房间休息……"

顾祁听到这里，终于来了点儿兴趣："然后你们得到了灵魂的升华？"

霍修远："没有！明明聊得好好的，结果她突然说有事要我回去。"

"所以呢？"顾祁问，"你这几天就在想这个事？"

霍修远愤怒地转身往屋里走："结果第二天晚上我下楼，发现她又去搭讪其他男人了！"

顾祁见他满腔怒火，说道："你没找她问清楚？"

霍修远："问个屁，后来她直接把我拉黑了，退房走人，人间蒸发了一样。"

"行了，已经这样了就别想了。"顾祁说道，"就当是做了个春梦。"

霍修远咬牙不说话。

顾祁轻笑："她叫什么名字？"

霍修远缓缓开口道："陆盼盼。我只知道她叫陆盼盼，住在咱们学校附近。"

顾祁笑了笑："这人取个名字怎么跟防盗门似的？"

陆盼盼离职的消息传出去后，不少和她打过交道的球队负责人都给她递来了橄榄枝。

但她不愿意待在这个行业，便全部婉拒。

这几天陆盼盼也没闲着，面试了好几家公司，结果都不如意。

和爸妈商量了一下，陆盼盼毅然决定考研，目标就是允和大学。

陆盼盼备考的这段时间，金鑫安排她去自家俱乐部做 VIP（贵宾）

接待。钱多事少，她平时还能在接待室里看书。

陆盼盼在接待室里看了一下午的书，临到下班时间，打了个哈欠，低头看到自己放在脚边的伞，这才想起来自己忘了还伞。

她不由得想起那天的男孩儿。到底是什么样的烤番薯，能让他宁愿淋雨也要买到最后的那一个?

就在这时，接待室的门突然被推开，陆盼盼一抬头就看见“番薯哥”走了进来。

嘿，说曹操曹操到。

陆盼盼还没来得及想他怎么会出现在这儿，脑子一抽，就把自己的真实想法说了出来：“我正想着你呢。”

顾祁脚步一顿，略显诧异地看着陆盼盼，眼神里充满了震惊、不安与迷茫。

陆盼盼意识到自己的态度过于自来熟，说的话有歧义，于是弯腰拿起伞，讪笑道：“我刚刚正准备去还伞来着。”

顾祁移开目光，看向别处，朝陆盼盼走去，接过伞，放进自己的包里。

“给我吧，我去还。”

陆盼盼这才注意到他的头发还有些湿，身上散发着俱乐部浴室沐浴乳的清香，想必他刚刚在淋浴室冲了澡。

陆盼盼问：“你是这里的 VIP？”

顾祁点头，拿出自己的会员卡：“我来续费。”

陆盼盼接过卡，坐下打开电脑，登录会员界面。

录入会员信息的时候，陆盼盼看到顾祁填的身份信息是允和大学金融系在校生，于是随口说道：“你是允和大学金融系的学生啊，巧了，我正打算考你们学校金融专业的研究生。”

顾祁轻嗯了声，依然没有看陆盼盼。

他微微侧头，看见桌上摆了个名牌，白纸黑字，端端正正地写着：

“VIP 接待陆盼盼”。

顾祁倏然抬眸看向她。

“陆盼盼？”

陆盼盼：“嗯？”

在这静止的两秒内，顾祁脑子里飞速闪过霍修远跟他说过的话：

“漂亮，有大大的眼睛、漆黑的头发，皮肤白得像雪，说话声音细细软软的……

“她问我学什么的，我说金融，然后她说她也是学金融的。

“我只知道她叫陆盼盼，住在咱们学校附近。”

除了住址，霍修远说的全部和眼前这个女人对上号了。

陆盼盼再次问：“怎么了，有什么问题吗？”

顾祁蓦然回神，蹙眉，移开视线。

“没什么。”

陆盼盼心里觉得奇怪，却也没多说什么，利落地给他续了费，把会员卡还给他，顺便撕了一页笔记本，迅速写上自己的电话号码。

陆盼盼知道寒碜了点儿，但是她刚来上班，VIP 接待员的名片还没印刷出来，只能这样将就一下。

“已经续好了，如果有什么问题，随时都可以打这个电话问我。”

顾祁看着卡片，没有接，而是问道：“你是不是住在允和大学附近？”

陆盼盼惊诧地说：“你怎么知道？”

顾祁久久地看着陆盼盼，什么都没说，转身走了。

陆盼盼虽然疑惑，却也没把他放在心上。

看了几天书，陆盼盼发现要重新捡起丢了几年的专业课实在有些吃力，正巧有考研补习机构在允和大学租借了教室，陆盼盼就报了几门课，每周末去上课。

第一周上完课，陆盼盼还不熟悉路，便去门口坐公交车。和陆盼盼同时上车的还有一个高个子中年男人。

陆盼盼想着他年龄也不大，就自己坐上了唯一的空位。

那个中年男人就站在陆盼盼旁边，伸手握住拉环，低头看手机。

男人不仅个子高，肚子也圆得跟个球似的，双腿倒是不算粗。整个人仿佛一个地球仪。

公交车快到站时，陆盼盼身旁的“地球仪”接了个电话。

“庆阳球队那个经理辞职了？真的假的？

“不了不了，估计不少人抢着要她呢，我们球队都快原地解散了，人家肯定也看不上。

“不是我㞞，是我心里有数，人家凭啥来我们这支球队？师兄，我实话告诉你吧，我们学校体育部已经完全把我们球队打入冷宫了，经费也一直扣着，前一位经理就是因为奖金拖欠了几个月才走人的。现在这一批队员毕业后就彻底断层了，估计就只有几个人能用。

“老哥，道理我都懂，不过你也知道，庆阳的教练跟我是同门师兄弟，我现在去捡人家的漏也不太好吧。”

陆盼盼听到自己和自己讨厌的人同时被提到，不由得侧身看了那个男人一眼。

听他的谈话内容，他估计是允和大学男子排球队的教练或者主任吧。

不过他说得有道理，陆盼盼就算想继续做球队经理，也不会去允和这种没落的球队，何况他还是庆阳那个色老头的师兄弟。

允和大学不但财经类专业拔尖，而且体育专业实力也不容小觑，学校招收的高水平运动员里出了不少奥运冠军，校篮球队也在今年的全国大学生联赛卫冕，还向国家队输送了不少人才。

他们的男子排球队曾经也是个强队，但自从七年前管理团队大换血，这支球队的成绩就一落千丈，境遇和之前的庆阳球队差不多，连全国选拔赛都过不了。

公交车停靠在路边，陆盼盼第一个下车，那个男人跟在她后面。

陆盼盼快走到小区门口了，伸手一摸，没找到门禁卡，于是停下来翻包。

她正翻着，突然听见有人在后面大喊：“喂！喂！小姑娘！”

陆盼盼下意识地认为是在叫她，一抬头，就看见公交车上那个“地球仪”朝她跑来，二话不说，用力把她往旁边拽。

陆盼盼趔趄一下，扶着男人的手臂站稳，同时感觉到身边一股热浪。

她回头一看，发现自己刚刚竟然站在了一辆正在倒车的大卡车旁边。

“你站的这个位置是卡车司机的视线盲区。”男人松开她的手，说道，“以后小心点儿。”

陆盼盼也有一些后怕，点头道：“谢谢您。”

“小事儿。”

中年男人丢下一句话，往旁边的步行街快步走去，仿佛一个移动的皮球。

陆盼盼回到家里，打开外卖软件看了几分钟，没什么想吃的，又去厨房转悠一圈，发现连油都见底了，于是打电话约朋友出门吃饭。

这会儿快七点了，很多人不是已经吃了就是有了其他计划，陆盼盼最终也没约到人，于是自个儿下楼去找吃的。

小区旁边就是一条繁华的步行街，各式餐厅应有尽有。陆盼盼直接走进了海底捞，服务员热情地领着她找座位，远远地就给她指了个四人桌：“您看那个位置行吗？”

陆盼盼点头：“没问题。”

陆盼盼跟着服务员走过去，找到自己的座位坐下，低头看 iPad（平板电脑）上的菜单。

她只简单地点了几个菜，花了几分钟，却时不时感觉有目光在看她。她抬头往旁边一瞥，瞬间没了吃饭的胃口。

庆阳那个骚扰她的球队教练冯信怀就坐在不远处，见陆盼盼看过来，立马别开了脸，眼里带着点儿被人发现偷看的惊慌，但很快又变成了不屑。

陆盼盼懒得再多给他一个眼神，把 iPad 还给服务员，说道："暂时就这些吧。"

服务员拿着菜单走了，陆盼盼喝了一口水，拿出手机刷朋友圈，耳边却时不时传来附近的对话声。

"我今天听说你们球队的经理辞职了？"

陆盼盼又一次听到自己被提及，而且声音还有些耳熟。她侧头一看，面对冯信怀、背对她坐的男人就是她刚刚在公交车上遇到的那个"地球仪"。

冯信怀瞟了陆盼盼一眼，嗤笑一声，说道："是啊，现在的年轻人太不踏实了。"

吴禄道："怎么了？我听说她工作能力挺强，大家伙儿都说这姑娘是个人才。"

冯信怀喝了一口酒，说道："所以我说现在的年轻人不踏实，成天不做实事就知道吹嘘成绩。她大学那会儿就在球队打杂，我们用习惯了，在她毕业后给她申请了职位。一个球队经理而已，真以为自己多了不得？要真是个人才，主任能放她走？"

冯信怀说完这话，特意挑衅地看了陆盼盼一眼。

他说这话不是故意贬低陆盼盼，而是他真这么觉得。自从去年老教练退休，他接手了锋芒毕露的庆阳球队，带队参加第一次联赛就拿了全国四强，随即飘飘然，觉得自己厥功至伟，而陆盼盼做的一切，在他眼里不过就是"打杂"。

吴禄想了想，点头："也是。"

陆盼盼听了，轻笑一声，只当自己听不见。

而后一顿饭的时间，陆盼盼从两人的对话中得知，吴禄和冯信怀当年是一个球队的，那时候吴禄是二传手兼队长，作为队伍的指挥塔，既得教练的喜爱，又得队友的崇拜。

冯信怀那时候是自由人，不能攻击不能得分，总觉得自己是被去了獠牙的猛兽，时常眼红吴禄得到的关注。

没想到多年后，终于风水轮流转。

少年不得志的男人到了中年终于有了炫耀的资本，对面恰好是自己曾经眼红的人，这话题就无休无止一般，他一直说自己球队多厉害，又不停贬低允和球队。

连一旁的陆盼盼都听烦了，也不知道他对面的吴禄是怎么忍下来的。

酒足饭饱，冯信怀餍足地点了根烟，刚抽上一口就被服务员制止。

他灭了烟，又说：“师兄，我看你也别在允和浪费时间了，不如来庆阳做助教，好歹还能见识一下全国联赛决赛的规模。”

陆盼盼忍不住抬头看冯信怀。

这番话也太羞辱人了，允和现在成绩再差，主教练也不至于沦落到去给别人当助教，何况这人还是冯信怀曾经的队长。

不过冯信怀这人就这样厚颜无耻，陆盼盼不惊讶他能说出这样的话。

意料之中，吴禄没有答应，只是讪笑着喝酒。

冯信怀和吴禄先吃完，也先结账离开。

临走前冯信怀还回头看了陆盼盼一眼，见陆盼盼低头涮羊肉根本没看他，这才冷哼一声走了出去。

十分钟后，陆盼盼买单，服务员还送了一瓶果汁。

她刚出了电梯，就见吴禄背对着大门蹲在路边的花台上抽烟，脚边堆了不少烟头。

他长得胖，又高大，蹲下来也是个庞然大物。但在霓虹灯的照射下，他的背影显得无助又自卑。

中年失意男人的标配就是路边的灯和手边的烟酒。

他晃晃悠悠地站起来，大概是腿麻了，脚下不稳，眼看就要摔倒，陆盼盼赶紧上前拉住了他的手臂。

“你还好吗？”

吴禄站稳后猛地回头，眼眶泛红还没来得及揉一下，头发倒是被抓得乱七八糟。

“啊，谢谢你啊，我没事儿。我挡着你了是吧？”

吴禄提了提裤子，快步离开。

陆盼盼看着他的背影，那瓶果汁也没来得及送出手。

第二天清晨，陆盼盼刚到办公室就接到了一个陌生来电。

以为是客户打来的，陆盼盼清了清嗓子，极尽温柔地开口：“您好，这里是金立方排球俱乐部 VIP 接待室，请问……吴教练？”

对方在说话，陆盼盼安静地听着。

两分钟后，她目光渐渐淡了下来：“吴教练，我可能要辜负您的好意了。对不起，我不打算继续任职排球队经理。”

陆盼盼挂电话的一瞬间，金鑫推开门，笑着看她：“这么果断？当初你还在上大学的时候我就劝你不要把心思都放在这上面，你怎么就不听劝呢？”

陆盼盼不理他，问他什么事。他大大咧咧往沙发上一坐，说道：“刚刚庆阳的人来找我了。”

陆盼盼抬眸看他。

金鑫一笑：“放心，被我轰出去了。”

陆盼盼笑了起来：“够朋友。”

她一点儿也不觉得自己这样是小心眼儿，反正以庆阳现在的成绩，有的是人想赞助他们。不过他们大概找不到金鑫这样财大气粗又出手阔绰的“金主”了。

“行了，我不跟你说了。”金鑫看了眼表，“我约了人打球，先去换衣服了。”

陆盼盼瞥他一眼：“就你这球技还有人愿意跟你打呢。”

“嘿，你还别说。”金鑫回头耀武扬威地看着陆盼盼，“就上次我跟你说的，咱们俱乐部里的一个男的，球技好不说，人也好相处，我们这群‘身残志坚’的人邀请他，他一口就答应下来了，一点儿也没嫌弃。”

陆盼盼淡淡地嗯了一声：“你快去吧。”

不一会儿，楼下球场响起了声音。

陆盼盼走到窗边，隔着一层玻璃听到球场上响起了咚咚的跑步声和呼喝声，一声接一声，生机勃勃。

她喜欢听这个声音，喜欢看球员们在球场上奋力拼搏的样子，也喜欢融入那种坚韧不拔、永不言弃的氛围里，这是她在教室里、在办公室里感受不到的东西。

陆盼盼推开窗，往下望去。

金鑫所在的一方，主攻手特别显眼，个子很高，弹跳力强到惊人，爆发力跟在场其他人压根不是一个级别的。他在这场对弈中，完全就是一个“王者”带着一群“白银”打对面一群“青铜”。

陆盼盼不由自主地来到走廊，想更清晰地看场上的情况。

那个主攻手打法太专业，完全不像业余人员。

体内的职业因子还残留着，陆盼盼忍不住想走更近去看，顺便也想看看这个人长什么样子。

正当她掉头要下楼时，一位客人走了过来。

陆盼盼没有办法，只得先去接待这位VIP客户。

恰好这位VIP客户是个话痨，续卡之余，跟陆盼盼从这个俱乐部的设施真是棒聊到了东门的牛排店换了新主厨特难吃。

陆盼盼心里有些着急，但也踏实地陪着这位客人聊到口渴。

送走客人后，陆盼盼下楼一看，人已经走了，只有金鑫坐在地上做拉伸。

“人呢？”陆盼盼问，“刚刚和你们一起打球的都走了？”

“没呢，在淋浴室洗澡。”金鑫一蹬腿站了起来，“怎么了？”

陆盼盼道：“我刚刚看到有一个人挺厉害的。”

“是吧？我之前就跟你说了。”金鑫说，“我跟他聊过，他是允和大学的学生，从小学就开始学排球，一直有教练带着，离家上了大学才没继续学。”

陆盼盼想到前几天遇到顾祁来续卡，再回想刚刚看到的身影，确实很像。

“叫作顾祁？”

金鑫皱眉：“Gucci？”

陆盼盼：“你的生活就不能接地气一点儿吗？”

金鑫：“我也没问他名字啊。真叫Gucci？他这名字比我还贵气呢。”

陆盼盼没再理他，回了办公室。

金鑫洗完澡出来，正好十二点，便叫了陆盼盼一起出去吃午饭。

俱乐部附近有不少高档餐厅，金鑫为了让陆盼盼请客，强行降低自己的标准，去了路边的龙虾馆。

龙虾馆店面不大，所以店家在门口空地支起了帐篷，摆上几张桌子，便是大排档的完美配置了。

金鑫和陆盼盼到时，发现顾祁也在。

金鑫想和顾祁坐一桌，便凑上去搭话：“你也在这儿呢？”

顾祁抬头，目光从金鑫身上转移到后面的陆盼盼身上。陆盼盼朝他点点头，算是打了招呼。

顾祁却没有回应陆盼盼的招呼，只是对金鑫嗯了一声。

金鑫即刻便感觉到他的冷淡，一边纳闷儿着这人刚刚在俱乐部还挺和善的，怎么到这儿就一副“生人勿近”的样子了，一边带着陆盼盼去了邻桌。

两人坐下，点了几个菜，等着上菜的时候闲聊了起来。

路边一群男学生浩浩荡荡地走来，个个都是大长腿，吸引了不少路人的注意。陆盼盼抬眼一看，立马低下头，往一旁挪了点儿，正好让金鑫挡住她。

“我以前的学生过来了。”

金鑫回头看了一眼，那边有十三四个男学生，挤着坐了个大圆桌。

“来了就来了，你躲什么躲？”

“不想过去打招呼，尴尬。”陆盼盼说着又往角落挪了一点儿，好在那群学生也没往里面看。

不一会儿菜都上齐了，陆盼盼也不怎么开口了，埋头吃饭。

十几分钟后。

“我去上个厕所。”

陆盼盼说完就往厕所去，等她回来再次坐下，却没有继续吃：“我一会儿回家一趟，身体不舒服。”

金鑫自然懂她的意思：“要不要现在回去？”

“不急在这一会儿。”陆盼盼说，“吃完再回去吧，我答应了请客的。”

两人都吃得有些出汗，金鑫也不怎么说话了，外面那一桌子人的对话便传进了他们的耳朵。

陆盼盼听了几分钟，大概知道是庆阳球队来和允和球队打友谊赛，然后允和零比三输了不说，还场场都是以大比分差距输掉的。

虽然是友谊赛，这比分也着实难看了点儿。

两边球员打完比赛就约着一起吃午饭，但说着说着，气氛就不对了。

庆阳球队今年打进了四强，虽然没有拿到冠军，但是在 A 市算得上绝对的王者，面对允和这支寒碜的队伍，虽说是切磋，但现下的语气不免就有了些“教导”的意味。

庆阳的人说话越发难听，高高在上地数落允和打法垃圾。

连陆盼盼都感觉到允和的人脸色不好了，甚至有两个男生忍不住握住了地上的啤酒瓶。

偏偏庆阳的人不知收敛，最后的爆发点是队长那句“你这智商就别打二传了”。

允和有两个人推翻桌子，其中一人对准庆阳队长的脸就是一拳。

一场群架就这么开始了。

十几个大高个儿打群架，没几个路人敢来拉，只有龙虾馆老板战战兢兢地试图上去劝架，发现自己完全是螳臂当车后干脆缩到里面报警。

金鑫看着这阵势，还挺乐和：“你不管管你的学生？”

“现在他们已经不是我的学生了。”陆盼盼面无表情地说，“而且你觉得这种时候他们会听我的吗？”

陆盼盼一个女孩子不去管群架，金鑫不觉得奇怪。他倒是注意到一旁的顾祁。

那人从始至终平静地吃饭，好像根本不知道后面发生了什么一样，刚刚两个碗从他面前飞过然后砸碎在他脚边他也稳如泰山。

直到——

顾祁刚伸出筷子要去夹盘子里的牛肉，就眼睁睁看着自己面前的饭菜被倒过来的庆阳队长撞翻。

然后，金鑫还没看清顾祁的动作，就见他拎着庆阳队长的领子把人扔到了一旁电线杆下，理智又平静地说：“再打扰我吃饭我就把你的头拧下来一个高起跳发球打出去，你信不信？嗯？”

他动作很粗鲁，声音很平静，最后还加了一个霸道总裁式的“嗯”。

金鑫和陆盼盼一致认为，如果他是在装酷，那这一定是装酷的最高境界。

场面一下子像被按了暂停键。

两秒后，庆阳的人一拥而上。

再这样下去，场面真的无法控制了。

陆盼盼虽然对这群学生寒了心，但也不愿意真的见他们打架闹事被拘留，于是擦了擦手，往前一站。

“你们都给我住手！”

陆盼盼的声音不大，却很有力量。

陆盼盼常年管教庆阳的学生，使得他们像有了肌肉记忆一样，一听到这声音就下意识停了下来，然后才看清出声的人是谁。

即便不甘不忿，但陆盼盼到底还有余威在，他们不敢在陆盼盼面前再次大打出手。

允和的人也随之停了下来，神色各异地看着陆盼盼，大抵都在想，这个女生怎么一下子就把庆阳的人给震慑住了。

顾祁从中脱身，回头看了陆盼盼一眼，什么都没说，从她身边走过，去前台付账，然后拿着自己的东西走了。

场面有几秒的安静。庆阳的人是不敢在陆盼盼面前继续挑事了，但一个个的依然梗着脖子。

陆盼盼呼了一口气，扫视在场的所有人："你们要是不想进局子记上一笔然后下个赛季全部禁赛，就赶紧各回各家，各找各妈。"

这句话可比耳提面命有用多了，两方的人各自不服气地丢给对方几个眼刀子，然后纷纷散去。

龙虾馆的老板带着服务员出来收拾残局，而庆阳还有几个人没走，站在一旁，想过来跟陆盼盼说话。

陆盼盼坐回自己桌，一边倒水，一边说："你们想说什么就直说，一个个怎么这么磨叽？"

几个人你推我我推你地走了过来。

"盼盼姐……那个，你还回来吗？"

"盼盼姐，球队来了个新的经理，好凶的，你要不还是回来吧。"

"盼盼姐……"

"行了。"陆盼盼打断他们，"我不会回庆阳的，你们别说了。"

陆盼盼拿起自己的包，跟金鑫打了个招呼，正要往公交车站走去，又被人拉住。

"盼盼姐，那你会去其他球队吗？"

陆盼盼看着他的眼睛，从他眼里看到了忌惮。

“怎么，很害怕我去其他球队？”

男生没有说话。陆盼盼轻笑道：“我又不是教练，最多算个保姆，你们怕什么呢？”

她拍开男生的手，往公交车站走去。

眼看着公交车要开走了，陆盼盼小跑过去，赶上了这班车。

公交车上坐满了人，只剩最后一排有一个位置。

陆盼盼坐下后，侧头一看，坐在她身旁靠窗位置的人居然是顾祁。

两人对视片刻，点点头，算是打了招呼。

顾祁别开脸，看向窗外。

陆盼盼偷偷瞅了他几眼。

对于这个人，怎么说呢？陆盼盼觉得跟他还是挺有缘分的。况且这人还是她的 VIP 客户，所以这么干坐着，似乎不太礼貌。

陆盼盼酝酿着该怎么开口说话。

一旁的顾祁看着车窗，微微蹙眉，她可能以为自己没发现她在偷看他吧。

“我今天看你打球了。”陆盼盼说，“打得很好。”

“嗯？”顾祁回头，“什么？”

“我说，”陆盼盼耐心地重复，“今天看见你打球了，打得很好。”

“哦。”顾祁垂眸，“以前学过。”

对话又戛然而止。

陆盼盼后悔自己主动开口，搞得气氛尴尬了起来。

她平视前方，双手放在双膝上，手指无措地轻轻敲打着。

这人怎么这么不会聊天呢？好歹他们也认识了。怎么这么尴尬？

顾祁微微侧头，首先映入眼帘的就是陆盼盼的睫毛——特别长，特别翘。

她的皮肤很白，大约是晒了太阳，脸颊泛着绯红。

她挺拔的鼻梁上有一颗小小的痣，一下子让整张脸鲜活了起来。

她的嘴巴……

“哦对了。”陆盼盼突然出声。顾祁飞速收回了目光。

“我的名片做好了。”陆盼盼从包里拿出一张名片递给顾祁，“这个给你，如果有事可以打这个电话联系我。”

顾祁嗯了一声，收下名片放进包里，眉心却越拧越紧。

第二次了，这是她第二次主动给他电话号码了。

周末，陆盼盼到允和大学上课。

走到教学楼前，陆盼盼一看时间，离上课还有半个多小时，便在附近转悠了起来。

这栋教学楼旁边就是允和大学的图书馆，广场上有几个小摊，除了学生间的二手书交易，还有零星的社团摊点摆在树荫下。

陆盼盼原本只是打算随便看看，稍一走近，看到一个摊点前摆了一张大海报，正在宣传陆盼盼非常喜欢的科幻作家顾了之即将在允和大学举办的讲座。

允和大学向来包容，操场、球场都开放给附近居民，学术讲座也不设门槛，就连图书馆都有专门为市民开放的区域，所以这次讲座也不局限于本校学生参加。

陆盼盼朝摊点走去。

守在摊位后的霍修远困到极点，看到有人走来，立刻摘下眼镜揉了揉眼睛，然后再次戴上眼镜露出期待又礼貌的微笑，看着朝他走来的陆盼盼。

就在两人只有不到两米的距离且目光相接、即将开口交流时，陆盼盼头顶上的树叶滴下来一滴水，正好落在她的右眼里，她下意识地眨了一下右眼。

霍修远嘴角的笑容突然僵住。

同样僵住的还有陆盼盼。

她当然知道，自己刚才的动作落在那个男生眼里就是她做了一个无比做作的 wink（眨眼）。

两人就这么尴尬地对望着，在陆盼盼飞速转动大脑也想不到化解尴尬的办法，打算扭头就走时，霍修远咳嗽一声，说道：“您来报名讲座的吧？登记一下姓名领一张门票就行。”

陆盼盼端庄地点头，走到桌前，拿起门票，接过霍修远递来的笔，在登记表上淡定地写下了“许曼妍”三个大字。

考研教室里坐满了人，陆盼盼选了个靠窗位置坐下，低头整理笔记。

一个女生坐在她旁边，趁着还没上课，拿出一张表格唰唰唰地写。

陆盼盼瞟了一眼，发现那张表格的标题是“允和大学排球队训练记录”，又看了两眼内容，这个女生大概是允和大学排球队的经理。

“请问您有红笔吗？”施佑灵低声问陆盼盼，“我想借一下。”

陆盼盼点头，拿了一支红笔给施佑灵。

看着施佑灵在表格最后写总结，陆盼盼忍不住说道：“三人拦网竞赛训练不只是使防守的一方达到诱导拦网的练习目的，对攻手来说，即便是来自二段托球的扣球被拦网阻拦，也达到了练习目的。”

施佑灵诧异地看了陆盼盼一眼，反应过来自己又忘了记录这个要点，于是立马补了上去。

施佑灵把笔还给陆盼盼，道谢后，说道：“你也打排球吗？”

陆盼盼笑道：“你看我这身高像是打排球的吗？”

施佑灵也笑了一下：“那你是排球经理？”

“以前是。”陆盼盼说，“现在不是了。”

施佑灵笔头撑着下巴，想了许久才说道：“你是哪个学校的经理啊？”

陆盼盼：“庆阳大学。”

“哦！你就是庆阳大学那个职业经理啊！”施佑灵的声音瞬间拔高一个八度，发现四周有人看了她几眼，立马压低声音说，“我以前听说过你。”

陆盼盼笑道：“应该不是听说了我的坏话吧？”

“当然不是。”顷刻之间，施佑灵眼里已经充满了崇拜，“我听吴教练提起过你，说你是第一个把数据分析运用到大学生联赛中的经理，很厉害。”

两人趁着还没上课又闲聊了一会儿，施佑灵提到允和球队曾经的辉煌，陆盼盼多嘴问了一句，施佑灵就滔滔不绝地讲了起来。

“我听研究生学长说，咱们学校的球队以前很强的。”

陆盼盼点头，附和道：“那怎么没落了呢？换教练了？”

施佑灵：“没有，一直都是吴教练。”

陆盼盼：“既然教练没换，为什么成绩差异这么大？”

“成绩有时候也不是和教练一个人有关。”施佑灵说，“听学长说，那几年球队管理混乱，学生良莠不齐，然后就这样了……而且这几年吴教练身体也不太好了。”

许多时候一个球队的成绩确实不会完全与教练挂钩。有可能管理层插手导致教练无法发挥才能；有可能王牌队员毕业，球队弊端显现；还有可能就是这个学校运气太差，连续几年都招不到好的球员……

陆盼盼不问了，施佑灵倒还想继续说下去：“学长说以前咱们球队的人出去打比赛倍儿有面子的，一开场对方就紧张得连续三次发球失误。还有庆阳球队，他们有一年跟允和打球，紧张得连位置轮换都搞错了。”

施佑灵说完，突然想到了什么，说道：“对不起啊，我不是说庆阳不好，他们现在也很强。”

陆盼盼笑了笑：“没什么，我已经不在庆阳上班了，现在准备考研呢。”

施佑灵舒了一口气，又小心翼翼地问陆盼盼："我听说庆阳的教练一直忌惮咱们吴教练，很害怕允和崛起，这是不是真的呀？"

陆盼盼平静地说："我不太清楚这件事。"

虽然没有和施佑灵继续交谈下去，陆盼盼心里却想着这件事。

冯信怀在庆阳做了两年教练，确实从来没有提到过自己的师兄在允和做教练。而且以那天火锅店的情形来看，冯信怀还真有可能忌惮着吴禄，毕竟那人在学生时代比他优秀太多，后来做教练也曾有过傲人的实绩，只是冯信怀刚好在吴禄失意这几年风光了而已。

冯信怀还真是小人得志呢。

陆盼盼下课后，眼看着乌云又压了过来。陆盼盼没带伞，施佑灵特意跟她说从旁边的银杏小道穿过去，经过排球馆也可以直达公交车站，比走大路更近。

陆盼盼照施佑灵指的路走，经过排球馆时，远远就看见冯信怀带着几个球员和吴禄站在门口。

几个球员神情激动地说着什么，冯信怀黑着脸站在一旁，而陆盼盼只看得到吴禄的背影，不知道他是什么表情。

陆盼盼刻意低着头贴着路边走，没想到还是被人看到了。

庆阳队长远远朝着陆盼盼挥手："盼盼姐！盼盼姐！"

吴禄也朝陆盼盼看来——她就是陆盼盼？

陆盼盼假装没听到，继续往前走。庆阳队长直接跑过来拉住陆盼盼："盼盼姐，你先别走，来帮我做个证。"

陆盼盼一抬头就看见他的嘴角破了一道口子。

"做什么证？"

他三两下就把陆盼盼拉到冯信怀旁边，和吴禄面对面站着。

"盼盼姐昨天可是亲眼看到你们允和的人把我打了的，你别不承认了。"

冯信怀看了陆盼盼一眼，陆盼盼翻着白眼别开脸。

“你在说什么？”

庆阳队长瞪大了眼睛：“昨天中午在龙虾馆啊，你不是看到了吗？他们允和的人先动手挑事打架。你看看我的嘴角，就是被他们允和的人打的。”

陆盼盼也瞪大眼睛：“我没看到呀。”

庆阳队长露出了难以置信的表情。

冯信怀不耐烦地说：“他们说当时你在场，你能没看到？”

陆盼盼摊手：“我光顾着吃龙虾呢，就知道有人打架，至于谁打谁就不知道了。”

吴禄接着陆盼盼的话说道：“是啊，老冯你也不是不知道，我们允和这一届球员普遍身高都矮，而且连替补都缺席，那七个人怎么就把你们九个人给打了呢？”

冯信怀：“……”

庆阳队长：“……”

陆盼盼算是明白了，原来是庆阳的人回去告状，然后冯信怀来找吴禄讨说法了。

陆盼盼离开的路上，冯信怀小跑着追上来，与她并肩走着。

“陆盼盼，你没必要跟我对着干。”冯信怀说，“才刚刚离职就胳膊肘往外拐吗？”

陆盼盼依然不说话，埋头走路，偏偏冯信怀像个牛皮糖一样甩不掉。

“我知道你心里不服气，可事实就是这样。你要知道你不是不可替代的，胳膊拧不过大腿，当初要是服个软也不至于闹成这样。你看看这对我有什么影响？所以你们年轻人就是轴，不知道什么才是自己该选择的。”

陆盼盼突然停了下来，撩开头发，摘下耳朵里的两只无线耳机。

“你刚才叨叨什么呢？是不是你们中老年男人一肚子肥肠，不啰唆一下就无处排解体内的油腻？”

"陆盼盼，你这种人就是敬酒不吃吃罚酒。像你这种人，也就是庆阳可怜你给你个职业经理的职位。你懂排球吗？你懂战术吗？什么都不懂，在球队里就是个保姆，你还以为自己多了不起。别觉得是我们庆阳排挤你，你到哪里也一样不被人待见，去哪儿都混不好，从头到尾就是个打杂的。还想给自己争个头脸，也不看看你有什么本事，给脸不要脸！"

冯信怀说完，见陆盼盼脸色比天色还沉，心里不免得意起来，呸了一声，甩手离去。

陆盼盼紧紧握着手里的耳机，似要把它们捏碎一般。待冯信怀走远了，她的呼吸依旧没有平复。陆盼盼转身朝允和大学排球馆走去。

陆盼盼在吴禄的办公室待了很久，门口蹲着、站着好几个允和球员，把耳朵贴着门板，试图偷听他们在说什么。

大约半个小时后，门打开了，陆盼盼和吴禄一起走了出来，门口几个偷听的球员不闪不躲，用戒备的目光扫视着她。

陆盼盼，庆阳大学排球队前经理——这个名号本身代表着她曾经站在允和的对立面。

但陆盼盼和吴禄面色平和，两人在门口道别，正常得不能再正常，看不出任何问题。

有两个球员带着不善的目光打量她。

吴禄回到办公室后，罗维和肖泽凯跟了进去。

罗维："禄禄，刚刚那个庆阳的经理跟你说什么了啊？是不是告状啊？"

肖泽凯："教练你别听她的，昨天真的是庆阳的人欺人太甚我们才动手的，我们知道错了。但是你别听那个女人添油加醋，昨天她就护着庆阳的人，不然我们……"

"好了。"吴禄笑眯眯地出声打断他们，"从今以后，她就是我们允和的经理了。"

肖泽凯："疯了吧？"

吴禄："我没疯。"

肖泽凯："我是说陆盼盼。"

吴禄嘴角一撇，说道："你们打架的事情我还没算账。凡参与者，今晚全给我去操场跑二十圈！"

陆盼盼走出排球馆时，余霞成绮，绚丽夺目。

她微微抬头看了一眼天边的云，无心欣赏，只觉得有点儿头晕目眩。她揉了揉眼睛，慢悠悠地往家走去。

今天她做的决定，不管是一年后，还是十年后回头再看，都显得冲动又草率，甚至过于孩子气。

可谁没有付出一切也只想争一口气的时候？即便这次决定对于陆盼盼来说相当于从头开始，是一次看不见未来的赌博。

陆盼盼在家里把自己的备份文件全部整理出来装订成册。

当初庆阳的球员转移了她这些年整理的数据，大概没想到她家里有备份。

这么重要的东西，全都是自己的心血，她怎么可能没有备份呢？

这些文件被她一份份装订起来，塞满了房间里那个小小的书柜，看起来像是某种勋章似的，却又让人想发笑。

陆盼盼坐在地上，一遍又一遍地翻阅着这些差点儿被自己打入冷宫的东西。

每看到一份表格，她都能想起比赛那天的点点滴滴，脑海里回荡着赛场的喝彩与尖叫，即便她只能坐在观众席，也与有荣焉。

陆盼盼从资料里抬头，惊觉天色居然更暗了，想起晚上还有讲座，于是直奔允和大学。

陆盼盼到的时候报告厅有人在调试音箱，她安静地坐着，耳边只有音箱发出的声音——学生们都自觉地不怎么吵闹。

忽然，后排隐隐有一阵骚动，陆盼盼扭头看去，一些围坐在一起的女生也都看向同一个地方。

随之她看见一个穿着白色短袖的男生微微垂着头，正往这边走来。

他逆着光，报告厅里的灯光又昏暗，陆盼盼看不清他的模样，却感觉他看了自己一眼。

不知道是不是错觉，待陆盼盼想看清时，只见他在中间的一排坐下。附近的女生便安静了下来。

陆盼盼转回身，脑子里一道身影闪过。

是了，这人是顾祁。

陆盼盼再次回头，想确定那个人是不是他，就看见一个身材瘦小但声音特大的男生站在顾祁面前，说道："同学，不好意思，这是我的座位。"

顾祁起身低声道歉，抬腿走了出来，又朝陆盼盼这里看了一眼。

陆盼盼这次确定他是朝自己这边看来了。

他是在看她吗？应该不是吧？

陆盼盼环视四周，发现报告厅已经坐满了人，只有自己旁边还有一个空座。

这次讲座是按照门票上的座位号入座的，如果顾祁坐了别人的位置，那么他的位置就应该是……

陆盼盼抬头，果然看到顾祁朝她走来。

顾祁在陆盼盼身旁坐下，陆盼盼看着他，说道："刚刚找错座位了？"

顾祁低头看了一眼自己手里的门票，嗯了一声："光线太暗，没看清。"

陆盼盼轻笑道："那我们还挺有缘的。"

顾祁抿唇，没说话。

音箱调试已经结束，演讲要正式开始了。

陆盼盼直视前方，瞧见前排两个女生交头接耳，不知道在嘀咕什么，又推推搡搡的，时不时用余光偷看后面的顾祁。

陆盼盼看得出来，这两个女生想跟顾祁搭话，但又不敢，还怪可爱的。

陆盼盼正想着，前排的女生就羞答答地转过头，说道："你是金融系大一的学生吧？"

顾祁点点头。

女生又说："想不到你也来这个讲座了，你最喜欢顾了之的哪本书啊？"

顾祁："我没看过她的书，帮朋友来要签名的。"

女生无话可说，又羞答答地转回头去，旁边的女生忍不住掐了她两下。

陆盼盼抓住了他们对话中的重点，脑子立马转动了起来。

"才大一啊……"

这人年龄小，球技好，正是打联赛的好苗子。

没想到顾祁敏锐地听到了她的嘀咕，问道："怎么了？"

"嗯？"陆盼盼反应过来，连忙说道，"没想到你居然才大一。"

顾祁蹙眉，怎么感觉她很兴奋的样子？

"是的。"顾祁说，"刚十九岁。"

那他真是太合适了。

陆盼盼眼里带上了笑意："十九岁多好啊。说起来，你得叫我一声姐姐呢。"

顾祁垂眸看着陆盼盼："姐姐？"

这两个字在顾祁唇间辗转一番，明明是疑惑的语气，却有了一种旖旎的感觉。

舞台灯光突然亮了起来，作家在大家的掌声中登场。陆盼盼意识到自己刚刚因为人家的一句话就胡思乱想，于是赶紧随着众人一起鼓掌。

演讲进行到一半，陆盼盼和顾祁都没有说话。

陆盼盼左边的女生在作家回答观众提问阶段接到一个电话，然后猫着腰走了出去。

陆盼盼注意力被这个女生分散，忽然又听到观众席一阵喝彩声，好像是台上的作家说了什么，但是她没注意听，于是问一旁的顾祁：“刚刚说了什么？”

顾祁侧头看着陆盼盼：“嗯？”

他的目光投来，陆盼盼有片刻恍神。

昏暗的灯光下，这人的眼睛黑得发亮。当他注视一个人时，很容易摄住对方的注意力。

“嗯……我是问刚刚台上说了什么。”

顾祁别开脸，看着舞台。

“我也没听清。”

陆盼盼失望地哦了一声，注意力再次回到台上。

正当她听得认真时，眼前突然一黑，音响声音骤断，所有人都蒙了，四周顿时嘈杂一片。

陆盼盼后背的冷汗几乎是一瞬间冒出来的，连手心也凉了。

她微微张嘴，呼吸急促起来，左手挥了一下，空荡荡的座位上没有人，她只能狠狠握住扶手，却下意识地用右手抓住顾祁的手臂。

顾祁身体忽然一僵，浑身紧绷了起来。

女人的手细嫩微凉，还带着一股若有若无的橘子味，时不时飘过他的鼻尖。

顾祁有一瞬间的愣神，然后不动声色地推开她的手，她却又一次抓了上来，并且一言不发。

有人站在前面大喊：“大家不要着急！只是跳闸了，大家稍等片刻！”

观众听到后，纷纷拿出手机照明。

顾祁紧蹙眉头，又一次推开了陆盼盼的手。

同时，报告厅灯光亮起。

陆盼盼长舒一口气，心跳逐渐恢复正常。

但直到顾祁再一次推开她的手，她才注意到自己居然一直抓着一旁的男人。

“对不起啊。”陆盼盼连忙收回自己的手。

顾祁没有说话。

陆盼盼看了一眼自己的手掌，心思已经不在讲座上了。

如果她没有记错的话，顾祁刚刚好像连续两次推开她。

他似乎很不喜欢跟人有肢体接触，那就不好办了。

陆盼盼忍不住问：“你不喜欢跟人肢体接触？”

顾祁没想到陆盼盼问得这么直接，直接答道：“对。”

陆盼盼低头，眼里流露出失望。

顾祁见她的神情，再次补充：“特别是女人。”

然而陆盼盼压根没听到他后面那句话，满脑子都想着这人不喜欢跟人有肢体接触，那球队岂不是少了一个好苗子？毕竟不管是训练还是比赛，球员们都少不了肢体碰撞，如果这个人排斥这点的话，就很难在球场上发挥出自己的水平。

想到这里，陆盼盼喃喃自语：“太可惜了。”

顾祁听到她这句话，微微别开头，心思却再也不在讲座上。

半个小时后，讲座结束，大家都按照秩序拿着书排队等待签名。

陆盼盼站在顾祁身后。

她微微抬头，估计不出顾祁的身高，于是微微朝他靠近，拉近两人之间的距离，然后举手比画了一下，确定自己刚刚到他的肩膀。

以自己一米六四的身高来算，顾祁大概有一米八八——矮了点儿，但是还凑合。

排球这项运动对身高很敏感，所以陆盼盼也养成了职业病，看到球打得好的，总忍不住去计较人家的身高。

然而她并不知道自己这个小小的动作却被前面的男人感知到了，他的指尖微微颤动了一下。

陆盼盼又忍不住打量他的手：手掌整体很大，手指修长，控球能力应该很强。

陆盼盼又朝下看去。

顾祁穿着黑色九分裤，只露了脚踝和一小截跟腱，但陆盼盼只这一眼就知道他的小腿跟腱一定很长很漂亮，腿部力量肯定很强悍。

陆盼盼舔了舔唇角，真是天生的主攻手啊。

背后那道目光太过赤裸，顾祁甚至能感受到那道目光从上到下扫视着他，因而他忍不住回头，就看到了这一幕。

陆盼盼舔着唇角，盯着他的腿，眼里全是渴望。

顾祁：现在的姐姐怎么回事，一点儿都不含蓄吗？

陆盼盼见他回头，雀跃地问："你摸高多少？"

顾祁顺口答道："三百六十厘米。"

陆盼盼双眼一亮，惊得说不出话。

他的弹跳力也太厉害了吧！

顾祁："你问这个干什么？"

陆盼盼："你有兴趣加入允和大学男子排球队吗？"

顾祁转回身，背对陆盼盼说道："没兴趣。"

队伍往前挪了一点儿，陆盼盼紧跟上去，戳了戳顾祁的袖子："考虑一下嘛。"

顾祁回头，一脸不解地看着她："你不是金立方的人吗？"

陆盼盼道："那是昨天的事情，现在我是允和球队的经理。"

顾祁沉默良久，嘴角扯出一抹僵硬的笑："你的工作还挺随机应变的。"

陆盼盼理直气壮地挺胸："毕竟是快节奏社会嘛。"

他转过身，再一次自闭。

陆盼盼还是不死心，继续问道："真的不考虑一下吗？你的球技不去打比赛真的太浪费了。”

从背影感觉到这个人似乎有一点点松动，陆盼盼趁热打铁：“在联赛上崭露头角的人还有可能被省队看上哦，说不定还会直接被国家队教练带走。”

顾祁又回头，看着陆盼盼：“允和球队什么样子你当我心里没数？”

陆盼盼：“……”

这样的情景下，陆盼盼想起了昨天下午吴禄跟她说的话：

“允和男子排球队现在球员断层得厉害。”

新生里倒是有几个技术不错的，但是要九月才入学，来不及参加下一赛季的训练。

而现有的球员中，有的已经对联赛不抱希望，直接退队，平时只做基础训练，跟其他普通的体育生没什么两样；有的直接考虑保研和就业问题，心思也不在球队上。

吴禄跟她数了数，目前能上场的球员倒是有几个，只是还差能担任主攻手的球员。

其他的人当个替补也勉强。

据陆盼盼了解，顾祁虽然不是体育生，但是他的能力在允和做主攻手绝对绰绰有余。

如今已经五月份，九月就要报名新赛季的比赛，允和没有那么多时间再去寻找新的主攻手了。

陆盼盼抬头，不死心地看着顾祁，见他正在回复朋友的微信消息，于是说：“能加一下微信吗？”

顾祁愣了一下，没有回答。

陆盼盼踮起脚，歪头看着顾祁，柔声说道：“晚上详谈，好吗？”

顾祁指尖一顿，手机差点掉在地上。

刹那间，陆盼盼已经拿出手机打开微信了。

顾祁转身背对陆盼盼，说道：“你稍等一下。”

陆盼盼就看着他在手机上鼓捣什么，几秒后，他转身，报了自己的微信号。

陆盼盼喜滋滋地搜索，对话框一弹出来，显示顾祁的微信名："别爱我，没结果"。

陆盼盼："……"

这人取名好骚啊。

顾祁回到宿舍时，霍修远正在书桌前看书，极为认真，连顾祁回来了也没注意到。

顾祁经过他身后，瞄了一眼，他居然已经开始复习了。

"考试还有一个多月，你这么早就开始复习了？"

霍修远正在算一道题，一只手握着笔在草稿纸上飞速写写画画，另一只手挥了挥，示意"一会儿再说，现在别打断我的思路"。

顾祁坐到自己的书桌前，拿出一本书，没翻开几页微信就响了起来。

他立刻打开手机，却见是公众号推送。

顾祁合上书，沉默良久，回头说道："我今天遇见了……"

"你那里有没有资本资产定价模型的参考资料？"霍修远完全没在意顾祁说的话，回头说道，"借我看看。"

顾祁在书架上翻出一本书，递给霍修远的同时说道："我们还没开这个专业课程吧？"

霍修远接过书："下学期有教授的助理双选会，我想去王教授那边，就必须考专业第一……"

他看了顾祁一眼，改口道："第二吧。"

说完，霍修远又转身看书。几分钟后，他突然回头问："你说你遇到什么了？"

顾祁看着霍修远手边成堆的书籍，说道："没什么，你专心复习吧，等你考完试再说。"

陆盼盼一回到家就接到了吴禄的电话。

本来是通知她明天就正式上班，但吴禄一兴奋起来就变成了话痨，从他已经好几年没拿到奖金说到国足出线害他把私房钱也输了。陆盼盼抬头看了一眼时间，不得不打断他：

“吴教练，我跟您商量个事儿。”

吴禄：“你说。”

陆盼盼：“昨天你不是跟我说队里没有球员能胜任主攻手吗？我最近倒是看到一个，是允和大学大一的学生，能力非常强。”

吴禄：“谁啊？能力强的我不可能不知道啊。”

陆盼盼：“他不是体育生，是金融专业的学生。”

吴禄沉默了。

陆盼盼继续说：“吴教练，校队招揽非体育生也不是没有先例，而且我们现在的主要任务是迎接新赛季。正如您所说，九月再训练新生恐怕已经来不及了。”

吴禄在电话那头犹豫一阵，说道：“身高。”

选择主攻手，吴禄最看重的就是身高。

陆盼盼：“我估计一米八八，应该不到一米九。”

话音一落，陆盼盼果然听到了意料之中的叹息。

吴禄：“矮了点儿。”

“我知道身高差了点儿，但是您看现在国家队的选人趋势，男排和女排是不一样的。”陆盼盼平静地说，“女排选手日益高大化，然而男排却不再把身高放在第一位，而是追求小、快、灵。我昨天看了允和球队的基本资料，整体身高应该没希望在短时间内统治网口，更无法在拦网上向对手施压，这样的条件下，我们不如在攻防转换速度上下功夫。”

吴禄沉默不语。陆盼盼知道他在思考可行性，便补了最后一句：

“那个人的攻击力——非常强悍。”

片刻后，吴禄说：“我想见见他。”

陆盼盼先打通了吴禄这关，想着要说动顾祁应该不难。

有这样的球技，他就算是天才，平时肯定也是下了狠功夫的。再加上他正处于热血躁动的年纪，陆盼盼实在不想放弃这样的人才。

当她打开微信看到“别爱我，没结果”时，又无数次产生“算了吧，找个正常球员”的想法，但这种想法还是被理智抑制住了。

陆盼盼：你好。

她等了近半个小时，对方也没有回复。

行吧，她怪自己耽误太久，明天再说。

陆盼盼躺上床，关灯睡觉。

第二天早上，陆盼盼七点就出门了。

虽然允和大学离她家只有不到二十分钟的步行距离，但是她向来有提前到岗的习惯。

太阳已经升起，路边草坪里有三五成群的学生在晨读，晨跑的学生一个接一个地越过陆盼盼。

陆盼盼脚步轻快，穿过马路，沿着操场旁的小路走。

一阵铃声从身后传来，陆盼盼回头看去，只见吴禄骑着自行车飞速朝她奔来，在她面前半米处敏捷地刹住车，下来推着车跟她一起走。

“你来这么早啊？”

“嗯。”陆盼盼说，“今天第一天上班，给大家留个好印象。”

吴禄：“你是自己开车过来还是坐地铁来的？”

陆盼盼：“我家就在允和对面的小区，走路来的。”

吴禄：“那敢情好，以后上下班都方便。”

两人放慢了脚步，迎着晨光边走边聊。

旁边的操场上，晨跑的学生越来越少，大多数准备去上早上第一节课。

顾祁戴着耳机，已经开始放慢脚下的速度。

一个同专业的男生从后面追上他，拍了拍他的肩膀："今天上午没课？"

顾祁摇头。

两人一起慢速跑，男生东张西望，指着前方说道："有美女！"

顾祁抬眼望去：陆盼盼穿着一条白色连衣裙，长发披散着，时不时被晨间的微风撩起几缕；她抬手拂开额间长发，阳光正好在她脸上轻轻跳跃。

"哇。"男生忍不住说，"跟电影里走出来的人似的。"

顾祁慢慢停下脚步，目光追着陆盼盼，直到她消失在拐角。

"那个男的是咱们学校排球队的教练吧，他们是不是去排球馆了？"男生还依依不舍地看着陆盼盼离去的方向，"那美女是他的女儿？搞得我都有点儿想加入排球队了。"

顾祁回头看他一眼："你进去捡球吗？"

"呵。"男生也不生气，"要真是教练的女儿，我去当球都乐意。"

顾祁迈大步子朝前走，把男生甩在身后。

兜里的手机随着他的步伐上下跳动，一下又一下地撞击他的大腿。

顾祁突然停下，拿出手机，看着今天早上起床才看到的那条消息。

"既然他不愿意来，那就算了。"

吴禄听完陆盼盼说的话，见她神色不甘，又说道："真打得那么好吗？"

"真的。"陆盼盼说，"这样吧，我知道他在一家排球俱乐部打球，有时间您跟我一起去看看。"

"行吧。"吴禄把车停在排球馆门口，弯腰锁车，"他要是真的不乐意，我们也不勉强，别耽误人家定好的前程。"

陆盼盼觉得吴禄说得有点儿道理，刚要说好，包里的手机发出叮咚的声音。

她拿出手机一看，是顾祁回消息了。

别爱我，没结果：你好。

“他回我消息了！”

陆盼盼是个乐观的人，只要对方肯回消息，就代表有希望。

吴禄也凑过来看：“你问他什么时候有时间，我看看去。”

陆盼盼：早上好呀。你什么时候有空呢？教练想见见你。

顾祁许久才回消息。

别爱我，没结果：你真的是经理？

陆盼盼：我真的是呀，我又不是骗子。

这次，对方也隔了许久才回。

别爱我，没结果：你最好不是。

陆盼盼：“……”

她回过头问吴禄：“怎么，最近有人冒充排球队经理搞传销吗？”

吴禄：“没有吧？”

陆盼盼又低头打字。

陆盼盼：如果你不相信，现在可以来排球馆二楼的办公室，我和教练都在。

别爱我，没结果：我要上课了。

陆盼盼：行，那我不打扰你了，你有时间联系我。

别爱我，没结果：嗯。

陆盼盼将手机放在桌上，正式开始她今天的工作。

罗维和肖泽凯是在陆盼盼和吴禄在外面聊天的时候来的，他们看见那女人站在门口，没有开口，静悄悄地站在后面。

昨晚吴禄在群里说来了个新的经理，职业的，其他不知情的人直接炸了，没想到允和还能吸引到职业经理。

只有罗维和肖泽凯没在群里说话，而是一大早直接来了排球馆。

陆盼盼一扭头就看到了他们。

两个男生眼里的不善太明显，搞得陆盼盼不由自主地低头看了一眼自己的装扮。

她没问题吧？

这两个男生也不说话，默默跟在吴禄和陆盼盼身后进了办公室，听着他们聊天，始终在后面一言不发。

吴禄看不下去了，说道："你们俩当保镖呢？没事做就下去把今天的单手垫传球练了。"

罗维和肖泽凯对视一眼，心不甘情不愿地下了楼。

吴禄又对陆盼盼说："他们比较怕生，你别介意啊。"

"没事儿。"陆盼盼坐了下来，继续道，"那你们连续两年没有赞助商，球员的一些补助可能也跟不上吧？"

"是啊。"吴禄说，"我们球队原本都是由排球特招生组成的，但是这几年没有营养补助和训练补助，其实他们也就跟普通体育生差不多，只是平时多了些训练。"

说着，他摸着脑袋笑了起来："反正每年联赛都一轮跪，也不需要什么赞助。"

"那不行。"陆盼盼说，"没有赞助，一定意义上丧失了很多机会。"

吴禄笑笑不说话。

他当然知道一定的赞助是需要的，去年有个学校就靠着赞助引入了几名省队的外援。

可是赞助商又不是慈善商，要是球队没有商业价值，人家凭什么赞助？

但陆盼盼似乎一点儿不担心这个问题。

她说："明天下午有空吗？跟我去见个人吧。"

第二天午后，吴禄跟着陆盼盼出现在金立方门口时，差点儿以为这里是个夜总会。

而这家俱乐部的老板在室内戴着墨镜出现时，吴禄又以为这是一家盲人按摩店。

金鑫朝他们走来，不小心绊了一下。吴禄一个灵活走位冲过去扶住了“金主”的一只手臂：“您小心点儿，这儿有门槛。”

原本只是被球砸肿了眼睛的金鑫只尴尬了那么一瞬间，便抬起了另一只手，在半空中像模像样地摸索。

吴禄扶着金鑫进办公室的途中还不忘给了陆盼盼一个“我知道为什么你说他会赞助我们球队了”的眼神。

因为，他瞎。

陆盼盼：“……”

“您就是吴教练吧？”进入办公室后，金鑫大大咧咧地坐到沙发上，依然没有摘下墨镜，“我是金立方体育管理有限公司的董事长金鑫。”

伴随着话语，金鑫从包里摸了一张卡片出来——Vtor 超跑俱乐部 VIP。

吴教练愣住，而金鑫还在沉迷装瞎，直到陆盼盼在旁边咳了一声，金鑫才低头一看，连忙说道：“不好意思，拿错了。”

他又从包里摸了一张正儿八经的名片给吴教练。

吴教练接过名片，但还是满脸疑惑地转头给了陆盼盼一个“这年头盲人也能开超跑吗”的眼神。

陆盼盼：“……”

她今天是带吴禄来骗赞助的，不是陪金鑫飙戏的。

好在金鑫演戏之余没忘记这个主要任务，半小时后，他爽快地同意了赞助。

吴禄开心地站起来颤抖着握住金鑫的双手：“谢谢，真的谢谢，有了您的支持和盼盼的加盟，咱们球队离崛起那日只差东风了！”

金鑫也笑：“还差什么东风？我一应帮你搞定！”

吴禄："我们还差球员！"

金鑫：这个真帮不了。

陆盼盼跟在吴禄身后走出办公室，即将关门的一瞬间，她撑住门把手，对里面的人说："谢谢啊。"

即便是她做了这么冲动的选择，金鑫也支持她，甚至把钱当玩儿似的砸给她的新队。

"我会好好干，不给你丢人。"

"干不好也没啥丢人的，反正我不差钱，哈哈哈。"金鑫摘下墨镜，朝她挥手，"去吧。"

陆盼盼松开门把，还是没忍住，说："其实你把我当亲妹妹照顾，我已经很感谢你了，你不要给自己心理负担。"

金鑫揉了揉自己红肿的眼睛，不着调地说："你别想那么多，我就是有钱没处花。"

陆盼盼笑了笑，关门离开。

吴禄在走廊上等她，但此刻注意力全然在楼下。

场馆里响起一阵喝彩，陆盼盼随意瞥过去，双眼就亮了。

"教练，你看！就是他！我跟你说的那个主攻手！"

"就是他？"

吴禄已经盯着这个人看了几分钟了，得知他就是陆盼盼所说的人，双手不由自主地紧紧握住了栏杆。

吴禄紧紧盯着下面的人，看到轮到发球位置的顾祁单手钩着球走到后面，观察了片刻对面的人的站位，随即单脚跳跃进行正面上手发飘球。

这样一来击球点更高，球速更快，虽然发球者难以掌握发球时机，但发球的杀伤力大增。

顾祁漂亮地做到了。

吴禄看得眼睛发直，咬紧了后槽牙。

只一个发球他就能看出这个人水平如何。

对面的人果然没有接到这个球，顾祁继续发球。

他扭了扭脖子，抛起了球，又是一记漂亮的跳发球，对方毫无招架能力。

“可惜了。”吴禄自言自语道，“拿这个水平跟这群业余爱好者打，他可能全程都在发球了吧。”

他回头看陆盼盼：“这个人真是我们学校的？”

“没错。”陆盼盼说，“金融系大一学生。”

吴禄点点头，没再说话。

但没想到这是顾祁打的最后一局了，吴禄还没看够，双方人员就散去了，陆盼盼便和他往公交车站走去。

一路上，吴禄还想着顾祁，到了站台等车的时候，他还不忘放“彩虹屁”：“真想不到他竟然不是体育生，我这几年带过的学生里都找不到一个比他更好的。有这个弹跳力和爆发力，一米八八的身高已经不能阻碍他了。而且他才大一，肯定还会长高的。”

前天还嫌弃顾祁身高不够的吴禄，此刻已经沉迷于放“彩虹屁”不可自拔，陆盼盼听得都觉得这顾祁简直是个天上地上难得一见的人才。

“一定要让他来我们球队。”吴禄说。

“嗯。”陆盼盼此刻斗志满满，握紧了双拳，“这个顾祁，我要定他了。”

刚收拾好东西匆匆来到公交车站，准备回学校上晚课的顾祁就这么毫无防备地听到了这句豪言壮语。

他差点儿没拿稳手里的包。

她不是说自己不是骗子吗？

顾祁眼睁睁看着车来了，陆盼盼和吴禄上了车。车门快关了，他依然没有上车。

这一个站台只有这一条路线的公交车，司机透过车门看向他。

咋的？我这辆车长得丑还是怎么的？

顾祁皱眉，在司机审视的目光中走了上去。

好巧不巧，车上只有一个空位，就是最后一排的四个座位中位于陆盼盼旁边的那个位置。

陆盼盼和吴禄在谈话，顾祁一眼就看到了她。

六点半的公交车上，有下班回家的疲惫的人，有刚放学的中学生，有带着孙子的老奶奶和老爷爷。在这群充满烟火气的人中，陆盼盼显得有那么一点儿不食人间烟火。

她穿着白色短袖和牛仔短裤，简简单单，却让身边的人自动成了背景。

特别是她笑的时候，周围的人就跟打了马赛克似的。

顾祁出神了片刻。陆盼盼和吴禄看到了他。

吴禄觉得自己是伯乐，前面的人是千里马。然而他显然忘了目前伯乐和千里马还没有认识，所以在他朝顾祁招手示意他过来坐时，顾祁淡定地走到公交车过道上，站定，转身，拉住扶手。

在这一系列动作里，顾祁的呼吸似乎还跟刚刚打完球似的，不太稳。

他告诉自己，别过去，这一切都是她的套路。

下一秒，陆盼盼朝他招手，笑道："这里有空位，过来坐吧。"

顾祁："好的，谢谢。"

顾祁走过去坐了下来。

陆盼盼侧头和吴禄对视一眼，示意他先开口。

吴禄本不善言辞，但爱才心切，搓着手说道："同学，我刚刚看你打球了，有兴趣加入允和大学男子排球队吗？"

顾祁抿唇，摇头道："对不起，我不是体育生，我……"

"没关系的。"陆盼盼说，"没有硬性要求说男排成员一定得是体育生。”

“来吗？”陆盼盼不死心地追问，“我觉得你非常出色，我非常欣赏你的球技。”

他对自己说：别进她的圈套，她这是想近水楼台先得月。

顾祁别开了头，看向另一侧窗外，窗户上映出陆盼盼的脸。

“好。”

顾祁回到学校时已经过了晚饭的点。他走在路上，感觉衣服黏糊糊的，这才想起自己今天打完球忘了洗澡，于是趁着还有半小时才上课，飞速回宿舍冲了个澡。

顾祁到教室的时候，霍修远已经占好了座位，正埋头看书。

“今天怎么回来这么晚？”霍修远一边看书一边问。

“路上耽误了会儿。”顾祁用手指转动着圆珠笔，将课本翻到今天要学的地方，“对了，我要加入学校男排队了。”

霍修远轻笑着，依然没有抬头：“你挺闲啊。”

顾祁没有说话。

他想反驳自己不是闲，是管不住那张嘴。

他明明不是那样想的，怎么话从嗓子里说出来就拐弯了啊？

“那你暑假回家吗？”霍修远抬头问，“我听说男排暑假要留校训练的。”

顾祁：“训练就训练吧，反正我回家也是一个人。”

“那我们还能做伴。”霍修远说，“我暑假也不回家，打算准备来年的建模大赛。”

“我今天又……”

顾祁的话被上课铃打断，老师夹着课本器宇轩昂地走了进来。

霍修远自然也没有把他的话听进去，正争分夺秒地看书复习。

课后，顾祁和霍修远走出了教室。

“你今天上课时怎么了？”霍修远问，“怎么一直走神？”

顾祁停下脚步，非常真诚地发问：“我有吗？”

顾祁觉得他自己很专注，专注地懊恼自己怎么就管不住嘴。

两人也不在这种问题上多费唇舌。他们走出教学楼，霍修远念叨着集合论的问题，顾祁看着天色，说了一句：“我的肚子是空集，去合集吗？”

霍修远：“你怎么这么闲，不用接客吗？”

顾祁：“滚。”

至此，两人分开，一个回宿舍看书，一个前往学校门口的小吃街果腹。

晚上八点半，正是小吃街最热闹的时候。

顾祁抄小路直接到了一家麻辣烫小店，老板娘一见他就喜笑颜开：“来啦，老弟！”

老板娘特别喜欢顾祁。

这男孩儿总一个人来这儿吃东西，久而久之，吸引了不少女性顾客来这儿守株待兔。小小的店面只有三四张桌子，每到饭点都能坐满人，老板娘怎么能不喜欢他？

老板娘的菜品新鲜，顾祁一只手揉着脖子，一只手拿着夹子在菜品柜里挑选，余光瞟见一旁贴了个转让门店的告示。

“老板，你要转让店铺了？”

“是啊。”老板娘利索地捣鼓着锅里的材料，中气十足地说，“我要回老家结婚了！”

顾祁选好了菜，不咸不淡地说：“恭喜啊。”

“唉，我十六岁就出来打工，转眼十年了。攒了点儿钱，回家盖个新房子，生个胖娃娃。”人逢喜事精神爽，老板娘一张开嘴就停不下来，“等明年我老公到法定年龄了就扯证，我就在家里当个家庭主妇，也不出来做生意了。”

顾祁把自己选的菜交给老板娘，顺口一提："你老公比你小挺多吗？"

"那可不，年底才二十二岁呢。"老板娘把顾祁的菜挑挑拣拣丢进锅里，"现在的女人可不就喜欢小鲜肉，我看网上说大叔款都过气了。"

顾祁本来还想加一份牛肉，听到老板娘这话，瞬间说不出话，转身在最后一张空桌子坐下。

菜还没端上来，一个女生拿着手机，弯腰笑吟吟地问顾祁："同学，请问能和你拼桌吗？没有多余的座位了。"

顾祁抬头看着她："不好意思，这里有人。"

女生讪笑："哦哦，不好意思。"

她说完却没有走，扭捏了一会儿，又拿出手机说："我可以加你微信吗？"

顾祁垂眸，没说话。

女生连忙解释道："我也是金融专业的，今年大四，说起来我是你的直系学姐呢。"

顾祁莫名地想到了那天陆盼盼对他说："说起来，你得叫我一声姐姐呢。"

果然，现在的姐姐们都喜欢弟弟。

对方是个女生，又是直系学姐，还在这里跟他说了这么多，顾祁不想让她太难堪，便把微信号给了她。

一般人要到微信号就会走，而之后顾祁也不会通过申请，这样既避免了让人难堪，也少了自己的麻烦。

女生开心地搜索了微信号，看到名字的那一瞬间，嘴角的笑僵住。

女生对着手机操作了一番，什么都没说，转头就走。

顾祁解锁手机看了眼，没有好友申请消息。

他的嘴角微微上挑，这个名字果然还是有一点儿作用的。

顾祁正想着，突然飘过一阵浓郁的橘子香。他一抬头，便看见陆盼盼站在他面前笑道：“巧啊，这儿有人吗？”

顾祁下意识地摇头，陆盼盼便自然地坐下了。

“哎，不是……”

陆盼盼：“怎么？”

顾祁与她对视片刻，摇头道：“没什么。”

天刚刚黑，天边还有没来得及散去的彩霞在挣扎时，陆盼盼洗了个澡，穿了一件宽大的长T恤衫，头发绾成丸子，带上手机和门禁卡就出门了。

许曼妍告诉她允和门外的小吃街很出名，不起眼的小店都能有人间美味。正好陆盼盼没有吃晚饭，便出门来觅食，没想到一来就碰到了顾祁。

对面的顾祁却不说话。

陆盼盼拿着手机摆弄，漫不经心地说：“你明天早上有课吗？”

顾祁：“没。”

“那成。”陆盼盼道，“吴教练说明早七点半在排球馆集合，你有问题吗？”

顾祁：“没。”

看着陆盼盼摆弄手机，顾祁想起刚刚那个女生。

那句话怎么说的？饿死胆小的，撑死胆大的。

“对了，你是什么时候开始打排球的？”陆盼盼回完了消息，将手机反扣在桌上，“以前有进过中学的校队吗？”

陆盼盼说话的时候，老板娘把顾祁的菜上齐了。

陈旧的白炽灯产生的光自上而下照在陆盼盼的脸上，给她蒙上了细细的光晕。

“不记得了。”顾祁说，“从我记事起好像就在学。”

他自动忽略了后面那个问题。陆盼盼也不追问。

“那你是在学校里学习的排球，还是在其他的地方？”

顾祁：“一个体校教练的课外班。”

“怪不得你基本功这么扎实。”陆盼盼想起别的什么，又问，“你是金融系的学生，高考多少分啊？”

顾祁：“六百多一点儿。”

陆盼盼：“一点儿是多少？”

顾祁：“四十七。”

陆盼盼笑道：“很棒，我就喜欢这种男孩儿，体力智力两不误。”

许多人对运动员的印象就是“四肢发达，头脑简单”。其实不然，成为优秀的运动员对智商的要求并不低，否则运动员无法在赛场上把握战术、观察对方意图以及灵活应对。即便是单人运动，如果运动员智商不过关，许多动作领悟不到要领，那也无法成为其中的佼佼者。

顾祁倏然抬眸看着陆盼盼，而陆盼盼说话的时候习惯看着对方的眼睛，两道视线就这么猝不及防地相撞。

这一刻，陆盼盼觉得他的眼睛实在好看，忍不住多看了两眼，结果就从他的眼神里读出了“只恨世风日下，人心不古”的情绪。

正当陆盼盼疑惑时，顾祁别开脸看向路边，嘀咕道：“高考的时候发烧耳鸣，不然我能考更好。”

陆盼盼低头笑了起来。

她夸他两句，他还嘚瑟上了。

突然，顾祁的手机响了两声，是霍修远发来的消息。

霍修远：我的肚子也空集了，你在哪里合集？我来找你并集。

顾祁的目光轻飘飘地扫过陆盼盼，手指在手机屏幕上轻敲。

顾祁：专心复习，想吃什么我给你带。

第二章
姐姐她想得到我

七点一刻，陆盼盼已经出现在允和大学。

操场湿漉漉的，陆盼盼一路上没看到几个学生，所以从小树林走过来的穿着红色运动外套的顾祁就特别显眼。

她远远地朝他挥手。两人朝排球馆大门走去。

允和大学的体育生和文化生实行一样的上课时间，只是球队要额外训练，所以集合时间是七点半。

陆盼盼新官上任，早点儿出发是应该的，但她没想到顾祁也来得这么早。

更没想到她到了大门口，就听见吴禄的训话声了。

这时，一个扎马尾辫的女孩儿骑着自行车，一个急刹停在陆盼盼面前。

“同学，你怎么在这儿？”

来人是施佑灵。陆盼盼对她有印象，在考研补习班上见过她。

施佑灵下车，扶着车把，左右打量着陆盼盼："今天不是没课吗，你怎么来了？"

说话间，施佑灵的车轮打滑，眼看着自行车就要栽倒了，顾祁一把帮着扶稳，然后把车拎到台阶上放好。

施佑灵连连道谢，顾祁在这儿不知道做什么，就先进了排球馆。

场馆里，吴禄正在训话。

"今天有新队员加入，你们都要有个师兄的样子！"

以罗维和肖泽凯为首的队员面无表情地看着吴禄。

吴禄背着手，在球员面前踱步："还有，上次你们跟庆阳打架的事情我还没消气！我告诉你们，别把这些坏习惯带给新队员，一个个都给我收敛好了，做个榜样，团结友爱，和和气气！听到没有？！"

他的话音刚落，大门被人推开。

吴禄回头一看，笑道："新队员来了，大家欢迎！"

顾祁迎着晨光走进来，大家待看清他的脸后，一阵低呼。

吴禄心底满意：没想到顾祁光靠脸就震慑住这群崽子了。

紧接着，站在最前头的罗维说："这不就是那天一言不合就要暴打庆阳队长的人吗？"

吴禄："……"

陆盼盼和施佑灵在门口聊了几分钟，得知施佑灵确实是允和球队的学生经理，这学期结束后就要退队了。施佑灵昨天听说新来了一个职业经理，没想到就是陆盼盼。

两人边走边聊，推开大门，忽然觉得里面气氛有点儿怪异。

允和男子排球队如今只有十个人，勉强凑足一支七人队伍，替补席却是凑不齐了。至于原因，陆盼盼早已经了解过——球员断层。

而今天有名学生发烧请假，所以参加训练的只有九个人，看起来实在有点儿凄惨。

顾祁就站在他们对面。

双方不说话，但陆盼盼能感觉到一股对峙的气息在他们之间回荡。

吴禄皱着眉站在一边，见陆盼盼和施佑灵来了，就像看到救星一般："你们都排好队，这位是我们新的经理——陆盼盼！"

队员的目光朝陆盼盼扫来，一瞬间，体育馆里的形势似乎更紧张了。

昨天晚上罗维和肖泽凯在训练的时候就跟队友们说了这件事——新来的经理是从庆阳过来的。

允和的人一直就不喜欢庆阳的人——之前打友谊赛都是吴禄私底下联系的——再加上之前的羞辱和群架，他们现在就把庆阳当仇人看。

他们本就对陆盼盼有敌意，谁知她一来还带了个从天而降的主攻手！

她凭什么？

这就是刚刚球员们和吴禄对峙的原因。

他们乐意接受新队员，但新队员一来就要当主攻手？而且这人还不是体育特长生，哪儿来的脸？

所有人都不同意。

原主攻手罗维和副攻肖泽凯直接站出来表示拒绝。

"禄禄你是不是假酒喝多了？金融系大一学生？主攻手？来搞笑的？"

"有意思，陆经理带来的人比我们高贵还是怎么的？"

"让一个文化生当主攻手，看不起我们这些练了十几年体育的人吧！"

大家七嘴八舌地议论着，吴禄根本没有插话的余地。

他本就不太会说话，急起来更是半天憋不出一个字。

于是，他拿起胸前的哨子，用力吹了一下，吼道："都给我热身去！"

陆盼盼看向顾祁。他站在一旁，面色平静地朝后排走去。

热完身，球员们依然一肚子不服，原地解散，去休息区喝水。

吴禄转身朝陆盼盼走来，吩咐施佑灵去检查器材，然后指了一张椅子告诉陆盼盼："你要是看他们训练就坐这儿。"

陆盼盼点点头，却没有坐下。

吴禄摸了摸后脑勺，想说点儿什么又始终开不了口。

陆盼盼懂他的欲言又止，笑着说道："吴教练您别在意，这些学生单纯不懂事，我会和他们磨合的。"

她的话刚说完，在一旁喝水的罗维越想越不服气，将矿泉水瓶扔到地上，弄出一阵响动，在这空旷的场馆里动静特别明显。

肖泽凯也贼不爽，跟在罗维后面，喝完了水就将矿泉水瓶扔到地上。

紧接着，第三瓶、第四瓶、第五瓶、第六瓶……这群人就以这么幼稚的行为来表达自己的不满。

甚至还有一个人把矿泉水瓶扔到了陆盼盼的座位上。

吴禄立刻脸黑得像张飞，眼看着他就要冲过去教训人。

陆盼盼去拉吴禄的袖子："教练，别跟他们……"

陆盼盼的话没说完，他们就听到一声巨响。

吴禄和陆盼盼同时循声看去，发现一个球砸到了凳子上的矿泉水瓶后一起滚落在地上。

不只是吴禄和陆盼盼看到了这一幕，其他人也都看到了。

他们全都回头看向角落里的顾祁。

他站在装着十几个排球的推车旁，手臂还因刚刚的一个发球而轻微晃动着。

球馆里安静得落针可闻。

正当罗维要冲上去问问顾祁是什么意思时，只见顾祁又伸手拿出一个球，抛起，然后用力击出。

球冲向对面角落，径直砸到了最边上那一个矿泉水瓶。

如果只有一次还能自我安慰是巧合，这一次罗维他们确定，这人就是在挑衅。

更挑衅的动作还在后面：顾祁不挪脚步，继续发球，对准地上那片东倒西歪的矿泉水瓶，一个个砸过去。

发球精准又有杀伤力，有一个矿泉水瓶直接被砸到变形，半瓶水喷了出来。

九瓶水，全部被他砸开，他指哪儿打哪儿，没有一次失误。

场馆内的气氛压抑到了极点。

副攻沈周初冷笑一声，朝顾祁走去："你是什么意思？"

顾祁又从球车里拿出一个球，轻轻抛了抛。

沈周初以为顾祁要把他当矿泉水瓶砸了，下意识地停住脚步："你要干吗？"

球队这边的人已经蠢蠢欲动了，总觉得对方是来找架打的。

吴禄知道自己这群学生冲动，忍不住想上前喝止他们，却被陆盼盼拦住。

"吴教练，"陆盼盼看向顾祁，"让他们用自己的方式解决吧。"

吴禄沉吟片刻，又退了回来。

这群崽子再不懂事，也不敢当着他的面打架。

而另一头的顾祁只是抛着球，面色平静，语气淡漠："不服就打一场？"

沈周初回头看其他人。

罗维和肖泽凯对视一眼，出来做决定："打就打。"

队员们一撸袖子就要上，罗维作为队长，又说："你输了怎么说？"

顾祁："随意。"

罗维走了几步，又想到什么。

"那你赢了呢？"

其他人瞪着罗维。

队长怕是小龙虾吃多了辣着脑子了吧？哪儿有这么长他人志气灭自

己威风的?

罗维说出口也觉得不对，对方都没提他提什么提?

顾祁脚步微顿，回头看着球队的人。

“道歉。”

罗维：“什么？”

顾祁微微偏头，看了陆盼盼一眼。

“输了就给她道歉。”

允和男子排球队前年还是满编，去年退出三个人，今年又退出三个人，如今只剩十人。现在有一个人请假，就算再加上一个打主攻位置的顾祁，场上一共十人，也没办法凑出两个队打对抗赛。

于是罗维打电话从男寝叫了三个还在睡觉的专业排球运动员过来顶上。

这三个学生作为高水平运动员特招进入允和大学，刚好分配在金融系，见到顾祁，都有点儿诧异。

他们平时很少正儿八经去金融系上课，也不知道顾祁会打排球。

“干吗啊？跟我们金融系学弟打对抗赛，有点儿欺负人了吧？”

“是啊，我们排球队是找不到人了吗？”

“这么想打比赛去寝室抓人啊，一大群人还没起来跑步呢，抓个金融系的算什么？”

“以大欺小！”

“不要脸！”

“呸！”

罗维一个球砸向这三个人。

“别废话！到底来不来？”

“来来来。”

三个爱护学弟的学长走向顾祁：“我们跟学弟一组，就见不得你欺负人。”

“别，你们来我这边。”罗维拦住这仨，“把你们安排到他那边才是我欺负人。”

这三人是排球专业运动员不假，但是平时没跟队里的人训练过，配合度不高。

“不用。”顾祁一边热身一边说，“让他们来我这边。”

罗维：“不行，别到时候说我欺负人。”

顾祁：“不用，让他们过来。”

三个被抓来打比赛的人就像皮球一样被罗维和顾祁抢来抢去。

三个“皮球”：怎么感觉哪里不对呢？

最后，顾祁抢到了两个“皮球”，罗维抢到一个。

罗维把队里最好的二传手单旭阳和副攻肖泽凯以及自由人霍豆给了顾祁，还有一个还在读大一的接应二传丁扶成。

双方分配人员完毕，各自站到了网前。

陆盼盼和吴禄一合计，分别往两边的裁判椅走去。

裁判椅放置在球网两边，几乎与网持平，她需要从梯子爬上去。

陆盼盼站在椅子前犹豫了片刻。

她穿着铅笔裙，实在不方便爬这种梯子。

一旁的罗维侧头看了她一眼，不耐烦地嘀咕两句，然后走到一旁抓起地上一件不知道是谁的运动外套丢给陆盼盼。

看见红色外套飞来，陆盼盼下意识接住，随后才反应过来罗维是什么意思。

陆盼盼说了声谢谢，罗维没理，在自己的位置上站好。

这件外套很大，陆盼盼系在腰间，衣服下摆垂到了小腿处。

她坐上裁判椅，朝吴禄点头，吴禄吹哨，比赛开始。

顾祁方发球，站在一号位的是“皮球”之一。

他大概是还没睡醒，早饭也没吃，第一个发球就失误——没过网。

所有人都无语地看着他。他摸着后脑勺嘿嘿一笑，跑过去捡球。

“不算不算啊！没吃早饭呢。”

三个“皮球”被临时抓来，谁都没把这场比赛当回事。

吴禄再一次吹了发球哨。

“皮球”这次发球没失误，但也表现平平，球被对方轻松接起。

只是当球传回，再由二传手传到顾祁手里时，对面的罗维愣了一下。

另一边的二传手单旭阳和副攻肖泽凯也出神片刻，盯着顾祁看。

他的直线球扣得快准狠，直接盖过对方的三人拦网。

球落地的那一刻，罗维又愣了。

几分钟后，轮到顾祁发球。

他弯腰拍球的时候，罗维和对方的肖泽凯对视一眼，两人的情绪都一样。

按照今天这种情形，并不需要打完整场比赛，他们已经知道了这个人到底配不配做他们的主攻手。

可是竞技体育这种事，哪儿有运动员半途服软的呢？他们一定会打完整场比赛。

一个多小时过去，两方比分二比二平，进入最后的决胜局。

罗维站在发球区，却迟迟没有发球。

虽然队里最好的人都分到了顾祁一方，但顾祁没有跟他们配合过，很多手势理解不了。特别是二传手肖泽凯，和罗维配合惯了，完全摸不透顾祁这种强打法，大多数时候没办法把球传到位。其中两个“皮球”还是来滥竽充数的，频频丢球。

罗维这方则是配合了两年的老队友。

就这样，顾祁也把比分打到了二比二平。

罗维想象了一下，要是自己遇到这样的情况，恐怕早就“跪”了。

第五局。

比分打到十四比十三，罗维方拿到赛点。

也就是说，他只要再拿一分就赢了比赛。

可罗维非常清楚，刚刚是对方的接应二传方俞乐一传失误丢了分。现在顾祁轮换到后排，他准备自己一传了。

罗维竟感觉自己有点儿紧张。

果然，罗维这个跳发球被顾祁稳稳接起。

就在这时，馆外突然响起上课铃。

准备接顾祁的球的那个“皮球”站在原地没动，回头看了眼钟表，大声喊道：“上课了！”

球就这么丢了。

吴禄不知道这个球怎么算，看向陆盼盼。

陆盼盼朝他点头，他便吹响了哨子。

分判给罗维方，十五比十三，比赛结束。

三个“皮球”你追我赶地冲向教学楼，留球馆内一众人无言以对。

施佑灵抱了一箱矿泉水出来，顾祁转身去喝水，汗水顺着下颌流进衣领。

陆盼盼已经下了裁判椅，见顾祁手里的水没剩多少，于是给他拿了一瓶新的。

两人就在角落站着，也不说话，只有顾祁喝水的声音。

罗维朝他们走了过来。

陆盼盼下意识地把顾祁挡在了身后。

自己不是小孩子了，来到一个新的地方不能在第一时间被人接受也是常事，她不打算计较。

可顾祁要打比赛为她争一个道歉时，她的内心有一点儿触动。

罗维半张着嘴，说了个“我”字，没有继续。

陆盼盼看着他，倒是好奇他会怎么做。

他会不会真的强硬地拒绝顾祁加入球队？

罗维目光落在陆盼盼身上，不是那么友好，但也不复之前的抗拒。

半晌，他说了句“对不起”。

肖泽凯也走过来了。

他站在陆盼盼面前，却不看她，硬邦邦地说了句“对不起”。

陆盼盼解下腰间的衣服，还给罗维。

罗维拿着衣服，双手背在身后，梗着脖子看着窗外。

其他球员也走了过来，却站在罗维和肖泽凯身后。

陆盼盼将目光扫过他们，开口道：“我知道你们不喜欢庆阳球队，所以也不喜欢曾经在庆阳任职的我。但职场不是球场，我既然来了允和，就代表我现在只是允和的经理，代表我的工作目标只有一个——和吴教练一起让允和球队变得更强。”

她看着罗维：“三号主攻手罗维兼队长，六号二传手单旭阳，一号副攻肖泽凯，二号副攻沈周初，八号自由人霍豆，十一号接应二传方俞乐。”

她准确地把号码位置与人名对起来，随即看向后排。

“四号主攻手安扉顺，五号二传手孟程，十号接应二传丁扶成，还有今天请假的九号副攻高承治。

“曾经我是你们的对手，现在我是你们的队友。”

陆盼盼朝罗维伸出手：“合作愉快。”

罗维半晌才伸出手，草草地握了一下了事。

陆盼盼也不在乎，转身对吴禄说：“接下来继续训练？”

吴禄在一旁看得一愣一愣的，听到陆盼盼叫他了才忙不迭吹哨子。

“每列三至五人排开，先做高抬腿训练！”

他们大清早就打了一场比赛，吴禄打算让他们今天上午轻松点儿。

吴禄照顾新人，亲自带着顾祁站到球场中央，然后回头对罗维他们喊道：“都过来排队！”

罗维率先走了过去，经过顾祁面前时，他伸出手，握成拳头。

“欢迎你。”

顾祁也伸出拳头，和他碰了碰。

跟在罗维身后的肖泽凯更善于表达情绪，他笑嘻嘻地走过来，伸出拳头，跟顾祁碰了下。

“厉害啊，大兄弟，看不出来是个文化生啊。”

然后是单旭阳、沈周初、霍豆……每个人都依次经过顾祁面前，与他碰拳。

吴禄回头朝陆盼盼笑了笑，意思是“你看我这帮孩子也还可以嘛”。

陆盼盼朝他摆摆手，然后拿着自己的记录板走过去。

吴禄面对球员们发出指令，大家根据他的指令做高抬腿反应。

两轮训练结束后，吴禄开始发出相反指令。

大家要根据他的指令，抬相反的腿做出反应。

陆盼盼在旁边看了一会儿，说：“你们大声数出来啊。”

大家齐齐看向她。

陆盼盼又说：“喊出来不舒服吗？多有气氛，多鼓舞士气啊，也能为比赛中大声喊出来做准备练习。”

大家面面相觑，似乎有点儿不愿意大声喊出来——有点儿傻。

就在没有人接陆盼盼的话时，边上一个人大声喊了出来。

陆盼盼转头去看，是顾祁。

他一边做高抬腿反应，一边配合吴禄喊出来。

声音又响又亮，偏偏他目不斜视，做出一副“我喊出来就是觉得舒服，可不是因为你”的样子。

渐渐地，也有人跟着喊了。

当球馆里的十个男生整齐划一地喊起来时，气势特别足，还有鼓舞人心的作用，一个个越练越来劲。

中午。

训练结束后，大家原地解散。

罗维一边擦汗一边问顾祁要不要跟他们一起去食堂吃饭。

顾祁想了想，说道："不了。"

罗维不解，问道："为什么？不是吧，你别小气啊，一起吃个饭怎么了？"

顾祁："我习惯一个人吃饭。"

罗维觉得顾祁不是个矫情的人，可能真的有什么习惯，便也不再多说，带着其他人跟着施佑灵一起去吃饭了。

吴禄每天中午是要回家吃饭的，陆盼盼收拾好自己的东西，一个人走出球馆。

下午球队还有训练，她打算去食堂吃了午饭就回办公室休息。

球队一群人浩浩荡荡地往 1 号食堂走去，陆盼盼走在后面，看见顾祁落了单。

他走路的时候背挺得很直，但会微微低头。

中午太阳出来了，早上的冷气早已经散去，天气变得闷热。

顾祁的球服被打湿了，汗水浸得后背那一块儿颜色不一样，于是他想穿上外套。

穿到一半，顾祁又顿住，拎着衣服闻了闻。

衣服上有一股淡淡的橘子香味。

不知不觉中，他已经熟悉了这股香味，甚至能闻香识人。

今天他进了排球馆后随手把外套丢在一旁的椅子上，然后罗维也没问，直接把外套递给了陆盼盼。

顾祁就看着她把自己的外套系在腰间一个多小时，差不多就相当于她穿了他的外套一个多小时吧。

顾祁又把衣服脱了下来。

没别的，他就是觉得自己一身臭汗，配不上这上面余留的香味。

顾祁拎着衣服走了几步，又惊觉不对。

我自己的衣服，我想穿就穿，怎么了？

于是，他抖了抖衣服，正要穿上时，被人从后面拍了下肩膀。

顾祁回头，看见陆盼盼朝他摊着手。

“今天穿了你的衣服，我拿回去洗了还给你吧。”

陆盼盼刚刚在后面看见顾祁摆弄着衣服，一副要穿不穿的样子，就想到他说过他不喜欢跟别人有肢体接触，那他肯定更不喜欢别人穿他的衣服了。

这么说起来她还怪不好意思的。

顾祁看着陆盼盼，却迟迟没有把衣服给她。

不是，洗衣服？她怎么就要给他洗衣服了？他也没听霍修远说过陆盼盼要主动给霍修远洗衣服啊，难道这位姐还会因人而异，改变策略，走怀柔路线？

不对，顾祁觉得事情没有他想得那么简单。

沉默片刻，顾祁说：“你会还给我的吧？”

陆盼盼莫名其妙地说：“不然呢？”

顾祁再次什么都没说就走了。

回到宿舍，顾祁正要开门，突然顿住。

“抬手。”

他把右手抬起。

“放下。”

他又把右手放下。

“抬手。”

他再次抬起右手。

几次重复后，顾祁看了看自己的手。

他的肢体和大脑的配合不是好好的吗，怎么一到了陆盼盼面前就不受控制了？

这一幕被吃完午饭回来的霍修远看到了。

他嘴里叼着一根吸管，看着前方的室友嘴里念念有词，手掌摊开，一上一下晃动，颇有节奏感。

霍修远想了想，问道："顾祁，你什么时候开始玩儿说唱了？"

顾祁："……"

顾祁洗完澡出来，看了眼课表，赶紧把上周布置的作业拿出来补了，顺便点了个外卖。

霍修远就坐在他的背后看书。

两人之间安静无话，寝室里静悄悄的。

过了一会儿，霍修远听到重复了好几遍的笔盖合上又打开的声音。

"怎么？题不会做还是怎么了？"

"我不会做？"顾祁莫名地产生一股火气，"你给我灌两斤白酒我还能现场给你表演一个资本资产定价模型解析。"

霍修远听得好笑，走过去一看，老师布置的课后习题他早就写完了。

他这是"大姨夫"来了吧。

霍修远回到自己的桌前，想下楼买杯冷饮，伸手一摸口袋，发现校园一卡通不见了。

他随即摸遍了自己全身，也不见一卡通。

这可不是一般的卡，在允和，这张卡就相当于身份证，进图书馆需要，坐校园车需要，吃饭、买零食全都需要。

他回想了一下，很可能是中午打完饭坐到餐桌上时随手放着就忘了拿了。

于是他也没跟顾祁打招呼，拔腿就往食堂跑去。

卡里没多少钱，但就是补办起来太麻烦了，所以霍修远宁愿在这炎热的午后狂奔也不愿去办卡处委屈地排队。

当他到了食堂，放眼望去依然是黑压压的人头，之前坐的地方都不知道换几拨人了，别说校园卡，连颗米都没有。

霍修远认栽了。没有补办过校园卡的大学生活是不完整的大学生活。

他掉头就走，出了食堂大门才想起还有失物招领处这么个地方。

失物招领处没多少人，霍修远一走过去就看到一个女生站在那儿，递了一张卡过去，嘴里说着什么。

霍修远过去一看，那不就是他丢的卡吗？

正好前面的女生回头了，霍修远一看，巧了："许同学！"

陆盼盼放下卡打算走，霍修远又叫了一声："许同学！"

陆盼盼迷茫地回头："你在叫我？"

霍修远笑着点头："是啊，我们见过的，你不记得了吗？"

他这么一说，陆盼盼就想起了，自己在这位同学面前自称"许曼妍"。

陆盼盼现在满脸都透露着尴尬："想……想起来了。"

霍修远扬着手里的校园卡，笑得露出一口大白牙："谢谢你啊！"

陆盼盼尽量让自己笑得自然："不客气不客气。"

霍修远是个知恩图报的好青年，执意要请陆盼盼喝一杯果汁作为答谢。

陆盼盼想着也好，这有什么好拒绝的，于是两人就走到一旁的冷饮店。

陆盼盼抬头看电子显示屏，说道："鲜榨橙汁吧，常温。"

店员问："两杯？"

陆盼盼看向霍修远，霍修远点头："两杯吧。"

但其实霍修远不喜欢喝橙汁，不过是懒得再选一杯。

买了果汁，霍修远再次跟陆盼盼道谢，然后才回宿舍。

这个点，顾祁正在吃外卖。

霍修远随手把橙汁放在他的桌上："给你买的。"

顾祁面无表情地说："感动。"

霍修远坐到凳子上，刚翻开书要看，就听见顾祁倒吸一口冷气。然后顾祁转身问道："你想酸死谁？"

随后，那杯橙汁被倒进了下水道里。

陆盼盼回排球馆的路上，许曼妍突然打来了电话。

“盼盼！我的腿断了！”

烈日当空，陆盼盼连眼睛都睁不开，冷淡地哦了一声。

“叫你别折腾，看吧，腿断了吧。”

“不是！我真的摔断腿了！”许曼妍的声音听起来倒是中气十足，“都怪那个酒店搞了个透明阶梯，害得我当众滚了楼梯。你知道有多少人吗？一整个大厅的人都看到了！”

腿摔断了，许曼妍在意的却是这种事情，果然是许曼妍本人了。

陆盼盼问：“严重吗？要回国吗？你那边有人照顾你吗？”

面对陆盼盼的关心三连问，许曼妍只回了两个字——有钱。

住院请护工，反正她就是不回国。

那倒也好，陆盼盼想，听她的语气估计摔得也不太严重，但伤筋动骨一百天，她怎么也得消停两三个月，免得真惹了什么事情被父母抓回来成天哭天抢地。

第二天，陆盼盼依然起得很早。

球队人能到齐的时候只有晨训和夜训，其他时候每个人课表不同，人几乎很难到齐。这也是许多排球专业学生不愿意加入球队的原因。

除了平时上课，他们几乎都得训练，没什么玩耍时间。

并不是每个人都愿意付出这么多的，特别是在这个贪玩的年纪。而且陆盼盼知道这些体育生中有不少人并不是真的热爱体育，只是学习不得劲，体育是他们上大学的另一条路。

陆盼盼得在学生们开始训练之前到场，恰逢冰箱里没什么吃的，她就提前出门，去允和的食堂吃早饭。

食堂不提供果汁，陆盼盼又去了昨天那家冷饮店，付钱的时候想到那群学生贪睡，说不定有的就不吃早饭了，于是她买了十杯鲜榨果汁后，又返回食堂窗口买了十份早餐。

陆盼盼手里拎了两个袋子，一个装着顾祁的衣服，一个装着早餐和果汁。

当她出现在排球馆时，正在热身的大伙儿看了她一眼，都没说什么。

陆盼盼把装着早餐的袋子放下，随后就去找吴禄了。

吴禄在器材室里清点排球，见陆盼盼来了，问道："这么早？"

"嗯。"陆盼盼放下包，说道，"今天那个9号副攻高承治还是没来？"

"没来。"吴禄放下手中的事，问，"他应该还没好。怎么了？"

陆盼盼："没什么，就是想跟您商量个事情。"

吴禄："你说。"

陆盼盼道："昨天我跟施佑灵聊了一下，听说那个9号副攻高承治只是感冒低烧，但是已经请了四天假了。对一个体育生来说，感冒四天还没恢复？"

吴禄一时间没琢磨到陆盼盼什么意思，便说："这些学生都还是半大的孩子，所以有什么病痛我还是主张以养好身体为重。"

陆盼盼点头，却不认可："以体育生的身体素质，四天的休息完全足够。尽管他有可能还没完全恢复，但这个时候做一些有氧运动反倒有利于恢复健康。"

吴禄张了张嘴，过了半晌，说道："高承治明天就来训练。"

"我不是针对高承治，"陆盼盼说，"我只是觉得队员请假太轻松了。训练的时候最怕队员钻制度漏洞三天打鱼两天晒网的，听施佑灵说，赛前集训也有人缺席，并且不需要本人请假，叫人把话带到就可以了。"

吴禄沉默着，面露难色。

他是运动员出身，技术没问题，但是遇到这种事情就一头雾水，不知道从何下手。

陆盼盼拍拍他的肩膀："吴教练您不用担心，这些事情是我的工作，您就尽管放心地训练他们，其他事情吩咐我来办就行。"

陆盼盼出来时，队员正在做拉伸，地上零零散散地扔着矿泉水瓶。

陆盼盼走到角落里，用马克笔在储物柜上分别写上队员的名字，然后摆放了新的矿泉水进去。

她回头朝大家招手："我买了早餐和果汁，如果有人没吃早饭就过来拿。"

陆盼盼说完就转身上楼去办公室了。

剩下的人面面相觑，犹豫着要不要去吃。他们之中有几个确实没吃早饭，寻思着晨间训练完了再去吃，吃了直接去教学楼上第一堂课。

大家都没动，顾祁第一个上前拿了一杯橙汁。

肖泽凯和沈周初都没吃早饭，慢吞吞地上去拿了面包和果汁。

有他们带头，其他人也都上前，吃了早饭的也拿了一杯果汁。

就在这时，陆盼盼突然又下楼，说道："大家边吃边听我说一件事。"

她手里拿着考勤表，给大家展示了一下。

"以后训练出勤要打卡，请假必须来我这里开假条。"

她的话音一落，议论声四起。

"还要考勤啊，要不要这么严啊？现在上课都不点名了。"

"搞什么啊，请假开假条，跟辅导员有什么区别？"

"别搞了吧，弄得跟什么似的。"

罗维沉默了一阵。

作为队长，他很清楚陆盼盼是经理，换个说法就是领队。学校出钱给她发工资，那她说的话就和教练一样有效，不像施佑灵的话那样，大家可以当耳边风。

"怎么考勤？"罗维问，"开假条的意思是不是要经过你同意才能请假？”

陆盼盼看向罗维，朝他点头。

“原则上，只有医生开病历单表示不能运动以及训练与课业冲突才能请假。而且大家加入球队是有综合学分加分的吧？从现在开始，综合学分的评定由我负责，出勤率占最大权重。”

她这么一说，许多人直接炸了。

大家都是大学生，知道她这番话的直接意义是什么——他们想偷个懒，难上加难。

陆盼盼自然不在乎他们的态度。

人吃过一次亏就会想通很多事。她是来工作的，不是来交朋友的，她的职责是让这支球队变得更强、更好，至于球员是不是都喜欢她，那是次要的。

“竞技体育本来就是枯燥又无聊的。”陆盼盼直面表情最不忿的那几个人，“你们又想拿冠军，又想轻松，去问问小学生这可能吗？”

有人在嘀咕：“我们拿什么冠军……”

陆盼盼还没说话，罗维就回头瞪了那个人一眼，那人立刻闭嘴不言。

陆盼盼越过罗维和肖泽凯，走到说这话的孟程面前。

他今年大三，是球队里的二传手。

“没想到我居然从一个运动员嘴里听到了这种话。”陆盼盼沉声道，“不拿冠军你来这里干什么？锻炼身体还是混综合学分？如果你要锻炼身体，健身房欢迎你；如果你只是想拿综合学分，现在出门右拐，志愿者协会有你的位置。”

面前的人还不到孟程的肩膀高，但他憋得脸通红，说不出话。

陆盼盼又转身走到墙边，把一张考勤表贴到墙上。

她一边贴一边背对着众人说道：“我不管你们以前是什么样，也不管你们因为什么留在这里，但我的目标只有一个——冠军。联赛冠军、大运会冠军，我都要。”

罗维的指尖轻微颤抖，他却低着头不说话。

他们为什么来到这里？他们为什么留在这里？不是为了冠军还能是为什么？

在他九岁开始学排球的时候，体内就注入了渴望冠军的血液。

他凭着对校级冠军、县级冠军、市级冠军的渴望一步步走到今天，却一直止步于省级冠军，更别说全国冠军。

他和陆盼盼一样，联赛冠军、大运会冠军甚至世界冠军，他都想要。

全程没有说话的只有顾祁。

他站在队伍最边缘的位置，目光却一直在陆盼盼身上。

这本该是多完美的一个女人啊——如果她不是一个爱情的骗子的话。

陆盼盼贴好考勤表后就上楼了。

队伍里的人没有发表不满，他们站在一起，却没有交流。

他们不需要鸡汤，不需要鼓励，一句“我要冠军”足以激起骨子里最原始的渴望。

但渴望与现实，隔得太远。

吴禄的声音在二楼走廊响起。

“准备一下！十分钟后开始训练！”

他的声音把大家拉回现实，他们手里还拿着陆盼盼买的早餐或果汁，一时不知该怎么办。

顾祁懒洋洋地插上吸管喝了一口。

“嗯……挺好喝。”

说完，怕大家不信似的，他干脆拔掉吸管揭开盖子猛灌了一口果汁。

大家看到他喝了，也知道这个时候吃早饭是来不及了，便揭开盖子猛灌一口。

两秒后。

罗维暴走：“顾祁，你是不是记仇？！”

晨间训练结束后，一部分人去上课，剩下的人休息片刻要继续训练。

顾祁就是要去上课的那部分人，临走前陆盼盼叫住了他，然后上楼把洗干净的衣服拿下来递给他。

“我洗过了。”陆盼盼想到他昨天的那番话，还是觉得好笑，便说，“没私藏你的衣服吧？”

顾祁听着“私藏”两个字，总觉得哪里不对。

其实她也不是不可以私藏。

顾祁接衣服，手指不小心触碰到了陆盼盼的指尖，他倏地收回。

“谢谢。”

陆盼盼笑道：“你谢我干吗？该是我谢你。”

顾祁正要开口，陆盼盼又说：“你快去上课吧，不早了。”

顾祁很快回宿舍洗了个澡，换了一件白色短袖，转头看到挂在床边的外套，想了想，把它穿上了。

他几乎是伴着铃声进的教室。

偌大的阶梯教室锁了后门，顾祁只能从前门进。

他穿着红色外套、黑色运动裤，一双长腿瞩目，第一排的女生立刻抬起了头。

随着他走向后排座位，教室里的女生蠢蠢欲动，视线黏在他身上似的随着他的脚步移动，还伴随着窃窃私语。

顾祁坐下的同时，教授夹着课本进门，教室里顿时安静下来。

霍修远歪着脑袋看顾祁，笑道：“你怎么穿品如的衣服啊？”

顾祁黑着脸没说话，但眼神里的意思昭然若揭——如果你说出接下来那句话，我让你血洒课堂。

霍修远憋着笑转头去看黑板，不再说话，但并不代表他没在心里说出那句话。

这句话其实他想说很久了。

从他大一认识顾祁开始，就发现顾祁好像挺喜欢穿红色衣服的。

男生要把红色穿好看不容易，得长得精致又干净才不会显得油腻，但要同时具有少年的张扬气质才不会被红色压住。

顾祁刚好就具备了这些条件，他穿红色很好看。

可惜钢铁直男霍修远欣赏不来，觉得除了骚，没有别的了。

教授的声音催得人昏昏欲睡。

霍修远趴在桌上睡了会儿，突然闻到陌生的香味，睁开眼盯着顾祁。

“我说哪儿那么香呢。你这衣服怎么回事？”

顾祁低头闻了闻，没说话。

他洗衣服喜欢用无香型洗衣液，平时衣服晒干了根本没什么味道，更别说这种一闻就是女生喜欢的香味。

顾祁想到了什么，凑近霍修远，说：“你闻闻这味道，有没有觉得很熟悉？”

霍修远与顾祁对视一眼，似乎从室友的眼神里了解到了什么大事，于是凑近顾祁的肩膀，用力地闻了闻。

霍修远：“不……”

“你们俩在干吗呢？！”

教授的声音突然打断霍修远的话。

他们抬头迷茫地看向四周。

“还看！还看！就是说你们！红色衣服和黑色衣服的那两个男生！”教授猛拍桌子，粉笔灰顿时腾起，“两个大男生大庭广众下卿卿我我的搞什么？！”

今天多云，太阳都没露面，天气却闷热得像蒸笼，晚上很有可能有一场大雨。

霍修远看书看得眼皮打架，爬上床睡午觉。

另一张床上，顾祁闭着眼，却一直没有睡着。

外套已经被收进衣柜了，但顾祁总觉得自己周身还有若有若无的香气，挥之不去。

他翻了个身，硬是在大热天盖上了被子。但那股味道还在。

顾祁不知道自己是什么时候睡着的，他做了个梦。

梦里，顾祁感觉自己在一个灯红酒绿的地方，五颜六色的灯光闪得他用手挡了挡，闭上了眼睛。

眼睛再睁开时，陆盼盼坐在他面前，笑吟吟地看着他，涂着红色指甲油的手指挑弄着鸡尾酒里的吸管。

“小哥哥，真巧，我也是学金融的。”

不知他又怎么迷迷糊糊地到了另一个地方。

顾祁局促地坐在沙发上，陆盼盼穿着睡袍，问他：“你热不热呀？热就把外套脱了吧。”

顾祁还没动，陆盼盼就伸手解开了他的衣领。

顾祁突然惊醒，发现自己浑身是黏糊糊的汗。

他揭开被子，翻了个身，又闭上了眼。

过了几秒，他猛地睁开双眼，盯着天花板发呆。

他在想什么呢？梦是不可能衔接上的！

正巧这时霍修远的闹钟响了，他伸手按了闹钟，然后睡眼惺忪地看着顾祁：“下午不是没课吗？你不去训练？”

顾祁看着霍修远。

许是午觉的梦总是令人印象深刻些，所以他心里竟涨满了羞愧感。

“不去。”顾祁说，“不想去。”

话音刚落，他的手机响了一下，是陆盼盼发在球队群里的消息。

陆盼盼：今天下午没课的单旭阳、沈周初、肖泽凯、顾祁、安扉顺、高承治、丁扶成，两点准时点名，不能迟到哦。

顾祁眉头皱了一下，正要私聊陆盼盼，又见她发了一条消息。

陆盼盼：我再强调一次，给吴教练和施佑灵口头请假的都不作数。除非有人病得严重到走不动路，否则就必须来我这里开假条并说明请假原因。

这让他怎么请假？难道说我做了个关于你的春梦所以不想来训练？

球员训练的时候陆盼盼在一旁观察他们的状态，时不时跟吴禄交流几句。

现在的训练项目是在翻转、跳跃中接球。这个项目难度大，球员要面向前进方向高高抛出球，然后在球下落的过程中做侧翻或者跳跃运动，站稳后接住下落的球。

陆盼盼在肖泽凯面前看着他做了两个回合后，点点头，随后又去看其他人。

陆盼盼环顾四周，发现在场能流畅完成这个项目的只有顾祁和肖泽凯，其他人只能勉强做跳跃中接球。

“我觉得球不落地就接起对大多数人还是有困难的。”陆盼盼低声对吴禄说，“要不降低一点儿难度？落地一次或者两次后接起也行的。”

吴禄也赞同，吹了声哨子，去人堆里吩咐。

陆盼盼朝顾祁走去。

顾祁却停下动作，转身喝水。

陆盼盼站在他身后，瞧见他耳根红了，于是绕到他身前，问：“怎么了？是不是生病了？”

顾祁说没事，陆盼盼看他连脖子都红了，于是想伸手去摸他的额头。

只是她刚刚触到他的肌肤，顾祁就猛地退了一步。

陆盼盼讪讪地收回手，想起了他曾说过他不喜欢跟人有肢体接触。

“如果不舒服，还是去医院看看。”

陆盼盼说完，又补充一句：“我只是不允许小病小痛就娇滴滴地请假，真病了我才舍不得让你带病训练呢。”

他可是难得一见的王牌苗子，要是有个三长两短她得心痛死。

她没留意顾祁的表情，低头看着记录表往前走。

顾祁看着她的背影，脑子里“我才舍不得让你带病训练呢”这句话一直转啊转。

晚上吴禄又抓了几个人来凑成两个队伍打对抗赛。许是要周五了，大家都比较兴奋，攻防拉锯的时间很长，打到晚上九点半才结束。

吴禄接到老婆打来的电话，老婆说小女儿发烧了让他赶紧回去，陆盼盼见他走得急，连忙把自己的伞给了他。

“外面下雨了，你骑自行车小心点儿，别滑倒了。”

其他人也跟在后面插话。

“别走东门，最近修路！”

“禄禄小心点儿啊！”

吴禄顾不得其他，接过伞道了个谢就跑了出去。

其他球员也陆续走了，陆盼盼不过是去办公室拿个包的工夫，球馆就没几个人了。

她走到门口，正打算冒雨跑回家，稍微顿了一下，就看到顾祁拿着一把伞站在台阶上。

“你还没走吗？”陆盼盼问。

顾祁手里拿着一把伞，说道：“你把伞给吴教练了，你怎么办？”

雨声太大，陆盼盼没听清他说了什么。

“你说什么？”

顾祁朝她走来，头顶的灯光照下来，正好将顾祁的影子打在了陆盼盼身上。

他微微低头，把手里的伞塞进陆盼盼的怀里，随即转身走进雨中。

陆盼盼愣了两秒才反应过来，立刻撑开伞追了过去。

“等一下！”陆盼盼走到顾祁身边，踮着脚尖伸直了手臂才能让伞遮住顾祁。

“我家不远，跑快点儿也就回去了，你还是拿着伞吧，别感冒了。”

她说完，就看着顾祁。

雨夜里，她的轮廓几乎看不清，唯独双眼亮晶晶的。

顾祁：“你淋雨回去会感冒的。”

陆盼盼：“我身体还不错，这么一段路程不会感冒。”

顾祁：“不，你会。”

陆盼盼：“……”

顾祁说完也僵了一下，然后看向别处。

“那我送你回去吧。”

陆盼盼：“也好。”

两人共撑一把伞向陆盼盼家走去。

夏夜的雨向来受人欢迎，不仅能带来凉爽，往往还伴随着许多浪漫故事的发生。

陆盼盼想到第一次和顾祁相遇，也是在这样一场大雨中。

她和顾祁的简单关系自然是谈不上浪漫，但这个人每次出现都解决了她当前的困境，说起来也是有缘。

他们走出允和大学，再穿过一条小巷子就是陆盼盼住的小区了。

一路上顾祁都没有说话，陆盼盼习惯了，毕竟在她眼里，顾祁就是话少的人。

只是他总是刻意和自己保持距离，保证没有任何肢体接触，但又极其绅士地把伞倾向她，连自己的右肩都淋湿了。

陆盼盼在心里叹道：这人不喜欢肢体接触的人设真是不崩。

两人就这样保持着一定的距离并沉默地走进了小巷子。

巷子是从一片正在开发的商品房中开辟出来的，此刻施工队和往常一样，早已经歇了。

但不同的是，今天施工队挖断了电线，所以这条路上的路灯没亮。

四周寂静无声，一片漆黑，几乎到了伸手不见五指的程度。

陆盼盼的脚步越来越慢，越来越虚浮。伴随着毫无节奏、杂乱无章的雨声，陆盼盼心跳也开始乱了。

陆盼盼不知道顾祁有没有注意到她的异样，只觉他也放慢了脚步。

顾祁自然是发现了陆盼盼在刻意放慢脚步的。

雨夜，共伞，孤巷。

她是不是要开始“套路”他了？

陆盼盼抬头看了顾祁一眼，恰逢他也侧头，两人的目光在黑夜里相遇。

陆盼盼想解释一下，可现在心里怕得要命，觉得自己一开口说不定声音都是抖的，也就算了，只管埋头朝前走。

顾祁撑着伞，皱紧了眉头。

她刚刚那个眼神，分明是欲言又止。

他们又走了没几步，陆盼盼好像踩到了一个软软的东西。

浑身的汗毛立刻就竖起来了，脚下一僵，她下意识就抱住了顾祁的手臂。

顾祁也一僵，随后冷冷地说道：“姐姐，我不是随便的人。”

闪电过后，一阵雷声响彻夜空。

陆盼盼浑身一个激灵，把顾祁的手臂抱得更紧了。

“你……你说什么？”

顾祁紧抿着唇，没有说话。

她没注意到这次顾祁没有推开她，而是慢慢朝前走。

巷子口，小区的路灯照了过来，虽然不算太亮堂，但至少让人看得清路了。

陆盼盼松开了顾祁的手，依然惊魂未定。

她快步朝前走去，顾祁也不得不跟上。

他们到了她住的那栋楼的一楼大厅，陆盼盼才停下来平复呼吸。

也是这个时候，她才想起自己刚刚做了什么。

“对不起啊。”陆盼盼只觉得自己在学生面前丢脸丢大发了，都不好意思抬头看他，“我实在是很怕黑。”

顾祁冷笑不语。

怕黑？你在黑漆漆的酒吧倒是一点儿都不怕，好一拨套路。

“那我上去了？”陆盼盼正要走，突然想到什么，回头一看，果然，顾祁的右肩已经湿透了，头发也半湿不干的。

“你头发都湿了。”陆盼盼说，“要不要上去吹个头发、擦擦衣服什么的？我怕你这样回去会感冒。”

顾祁倏然抬头，看着陆盼盼。

她抬手拂了拂刘海，不知什么时候，她竟涂上了红色的指甲油。

梦想照进现实了。

啊呸，不对，她终于憋不住开始“套路”他最后一步了。

顾祁退了一步，拉开了和陆盼盼的距离。

“不了，姐姐，这样不合适。”

说完，他转身走进雨中。

陆盼盼在后面看了他一眼，大声喊道：“喂！喂！顾祁！你倒是把伞撑上啊！”

顾祁没回头，越走越快。

顾祁回到宿舍已经十点半了。

他用毛巾擦了擦头发，然后瞟了一眼正在看书的霍修远。

不得不说，人都是靠对比来体现差距的，自己的自制力真是太强了。

这是什么神仙自制力啊！

第二天，陆盼盼到球馆时，听到里面有响动。

她推开门，看到罗维竟然已经在练习垫球了。

陆盼盼刻意低头看了眼腕表，没错啊，这才不到七点呢。

但罗维脖子上已经有汗了，估计他练了好一会儿。

她走进去，经过罗维身边时说了句“早啊”。

罗维停下动作，球滚落到一旁，他没有去捡，而是看着陆盼盼的背影，几次想开口。

陆盼盼上了楼，把还没来得及吃的三明治拿了出来，刚咬上一口敲门声就响起。

这个点还能有谁？

陆盼盼放下三明治，用纸巾擦了嘴，说道：“进来吧。”

罗维推开门走了进来。

“什么事啊？”陆盼盼指着一旁的椅子，“坐吧。”

罗维大大咧咧地叉开两腿坐着，双手却安分地放在膝盖上。

他张了张嘴，却发现自己不知道该怎么称呼陆盼盼。

他想了半天，吐出了一个“陆经理”。

陆盼盼看了一眼放在一旁的三明治，问道：“有什么事吗？”

罗维：“也没什么事，就是……”

他话没说完，就听到楼下一阵吵闹。

大部队来了。

罗维立刻站了起来：“晨训要开始了，我……我先下去点名。”

“好。”陆盼盼说，“我等下就下来。”

陆盼盼三两下把三明治吃了，简单漱了一下口，然后下去考勤。

早上全员到齐，陆盼盼点完名，把名单给吴禄签字后又上楼了。

她刚来的时候就注意到允和的球服不统一，问了施佑灵才知道，之前是有定制球服的，但是队员们都嫌质量不好，所以没怎么穿。

然后因为成绩不好，学校体育部也不把男排放在心上，两年没做新球服了。

于是陆盼盼跟金鑫的助理联系了一下，对方表示赞助球服就是小意思，让她给数据，他们立刻去定制。

施佑灵早上把大家的尺寸都发给陆盼盼了，数据是这学期更新的，基本没什么错，只是差了顾祁一个人的。

晨训结束后，一部分人要去上课。陆盼盼不过是跟吴禄多说了几句话，顾祁就已经走了。

她连忙追上去，但顾祁腿长，她小跑了好一段路才追上。

“顾祁！顾祁！等一下！”

顾祁停下，回头看她。

“怎么了？”

陆盼盼急着追出来，也忘了带纸笔或者手机。

“把你的尺寸告诉我。”

顾祁惊呆了。

谁平时没事儿量那玩意儿啊？！不是，不对，量了他也不能告诉她啊！

这个姐姐不得了！

“怎么了？”这时候太阳已经出来了，陆盼盼被晒得难受，伸手挡住阳光，自然没有抬头去看顾祁的表情，“你不清楚啊？就是你买球衣一般是 XL 还是 XXL？”

“XXL。”

丢下尺寸，顾祁转身跑得比狗还快。

陆盼盼望着他的背影叹了口气。

这人怎么看起来脑子不大好使的样子呢？明明他高考六百多分，不应该啊。

陆盼盼回到球馆，吴禄正在指挥大家铺垫子，准备练鱼跃接球。

陆盼盼把他叫到一边，说道：“教练，金立方那边要给我们定制球衣，你有没有什么要求？”

吴禄一听“金主”……哦，不是，是金立方要给他们定制球衣，乐得跟什么似的，一时间哪儿还想得到什么要求？

“没没没，就是这群臭小子不懂得爱惜东西，你让他们把关一下质量，耐用就行。”

行吧，这还真是简单粗暴的提议。

陆盼盼记下，又问：“那你有什么外观上的要求？”

说到外观，吴禄还真有点儿想法。

以前学校发的队服是跟校篮球队一起定制的，大片大片的绿色，中间印着白色的允和大学的校徽。

吴禄不喜欢那配色，觉得既不吉利又没气势。

他想了想，男排的球衣要干净简洁，但又必须有气势。

于是他道：“那我们要大红色加白色的球衣吧！”

陆盼盼：“好的，没问……等等，您再说一遍？”

直到中午的训练结束，罗维才找到时间跟陆盼盼说话。

可是他抬头一看，正好十二点，要是晚点儿去，食堂的荤菜一准被抢没。

在谈话和吃饭之间，罗维选择了先填饱肚子。

罗维再一次见到陆盼盼就是晚上训练的时候了。

但球队全员到齐后，吴禄就紧锣密鼓地招呼着训练。一直到了训练结束，罗维才再次找到陆盼盼。

陆盼盼早发现罗维今天怪怪的，似乎一直想找机会跟她说话。

于是大家解散喝水的时候，陆盼盼把罗维叫到了角落里。

“你今天一直有话想跟我说？”

体育馆另一头，肖泽凯勾着单旭阳的肩膀，望着陆盼盼和罗维。

“他们俩说什么悄悄话呢？”

单旭阳喝着水，眯着眼：“嘿，队长前几天还说不喜欢这个经理，今天就在那儿红着脸跟人家说悄悄话了。”

肖泽凯笑着打单旭阳：“别胡说，我们队长有女朋友。”

单旭阳笑笑没说话，回头看顾祁：“去吃夜宵吗？”

顾祁拎着矿泉水瓶，看了那个角落一眼。

“不去了，还有作业没写完。”

单旭阳也不强求，转头朝着罗维喊：“队长！吃不吃夜宵啊？”

罗维和陆盼盼同时回头看过来。

罗维还没说话，陆盼盼就朝门口走去，罗维也赶紧跟上。

一群人在门口会合。外面下起了小雨。

陆盼盼拿出伞，说道：“晚上我给你打电话，你先去吃点儿东西吧。”

罗维郑重地点头，脸上还带些红晕。

“那你一定要给我打电话。”

“知道了。”

陆盼盼撑开伞，走入雨中。

“怎么回事啊，队长？要跟经理夜聊啊？”肖泽凯用胳膊撞了他一下，“你脸红什么呢？”

罗维不满地推开他：“别胡说，我们是聊正事。”

几个人嘻嘻哈哈地走了。

顾祁在门口愣了一下，随后才往宿舍走去。

陆盼盼回家洗了个澡，躺上床，估摸着罗维应该吃完夜宵了，然后给他拨了电话过去。

今天罗维找她的时候只说了几句话就被人打断，大意就是他觉得球队的人不太勤奋，而且也没什么斗志。

他语言组织得不太好，但是陆盼盼大概知道了他的意思：

他身为队长，想改变球队成员这样的状态。

言下之意就是，他像陆盼盼那天说的一样，想拿冠军。

可是别说全国总决赛，就连在南方赛区这个范围内，允和也已经好几年没有打进十强了。

所以他现在提出这个想法，就像成绩吊车尾的班级想考年级第一，说出来有点儿尴尬，班长也不见得有底气。

而且班里成绩一直这样，平时同学们也懒散惯了，如果班长突然提出要全班同学像实验班学生那样早自习提前到，晚自习不吵闹，难免被班里同学吐槽异想天开。

所以罗维一直开不了口，总觉得难为情。

夜里，在两人打电话的时候，球队的微信群也热闹着。

他们自己建了一个没有陆盼盼和吴禄的小群。

肖泽凯：有没有人“开黑”？车队少一个人。

孟程：几点了还“开黑”，不怕明天早上起不来？

肖泽凯：一天就这么点儿自由时间，你管老子呢。来不来？

孟程：不来，我要睡了，没你精力旺盛。

肖泽凯：单旭阳、沈周初，来不来啊？

沈周初：我不来，阿阳也睡了。

肖泽凯：没意思。

这时，很少在群里出现的顾祁说话了。

别爱我，没结果：你不找队长？

肖泽凯：他还在阳台跟陆经理打电话呢。你来不？

别爱我，没结果：不来。

肖泽凯：一个个的，没劲。

陆盼盼很肯定罗维这个队长的责任感，所以跟他打电话的时候，不谈如何管理球队，反而专注地建立他个人的自信心。

两人一聊就聊到了十一点半，最后又说到了球队的问题。

陆盼盼说：“改善整体队风先不急，听了你今天说的，我觉得队员们的心态都需要调整，接下来我会单独跟每个球员聊一聊。”

罗维说好。

“那你也早点儿休息，我挂了。”

陆盼盼挂了电话，正经地考虑起这件事。

她知道允和的人的野心早就被磨平了，这对竞技体育来说简直就是致命的问题。于是她立刻翻出所有球员的课程表，安排聊天时间。

陆盼盼做了一个简单的表格，看了一圈下来，只有顾祁明天早上没课。

陆盼盼想着这件事早解决早好，于是给他发了一条消息。

陆盼盼：你睡了吗？

许久，对方都没有回复，就在陆盼盼准备睡觉的时候，他才回了一个句号。

虽然是陆盼盼先找顾祁的，可是见他十二点还没睡觉，她反而有些奇怪。

陆盼盼：这么晚了还没睡？

顾祁冷笑一声。

她跟别人夜聊完，又来找他“广撒网”了。

别爱我，没结果：听到一首很动人的歌，睡不着。

陆盼盼倒是好奇什么歌能把一个不到二十岁的男生听得睡不着。

陆盼盼：什么歌？

别爱我，没结果：分享链接《爱情的骗子我问你》。

陆盼盼没抑制住好奇心点开了这首歌。

“攻下米，哇清琴，停顶诶 sei 尼。（闽南语音译，讲什么，我亲像天顶的仙女）”

熟悉的曲调一出来，陆盼盼掏了掏耳朵。

“攻下米，哇清琴，狗咋诶 sei 西。（闽南语音译，讲什么，我亲像古早的西施）”

听到第二句，陆盼盼退出音乐界面，对着手机发了一会儿呆。

怎么说呢，她得尊重每一个人的兴趣爱好，不能因为一首歌就对别人有偏见。

陆盼盼：真好听。

陆盼盼：我刚刚看了你的课表，你明天上午没课，那晨间训练结束后来我办公室吧，我想跟你聊聊。

聊聊聊，这人成天就知道聊，聊出感情你负责啊？

顾祁翻了个身，在手机上按下几个字。

顾祁：明天上午我要请假，你找队长聊吧。

陆盼盼：怎么了？你生病了吗？严重吗？

顾祁嘴角微不可察地轻轻勾起，正要打字，就见对方又发了一条消息过来。

陆盼盼：要请假的话给我病历单。

最后顾祁发了个学术论坛的讲座报名表给陆盼盼看，这才请到假。

不过第二天早上的晨训顾祁还是准时到了。

但是有人比他到得更早。

顾祁一进体育馆就看到罗维跟在陆盼盼身边，手里抱着一箱水，听她的指挥分别摆到每个人的储物柜里，然后又跟着陆盼盼去把球车里的球清点了。

顾祁在门口站了好一会儿，直到肖泽凯进来。

“你站这儿当门神呢？”

顾祁一回头，就看到肖泽凯的一头黄毛。

肖泽凯又往前看去，半眯着眼睛，啧了两声。

顾祁琢磨着这两声啧的意思，再次顺着肖泽凯的目光看过去，身高一米九二的罗维站在陆盼盼面前，低垂着脑袋，摸着后脑勺，笑得那口大白牙都露出牙根儿了，活脱脱就像一只大金毛。

“队长前不久还叫她‘那个经理’呢，今天就一口一个‘盼盼姐’，男人真是善变。”

肖泽凯说完，就屁颠儿屁颠儿地跑过去了：“盼盼姐！你们聊什么呢？”

肖泽凯这一声喊叫，自然吸引了陆盼盼的注意力。

她转过头来，看到了后面的顾祁，正要挥挥手叫他过来，就见他掉头往角落走去。

陆盼盼也不在意，又把注意力重新转回罗维身上，顺道招呼了肖泽凯。

“你今天下午没课是吧？来我办公室一趟，我有事跟你说。”

肖泽凯瞅瞅罗维，又看陆盼盼：“什么事啊？”

罗维拍着肖泽凯的肩膀：“心理辅导。”

肖泽凯低头看自己的胸口，又抬头看陆盼盼：“我……我觉得我的心理不需要辅导。”

罗维在一旁哈哈笑了起来。有经过的球员凑热闹起哄。

“怎么不需要辅导了？我昨儿还看你一个人躲被子里哭呢。”

“你才躲被子里哭！老子是在看韩剧！”

一群人热热闹闹地做起了热身，顾祁默不作声地走了过去，站在队伍最末端。

陆盼盼面对队员，面前站的就是罗维。

罗维今早上跟打了鸡血似的，做个热身搞得跟广播体操领队一般。

可以，见一个不上钩她就立刻转移目标，简直就是应了她自己说的那句话——

毕竟是快节奏社会嘛。

由于今天是周五，晚上不用训练，所以陆盼盼抓紧一下午的时间约谈了三个人。

谈话内容倒是不复杂，主要就是她听他们讲讲心里话，聊一聊对体育的热爱，然后趁机灌点儿鸡汤重树信心。

就像高三老师约谈学生一样。

其实这对学生自身不见得有太大的作用，而是为自己的管理工作打下基础。

陆盼盼早就发现，允和球队最大的问题不在球技，而在心态。

大学球队的运动员都是通过正经体考进来的，既然不是国家队运动员，那么球技差异不会太大。但是允和这一批球员，最大的开学就上大四，已经准备退出球队；最小的才大一。他们从上至下全都没有尝过胜利的果实，所以对平日里的训练自然也没什么热情。

如果他们没有热情，陆盼盼的管理工作就太难了。

陆盼盼忙到下午的训练结束，和高承治一起从办公室出来。

她把高承治送到门口，顺便拿了一个苹果给他："今天回去好好休息吧，以后要加油训练哦。"

高承治捧着苹果，腼腆地低着头说了声谢谢，然后掉头回宿舍，走路都带风似的。

他到底是二十岁的运动员，只要心里有了希望，朝气就藏不住。

陆盼盼转身回球馆，顾祁正站在门口看着她。

"你还没走吗？"陆盼盼朝他招手，"你明天有空吗？"

顾祁靠着门框，夕阳照在他身上，投下了长长的影子。

他看着陆盼盼，没说话，但眼里有什么情绪在涌动。

陆盼盼看不懂。

"明天晚上来找我吧。"陆盼盼继续说，"本来想第一个跟你聊天的，但是你一直没空。"

陆盼盼一边说着话一边朝他走去，就要和他面对面站着时，顾祁突然站直，然后面无表情地越过陆盼盼，径直朝一旁的小径走去。

"哦。"

陆盼盼莫名其妙地看着他的背影，满脑子疑问。

他这是什么态度？我哪儿招他惹他了？

除去遇上莫名其妙耍情绪的顾祁，陆盼盼觉得今天还是很快乐的。

晚上不用训练，她一个人在家吃着外卖，看着美剧，然后做做瑜伽，洗个澡睡觉，心情堪称完美。

然而第二天一早，她就体验到了什么叫作心情跌落谷底。

当她听着歌迈着欢快的步子在七点半准时到球馆时，竟发现里面空无一人。

她抬头看了眼钟表，然后安静地坐在椅子上等到了八点，还是没人。

陆盼盼叹了口气，拿出手机，翻到吴禄的电话。

她想了想，没拨出去，而是给施佑灵打了电话。

施佑灵接起电话时，声音还软绵绵的，可见是在睡梦中被吵醒。

“喂……盼盼姐，什么事啊？”

陆盼盼：“我是想问问，球队周六早上不用训练吗？”

“嗯，对呀……”施佑灵揉了揉惺忪的睡眼，清醒了一点儿，又补充道，“今天不是周六吗？我们周六周日都不训练的。”

她翻了个身，才听到电话那头沉默了好一阵的陆盼盼说：“周六周日都不用训练？早上、下午、晚上都不训练？”

听语气，陆盼盼似乎不可置信。

施佑灵慢慢地坐了起来，小心翼翼地说：“是……是啊，周末放假，有……有什么问题吗？”

“没什么。”陆盼盼说，“你一会儿还要上考研课，再睡一会儿吧。”

陆盼盼挂了电话，深吸一口气，迈着沉重的步子走出这座球馆。

早上八点，温度已经开始升高，陆盼盼身上出了一层细汗，却不觉得热。

一股凉意自心底蹿起，很快席卷她的全身。

陆盼盼自小是个乐观主义者，对任何事情都抱以最好的期望。

可是现在，她感觉自己似乎又走错了一条路。

允和的队员不是像她想的一样只是日常懒散了一点儿以及缺乏信心。

他们是完全没有身为运动员应有的思想与觉悟。

周六周日休息不用训练，这在陆盼盼听来简直就是一个笑话。

有多少体育生为了争取省队、国家队的名额从小到大连动画片都没看过，又有多少球队的人为了能摸一摸冠军的奖杯舍弃了青春年少的欢娱时光。

但是在允和，这一切截然不同。

竞技体育有双休日？他们在逗她吗？

甚至连教练都默许这样的模式，可见这支球队从上到下都空有拿冠军的痴梦，拿不出实际行动来！

回到家里，陆盼盼钻进被窝蒙头大睡。

她浑浑噩噩的，也不知道到底睡没睡着，反正清醒时已经下午五点了。

她起床洗脸、刷牙，然后坐在沙发上发呆。

手机铃声适时地响起。

陆盼盼低头看了一眼手机，犹豫片刻，还是接了电话。

还在国外的许曼妍此时正在医院，而陆盼盼现在需要一个倾诉对象。

“盼盼，在忙吗？不忙的话晚上一起吃饭。”

仲嘉月这个提议正合陆盼盼的心思。

“好，你下班了告诉我一声，我就出门。”

仲嘉月：“嗯？你在家里？不是刚去了新的球队？怎么，没训练吗？”

陆盼盼嘴角扯着心酸的笑。

陆盼盼：“没什么，出来说吧。”

仲嘉月：“好，给我十分钟把病历整理好就出门。咱们哪里见？”

陆盼盼把仲嘉月约到了楼下步行街后面的临江路上。

这里背靠允和大学，面朝江河，开满了各种大排档，很受大学生欢迎，平日里总是人声鼎沸。

陆盼盼选了大学时候最爱吃的杨国福麻辣烫。仲嘉月赶来时菜都已经上桌了。

两人相识多年，没有多余的寒暄，坐下就先开了两瓶啤酒。

仲嘉月平时工作忙，很少能跟朋友出来聚餐，所以今天给陆盼盼打电话也是因为心里有事不吐不快。

“我爸妈快把我逼疯了。我才二十七岁，很老吗？怎么一个个就开始给我安排相亲了？

“而且他们安排的都是些什么歪瓜裂枣，再怎么样也得学历匹配吧，我一名医科大学研究生，给我找一个高职生？

“还什么‘经济适用男’，工资都没我高，要真结婚了还要我出钱补贴家用，这不是降低自己的生活水平吗？”

单单看仲嘉月的外表，一张素净温柔的脸，一身简单的白衣，所有人都会觉得她是个温顺的人。

但好友都知道，她性格挺傲，家里给她安排这样的相亲无疑就是在逼她“造反”。

不过她也只是吐槽，毕竟家里人不能绑着她去相亲。

“说说你呗，当初为什么离开庆阳啊？”仲嘉月问，“而且居然还去了允和。人家都说水往低处流，人往高处走，你这倒好。”

仲嘉月曾经在庆阳兼职过队医，因此和陆盼盼认识。

职业原因，她也挺了解体育界。

陆盼盼说了前因后果，仲嘉月也不惊讶，只是感叹了一句：“体育是需要野心也需要纯粹的，他们这样是走不远的。”

“我现在不在乎他们走不走得远。”陆盼盼苦笑道，“我只在乎自己走不走得远。”

仲嘉月给自己满上一杯啤酒，跟对面的人碰杯。

“怎么，又遇到不省心的学生了？”

“那倒不是。”

陆盼盼单手撑着额头，长发从指间散落，遮住她半张脸，露出尖尖的下巴。

“我今天就在想，我二十四岁了，却还跟初中生一样，活得冲动又无脑。”

她抬头看着仲嘉月，酒意上头，脸颊绯红。

“你知道我为什么去允和工作吗？因为我不服气。冯信怀说我这种人到哪里都混不好，我就偏要去他最看不起的球队，要他被自己看不起的球队打败。”

仲嘉月略一沉思，就大概知道了庆阳和允和的关系。

“所以呢？”

“可是我还是太天真了。”陆盼盼抓了一把头发，抬头喝了一杯酒，“生活又不是热血漫画，哪里有那么多逆袭的情节？

“今天早上我去球馆，发现允和的人竟然放假了。嘉月，你敢信吗？他们居然有双休日，周五晚上还不用训练。”

仲嘉月勾着唇角笑了，没说话。

“我当时脑子都是蒙的。前几天我还看了训练日程表，一天接一天的，我都没注意到周五过了就接上周一的安排，我真是蠢。

“带不动，真的带不动。我当时脑子里到底进了什么水，凭什么觉得允和会是下一个庆阳，甚至比庆阳更强？不可能的，他们不可能的。

“我真的太冲动了，我就是自己给自己挖了个坑。考研班也退课了，可是我现在要是走了，冯信怀不是又要看我的笑话了？

“没劲，真的没劲，我就是得了中二病。”

仲嘉月一开始是漫不经心地听着陆盼盼吐苦水，可是听到后面，她发觉不对劲了。

前些日子在庆阳发生的事情，对陆盼盼已经是个巨大的打击。

而后她好不容易找到了一些精神上的寄托，全身心地投入新的工作，却发现事情不是她想的那样。

新的工作环境比她想象的糟糕，挑战也比她想的要难。

所以她现在想放弃了。

“盼盼，你不是中二，也不是冲动，你活得很认真。”仲嘉月对上陆盼盼的眼睛，温柔又淡定地说，“你才二十四岁，你没有选择按部就班地结婚生子，也没有去做朝九晚五日复一日的工作，你现在无法预知未来，这样的忐忑与恐慌，未必就是坏事。

“你说这个行业没有名也没有利，你好不容易走出来了，为什么又跳进了这个坑？除了心里那点儿意难平，更多的还是喜欢吧。

“如果你想改行，还是要趁早，可别拖了。”

仲嘉月走后，陆盼盼拎着一罐啤酒走回了家。

她到了楼下才发现自己没有带钥匙，许曼妍给爸妈家的保姆打了电话，保姆会在一个小时内送钥匙过来。

于是陆盼盼就拎着啤酒坐在台阶边，靠着花坛等钥匙。

她打开啤酒罐，望着月亮，大口小口地喝着。

啤酒是种很奇怪的东西，她有时候喝着觉得甜，有时候觉得苦。

又是半罐子啤酒下肚，陆盼盼今天已经喝了四五瓶了，头也晕乎乎的，靠着花坛几乎要睡过去。

就在她眼睛似闭非闭好像要进入昏睡状态时，眼前突然出现一双鞋。

陆盼盼揉着眼睛，抬头看去，顾祁正微垂着头看她。

“你怎么来了？”陆盼盼问。

顾祁：“不是你叫我今晚来找你吗？”

陆盼盼：“嗯？”

顾祁又补充道：“你电话没人接。”

“哦。”陆盼盼揉着太阳穴，“关了铃声，没注意到。”

顾祁："你坐在这儿等我？"

陆盼盼抬头笑："你想多了，我忘了带钥匙而已。"

"哦。"顾祁又问，"你喝酒了？"

陆盼盼点头，手肘撑在膝盖上，双手托着下巴。

从顾祁这个角度看，陆盼盼缩在台阶上，小小的一个，背脊特别单薄。他感觉自己一只手能把她拎起来旋转三百六十度。

顾祁不知不觉蹲了下来，放柔了声音。

"你找我什么事？"

陆盼盼睁眼看着顾祁。

多可怜啊，他就这么被她坑了。当初她把饼画得那么好，吸引人家来了，结果是个"毒饼"。

陆盼盼拍了拍身边的台阶，示意顾祁坐。

顾祁眼底的犹豫在陆盼盼抬眼看过来的那一刹那消失。

他坐下后，陆盼盼说："本来今天晚上要约你谈话，聊聊心里话，可是我忘了这件事，对不起啊。"

顾祁抿着唇，没说话。

陆盼盼望天，长叹一口气："不过现在也没必要了。"

顾祁："怎么了？"

陆盼盼侧头看着他笑："没什么，我就是觉得有些事情注定是白费力气，还是早点儿放弃吧，所以也别聊了。"

顾祁神色越来越严肃，他紧紧盯着陆盼盼。

她这是终于想通了吗？

顾祁想，她在风月场上肯定是无往不利的，遇到自己这么一块儿啃不动的硬骨头，何必浪费时间？

不过她为什么喝这么多酒，难道真的伤心了？

不应当，不应当，她怎么会动感情呢？说不定这就是她的最后一招——苦肉计。

顾祁脑内小剧场疯狂上演节目时，陆盼盼已经喝完了剩下的半罐啤酒。

她把玩着啤酒罐子，问顾祁："你怎么不说话？有什么……什么想说的或者想问我的？"

陆盼盼每次约谈球员都会这么问。

顾祁低着头，看着地面，似乎在沉思。

陆盼盼余光能看到他的侧脸，路灯照射下，交错的光与阴影让他的轮廓更明显。

她等了许久，顾祁终于开口了。

"你有真正地、长时间地、专一地爱过一个男人吗？"

陆盼盼一头雾水，约谈怎么就变成深夜情感咨询热线了？

顾祁看着陆盼盼，神色极其认真。

陆盼盼无奈地转开头："有过。"

顾祁眉头倏然收紧："谁啊？"

陆盼盼伸长了腿交叠着，双手撑着地面，看着天上的月亮。

"有一个男人，在我难过失意的时候安慰我，在我开心喜悦的时候为我庆祝，我能不爱吗？"

顾祁："前男友？"

陆盼盼朝他眨眨眼。

"杨国福。我爱他一辈子。"

顾祁：活该你集五福只集到爱国福。

顾祁知道陆盼盼在故意逗他。她自己放弃谈话，那他还有什么好说的？

顾祁起身准备离开，身后的陆盼盼突然问："顾祁，你为什么学排球啊？"

顾祁停下，回头看陆盼盼。

陆盼盼也望着他。

"我就是好奇，你很有天分，又有专业教练带着，这方面的花费肯定不少。既然花了这么多心血，你为什么不进体校呢？”

中国一直沿用“少体校—青年队—国家队”的三级式运动员培养方式，优秀的运动员几乎都是从小进入体校学习。虽然这些年体育教育改革，不少大学生运动员有了崭露头角的机会，但事实是，站在金字塔顶端的运动员几乎还是从三级式培养方式中走出来的。

顾祁歪了歪头，说：“我喜欢排球，不代表我想做运动员。”

也对，陆盼盼想，人家学习也很好，未来能成为金融精英，干吗来体育圈受苦受累呢？

她又说：“这样的话，其实你不用在球队浪费时间了。”

月色与路灯交相辉映，陆盼盼的酒气下去了不少，脸颊上只有淡淡的绯红。

陆盼盼：“留在这里没意思。”

顾祁似乎生气了，陆盼盼见他没听自己说完话就要走，估计是觉得她在赶他走，于是想站起来解释。就在这个瞬间，她看见自己的手机屏幕亮了——罗维打来的电话。

陆盼盼接了电话。

“罗维，我现在有点儿事，一会儿打给你。

“钥匙我没有啊。”

顾祁听到罗维的名字，脚步突然顿住。

陆盼盼刚挂电话要追上去，就见前面那个人掉头走了回来，坐在了她旁边。

顾祁：“当初是你要我来，现在你又要我走？”

陆盼盼：“不是，我……”算了。

顾祁坐着不说话，但又不得不没话找话。

“你忘了带钥匙，今晚就在这儿坐一晚上？”

陆盼盼瞥他一眼：“你觉得可能吗？”

当然不可能。

顾祁声音忽然变低了：“那你要去酒店开房？”

陆盼盼不知道为什么顾祁问了一个平常得就像天气预报一样的问题，却露出一种有点儿震惊又有点儿好奇的眼神。

不过这位同学平常脑回路就不太正常。

陆盼盼再次看向他时，又觉得自己想多了。

人家明明正常得很。

“我看起来像是很有钱的样子吗？”陆盼盼说，“我当然是等人给我送钥匙。”

顾祁想，没听错的话，陆盼盼刚刚确实是在电话里告诉罗维自己没有钥匙。

太真实了，女人都太真实了，换目标比换衣服还快。

顾祁低着头，沉默许久，突然开口道：“你知道罗维有一个谈了六年的女朋友吗？”

陆盼盼：“我知道啊，听说是异地恋。”

知道你还这样？

不行了，顾祁觉得他必须挺身而出，拯救队长以及挽救这个即将踏入道德败坏区的姐姐了。

我不入地狱谁入地狱？

顾祁简直想给自己点上一首《爱的奉献》。

“姐姐。”

陆盼盼揉了揉耳朵。

不知道为什么，每次顾祁叫她“姐姐”，她都觉得耳朵酥酥麻麻的。

陆盼盼侧头看着顾祁，他的眼眶里嵌着星辰一般的眸子。

那一刻，陆盼盼竟有点儿失神。

陆盼盼：“怎么了？”

顾祁：“明天要一起去看电影吗？”

陆盼盼：“啊？”

话音刚落，一道叫喊声传来。

“陆小姐。”

紧接着，一个穿着棕色连衣裙的中年女人喘着气跑了过来。

“陆小姐，你等很久了吧？我路上堵车了，耽误了好一会儿。”

这是许曼妍家的保姆，见过陆盼盼，认得她。

“没关系，麻烦您这么晚还跑一趟。”陆盼盼接过钥匙，又连连道谢。

保姆走后，陆盼盼想起顾祁还在她身后，于是问：“你刚刚说……什么电影？”

一阵冷风迎面吹来，顾祁像洗了个冷水澡似的突然清醒了。

她转移目标是好事啊，好事，好事。

他看着保姆的背影，突然急中生智，说道“《电锯惊魂8》，去看吗？”

陆盼盼：“不去。”

顾祁突然就松了口气。

“那我回学校了。”

他理了理衣领，走了。

他刚走出两步，后面的人说话了：“等等！”

顾祁背对着陆盼盼，挥了挥手：“我真的要回去了，我们有‘宵禁’的。”

陆盼盼拿着手机急匆匆地走到顾祁身边。

“我跟你一起回学校。”

刚刚罗维打电话问她有没有球馆的钥匙，陆盼盼没在意，说了没有就挂了电话。

就在刚刚，罗维发来一条消息：

“盼盼姐，说出来可能有点儿丢脸，我和单旭阳被锁在球馆了。”

“走吧。”陆盼盼急着去学校，三两步迈到顾祁的前面，“罗维他们被锁在球馆了，我得去看看。”

顾祁：行吧，还是罗维。

两人回了学校，找到保安，拿着钥匙去了球馆。

陆盼盼打开锁，轻轻推开门，球馆内传来球落地的声音。

罗维和单旭阳在练习垫球，没有注意到门已经开了。

深夜，四周寂静无声，只开了一盏灯。

罗维和单旭阳一高一矮，站在球馆中央，身影看起来有点儿寂寞。

晃眼间，陆盼盼觉得这个场景有点儿熟悉。

三年前，庆阳大学第一次入围联赛全国赛，陆盼盼随队一起飞往北方客场迎战嘉实体育大学。

那一年的具体情况如何，陆盼盼记不太清，但是她永远记得那天夜里——学生临时腹痛，她送人去嘉实校医院就诊，回来的路上经过嘉实排球馆时听到的阵阵击球声。

当时她特意看了一下时间，凌晨零点半。

嘉实体育大学的王牌专业是跳水，向国家队输送了许多世界冠军，排球却是短板。

那一次他们主场作战，却一比三输给了庆阳大学。

因此，陆盼盼站在胜利者的立场上听到深夜的嘉实排球馆里传来击球声时，她觉得这支队伍会走得很远。

虽然有时候预感是一种很神奇的东西，但是这玩意儿在体育圈不适用。

陆盼盼知道，运动员或团体的成绩，没法儿拿预感或者运气来说事。

但是在今年的联赛中，嘉实已经进入四强。

陆盼盼没想到，同样的场景，她在允和看到了。

说不上多么震撼，但那一刹那，她仿佛看见这个空荡荡的球馆里座无虚席，掌声雷动，全场观众起立欢呼。

陆盼盼握着门把手，凝神看着他们。

顾祁站在她身后没出声。

几分钟后，罗维和单旭阳停下来歇息。晚风从大门灌进去，他们回头，看见了站在门口的陆盼盼和顾祁。

罗维有些不好意思，上来就跟陆盼盼解释："晚上顾祁临时有事走了，我跟单旭阳去上了个厕所，保安以为没人了就把门锁了。"

陆盼盼松开门把手，把钥匙给了罗维："以后自己锁门吧。"

罗维看着手心的钥匙，愣了一下："啊？钥匙给我啊？"

陆盼盼张望四周："只有你们两个人吗？"

罗维指着陆盼盼旁边的顾祁："今天就我们三个人。"

陆盼盼："今天不是周六吗？"

罗维和单旭阳对视一眼："周……周六不能打球吗？"

陆盼盼："你们今天什么时候到的？"

"八点多吧。"罗维小心翼翼地说，"我们周末用完球馆肯定会打扫卫生的。"

陆盼盼的目光慢慢扫过他们俩，嘴角浮起一抹浅笑。

"快十一点了，早点儿回去休息吧。"

罗维和单旭阳点头道："好，我们收拾一下就走。"

其实也没什么好收拾的，他们把球丢进球车里，又把车推到角落里，拎上包就走。

路上几乎没有什么行人，周围过于安静。

罗维说："盼盼姐，这么晚了我送你回家呗。"

陆盼盼不愿意麻烦别人，但是确实快凌晨了，没什么行人，她也想这个时候有个人送她。

陆盼盼犹豫着还没说话，顾祁突然开口道："我来吧。"

陆盼盼看了他一眼，说道："算了，你宿舍离大门远，太绕路了。"

说完她又朝罗维说："那麻烦你了。"

罗维："不麻烦不麻烦，我是男生嘛，应该的，而且今天是因为我才让你大晚上跑了一趟。”

两个人就这么有说有笑地走了。

顾祁在后面看了很久，直到单旭阳拍拍他的肩膀：“走吧。”

路上。

罗维拽着斜挎包的袋子，双眼直视前方，说：“盼盼姐，庆阳今年打进全国四强了是吧？”

陆盼盼轻声道：“嗯。”

罗维又说：“我看他们以前成绩也不好，怎么进步这么快？”

陆盼盼：“他们很努力。”

罗维侧头看了陆盼盼一眼，抿了抿嘴，没说话。

两人沉默着走了一段，罗维又说：“听说全国赛区的赛馆有两千五百个观众席，真的假的？”

“当然是真的。”陆盼盼笑了一下，“决赛场馆有五千个观众席呢。”

罗维半张着嘴，半晌才说：“那么多观众，还有电视转播，那不得很紧张啊？”

“打起比赛来谁还在乎有多少人在看呢？”陆盼盼说，“不过现场有很多人喝彩倒是真的。”

罗维点着头没说话。

走到楼下，罗维打算掉头回学校了，陆盼盼突然叫住他。

“罗维！”

罗维回头：“怎么了？”

陆盼盼：“你想打进决赛吗？”

罗维舔着嘴角，踌躇了两秒才说：“谁不想呢？我是个运动员，不想拿冠军我当什么运动员呢？”

见陆盼盼不说话，罗维又说：“单旭阳也是，你别看他平时不爱说话，其实我知道他比谁都想拿冠军。他是农村的，小时候学体育可不容易。这么多年辛苦过来了，我们总不能连个奖杯都没有摸过吧。”

陆盼盼叹了口气，随后走上台阶，朝他挥手：“快点儿回去吧。早点儿休息，明天加油训练啊，我们会拿到冠军的！”

罗维右手握拳捶了捶自己的胸口。

“放心吧！”

罗维一个人走夜路，却感觉浑身都是劲，一路小跑着进了宿舍，赶上了“宵禁”的最后一刻。

他一边爬楼梯，一边看手机。

他刚打开微信，就见顾祁的消息接二连三地弹出。

别爱我，没结果：你回宿舍了吗？

别爱我，没结果：还在外面吗？

别爱我，没结果：外面天那么黑，你不害怕吗？

别爱我，没结果：要“宵禁”了，你快点儿回来吧。

别爱我，没结果：你该不会还在外面吧？明天早上不练球了吗？

别爱我，没结果：夜不归宿可是要记过的。

罗维：怎么感觉球队混进了奇怪的人。

霍修远关了灯准备上床睡觉时，顾祁还在阳台上吹风。

霍修远打开手机看了眼时间，啧啧称奇。

太奇怪了，这也太奇怪了。

霍修远走到阳台，默不作声地拍了下顾祁的肩膀。

顾祁吓了一跳：“你大晚上不睡觉站在我背后干吗？”

“我还想问你呢，你大半夜不睡觉站这儿干吗？我眼睛都快睁不开了，你还在这儿吹冷风。”霍修远伸手摸顾祁的额头，“最近病了？”

顾祁甩开他的手，三两步走回宿舍，爬上了床。

霍修远站在床下，担忧地看着他。

“不是，我真的觉得你最近不正常。常常大晚上都不睡觉，你是不是遇到什么事情了？”

顾祁：“没有。”

霍修远：“你有事别一个人憋在心里啊。是不是家里出事了？”

顾祁翻了个身，沉默片刻，说道：“没有。”

“那……”霍修远压低了声音，“是不是球队的事情？”

顾祁腾地坐起来，看着霍修远。

霍修远心一沉，说道：“是不是他们排挤你？”

顾祁：“没有。”

霍修远问：“那到底怎么回事？”

顾祁重新躺下来，望着天花板，叹了口气。

“我现在就是非常理解你。”

霍修远一下子趴在顾祁的床边，说道：“理解我什么？你到底怎么了？”

顾祁稳如泰山地躺在床上，一动不动。

“没什么好讲的，睡吧。”

霍修远知道顾祁这个人，只要他不想说，撬开他的嘴都没用，于是只能按下强烈的八卦之心，倒头睡去。

是夜，顾祁一直没睡着。

他睁眼看了几次手机，眼睁睁看着时间一点点地流逝，终于在晨曦微亮的时候进入梦乡。

他做了一个很奇怪的梦。

顾祁梦见自己在一座大森林里，有人追着他跑。

他回头看了一眼，是陆盼盼。

虽然他不知道陆盼盼为什么追他，反正跑就完事了。

可是自己腿长，常年运动，速度特别快，没一会儿陆盼盼就跟不上了。

顾祁停了下来，蹲在树下等她。

陆盼盼却突然掉头，朝另一个方向跑。

顾祁看着她噌噌噌地跑，很快就要看不见身影了，于是也掉转方向，跟了过去。

却不知为何，陆盼盼腿上跟装了火箭发射器似的，越跑越快，腿都快成了残影。

这让他感到迷茫。

顾祁跑累了，靠着树喘气，然后一个苹果掉了下来，砸在他脑袋上。

顾祁就这样惊醒了。

他坐起来，发现天已经大亮，手机闹钟一直在响，而霍修远早就不知去向。

顾祁慢吞吞地起床，洗漱后，换了一身衣服往排球馆走去。

排球馆的门大开着，顾祁还没走进去就听到一阵欢声笑语。

顾祁放慢了脚步，站在门边瞥里面。

罗维和单旭阳好像在教陆盼盼垫球。

她穿着白色短袖和浅蓝色牛仔短裤，半蹲在罗维面前，双手交握平举在胸前，像模像样地垫球。

可惜她总是垫歪，仿佛是球在垫她。

陆盼盼笑得很欢快，笑声在空旷的球馆里回荡。

顾祁揉了揉耳朵。

刺耳。

他虚掩上门，往另一个方向走去。

周末学校里的人很多，来来往往，有说有笑。

但顾祁觉得自己是寂寞的。

顾祁坐公交到了金立方。

他有一段时间没来了，今天球馆里的人不少，见他来了纷纷邀请他组队。

金鑫抱着球走到顾祁身边，跟他一起坐着穿护膝。

“听说你去允和球队了？”

顾祁抬头看了金鑫一眼，几不可闻地嗯了一声。

金鑫：“经理是陆盼盼对吧？”

顾祁继续嗯。

金鑫穿好护膝，站起来拍球。

“你们球队一切还顺利吧？盼盼她还好吗？”

顾祁也站了起来，活动着脖子。

“她好得很。”

金鑫点头：“那我就放心了。”然后他又问，“一起？”

顾祁做了个手势，表示可以。

两人走到场馆中央，金鑫突然想到什么，问顾祁：“你今天怎么来了？”

顾祁迷茫地思索一番，说道：“怎么，你们要倒闭了？”

金鑫：这话可说不得啊。

顾祁：“那不然我一个 VIP 为什么不能来？”

金鑫：“您说得是。”

金鑫凑了两队人开战。于顾祁而言，他们都是“老弱病残”，往常他都会照顾照顾他们，降低一下水准。但今天不知道怎么回事，顾祁是一点儿情面不留，打得对方落花流水不说，本方其他人也没个接球的机会。

周一，陆盼盼考勤完，就拉着吴禄上楼，在办公室里待了半小时。

两人再下来时，吴禄神色严肃，双手背在身后，似乎要宣布什么大事。

大家都自然地停下了动作，安静地看着吴禄。

吴禄看了陆盼盼一眼，然后站到队伍前面，正色道：“我宣布一件事啊。”

平时不正经惯了的霍豆嬉皮笑脸道：“好事坏事啊？坏事就别

说了。”

吴禄一个眼刀飞去，霍豆依然吊儿郎当地笑着。

“从这周开始，我们取消双休。”吴禄说道，“以后周六周日白天练习，晚上可以休息。”

他的话音一落，整个球馆鸦雀无声，落针可闻。

见大家不说话，吴禄也有些紧张，背在身后的双手微微蜷起。

“为什么？！”

肖泽凯如丛林里第一只飞起的鸟，带着其他鸟振翅飞起。大家不满的声音接二连三传了出来。

“疯了吧？搞什么呀？”

“周末都不让人休息，搞军训呢？”

“我每周末还回家呢！这搞什么东西啊？”

“搞得跟国家队似的，有必要吗？”

…………

“安静！安静！”

大家情绪高涨，吴禄根本压制不住他们的声音。他脾气一上来，用力吹了一下哨子，才让众人安静下来听他说话。

“九月份联赛开始报名，十月南方赛区开始比赛，我们继续这样散漫地训练，又出不了南方赛区！”

他这番话没有起到多大作用，大家虽然不再大声议论了，但依然嘀咕着。

“又是陆经理的主意吧。”

人群里传出一道声音，陆盼盼眯着眼睛看过去，是站在最后一排的高承治在说话。

上次他请了几天病假，陆盼盼就提出以后请病假要去她那里交病历单，现在这周末不放假的主意多半也是她出的，不然随性了这么久的吴教练怎么会突然提出这种要求。

陆盼盼上前一步，说道：“是我提的。”

高承治不说话，也不看陆盼盼。

陆盼盼又说：“冠冕堂皇的话我就不说了，总之希望你们明白，如果延续以前的训练强度，别说全国赛区，南方赛区二十强都进不了。”

不知道是谁又嘀咕了起来：“说得好像周末不休息就能进全国赛区似的。”

陆盼盼不打算去寻找这话是谁说的，正要张口，吴禄又吹了一下哨子，所有人再次安静下来。

“周末我和陆经理也会来，不是只有你们辛苦。现在就这么决定了！”吴禄挥手：“罗维，带大家分组训练！”

罗维显得特别兴奋，伸着脖子说：“好！”

全队人员分为四组分别面对四面墙练习对壁发球。

纵使有人心里不舒坦，还是按照罗维的指示开始练习。

陆盼盼拿着训练记录本，跟着吴禄巡视。

大家表情各异，有的人像罗维一样奋力练习，甚至有些高兴；有的人则带着气，对壁发球练成了砸球。

陆盼盼也不在意，几分钟后和吴禄分头行动。

吴禄去指导大一的丁扶成，陆盼盼则站在罗维旁边记录数据。

对壁发球是在墙壁上贴着与球网同高的彩色胶带，然后队员面对墙壁发球，确认发球高度与发球姿势而进行的练习。

陆盼盼看了两眼，说道：“你的注意力要有针对性，距离近的时候主要注意单手击球的位置，退后加大距离的时候还要注意球运动的轨迹。”

罗维闻言停了下来，用手臂夹着球，说道：“哎哎好，禄禄说过我，我总是忘。”

陆盼盼道：“你有时候注意力不够集中，想什么呢？”

罗维忽然就低下了头，脸竟然有点儿红。

他怎么好意思说，刚刚一直想着女朋友呢？

他的生日快到了，今天早上在其他省上学的女朋友打电话说要请假来陪他。罗维仔细算算，两人转眼又几个月没见面了，所以今天早上就有点儿魂不守舍。

陆盼盼看他这样子，猜到多半跟妹子有关，也不往这个话题上扯了，继续说着练习的事情。

另一头，顾祁看到罗维和陆盼盼不知道在说些什么，罗维脸还红了。

呵。

顾祁用力击球，球朝着左边墙壁弹了过去，他跑过去捡起来，再次击球，又稳稳地击在了左方墙壁上。

如此几回，陆盼盼注意到了这边的状况。

吴禄也回头看了过去。他对顾祁的技术是了解的，这点儿小问题他没放心上，也就没过去。

陆盼盼刚好跟罗维说完了，便朝顾祁走去。

她站在顾祁旁边，也不说话，就想看看他怎么回事。这么简单的对壁击球他怎么就次次打歪了？

陆盼盼站了一会儿，没发现问题。顾祁的动作很快，姿势特别帅，击球位置控制得很好，陆盼盼在记录表上给他打了个满分。

陆盼盼掉头去了单旭阳那边。

单旭阳所在的墙壁和顾祁相邻，只隔一个墙角。

没一会儿，一个球落在陆盼盼脚边。她跳了两下躲开，一回头，见顾祁正走过来捡球。

陆盼盼皱眉，就这么回头看着顾祁。

他击球的位置逐渐后退，加大自己与墙壁之间的距离，慢慢成了全队中距离最远的那个，自然也是练得最好的那个。

陆盼盼在记录表上添上一条：

“状态时好时坏。”

陆盼盼跟单旭阳说了几句后，朝肖泽凯走去。

肖泽凯就和罗维站在同一面墙壁前，只是陆盼盼还没走过去，身后的顾祁又把球打歪了，球再次径直落到了陆盼盼脚边。

陆盼盼十分疑惑，回头问：“顾祁，你今天怎么回事？”

顾祁捡了球没说话。陆盼盼又问：“对壁发球对你还能有难度？”

“哦。”顾祁抱着球，说道，“大概是这个球有它自己的想法。”

五天后，又是周末。

饶是有人不情不愿，但终究人都到齐了。

只是训练的时候有的人积极性不是特别高：队员分为五人组和六人组两组，练习三步助跑式时，有的人快有的人慢，吴禄很难协调指挥。

这么两三轮下来，吴禄发火了，却也没骂人，丢了哨子就上楼。

大家站在原地面面相觑，有几个人盯着陆盼盼看。

陆盼盼没什么表情，跟着吴禄去了二楼。

吴禄正弯腰倒水，见陆盼盼来了，也不说话，猛灌一杯冷水，然后站在窗边，用力推开窗。

陆盼盼站在他身后，用纸巾把他刚刚倒水时洒出来的水擦干净。

“吴教练，你跟他们生什么气呢？他们还小，不懂事而已。”

“怪我。”吴禄坐了下来，“一直以来对他们太宽容了，这个样子哪儿还像运动员？”

接过陆盼盼递来的热茶，吴禄又说：“人总是太容易被环境影响，我懒，他们也堕落。怪我，怪我，成绩不好都怪我。”

“你也是心疼他们。”陆盼盼柔声安慰他，“别着急，慢慢来，当他们看到希望就会有动力。”

吴禄皱眉看着窗外，沉默不语。

陆盼盼下楼后，站在一旁看大家训练。

罗维在一旁领队喊节奏，单旭阳站在最前排，肖泽凯和顾祁站在后排。

大多数人还是在认真训练，但总有那么几个人脸上的表情不是那么好看。

这件事球队成员私底下也谈论过很多次了，有的人跟罗维关系好，例如肖泽凯，一开始也不乐意，但听罗维念叨了几天后也就不别扭了。

不就是训练嘛，体考时那么苦那么累他也熬过来了。

但有几个人就不这么想。

明明该是睡懒觉或者在网吧上网的时间，他们却被拎到这里来训练，谁乐意啊？

就这么过去了大半个月，进入期末考试月。

大家虽然几乎都是体育生，但也有各种科目要期末考试，特别是顾祁，考试科目复杂，时间安排上就紧凑了许多。

有人以为期末能放松训练，没想到吴禄和陆盼盼还是见缝插针地安排训练。

终于，这场不可避免的矛盾在体育训练学考试后爆发了。

考试周几乎每天都有考试，这群体育生以往考完一门就可以撒丫子玩一阵，而现在，刚走出考场就被拽到排球馆。

这日子没法儿过了。

训练的时候，好些人提不起劲，吴禄不可避免地发了脾气。

“你看看你们一个个的，像什么样子？要是不想训练就给我滚出去！”

还真有人打算滚出去的。

高承治把球一砸，往一旁走去，拿起自己的书包。

“我忍很久了！一天天的没个休息，我是个人，又不是机器！”

他拿着书包，经过陆盼盼身边，斜眼看着她。

“你说得没错，我没想过拿什么冠军，我就是为了综合学分来的。”

陆盼盼眼观鼻鼻观心，什么都没说。

高承治走后，大家都看着陆盼盼，等着她说话。

她只是扫视在场的人，淡淡地开口道：“那我们现在是只有一个接应二传对吧？”

在场众人：“……”

顾祁：姐姐好帅啊。

陆盼盼和吴禄面对队员站着，队员中又有了各种嘀咕声。

吴禄的脸色不太好，甚至可以说是黑透了，大家都以为他又要发脾气，谁知道他只是抬眸看向众人，然后说：“还有谁要走的，现在就走。”

底下鸦雀无声。

吴禄又说：“就这一次机会，以后我绝对不允许任何人退队。”

依然没有人说话。

但陆盼盼知道，有人心里确实还不痛快，却又拉不下脸，真的跟自己的教练闹得不愉快。

这时，陆盼盼的手机响了，她走到外面去接电话。

电话是嘉实体育大学的王教练打来的。

“喂，王教练，还没恭喜您这次联赛取得好成绩呢。”陆盼盼站在台阶上，说道，“您放假了？”

“没呢，这不是联赛结束后带着学生过来交流学习吗？”王教授问，“你最近怎么样？那天半决赛怎么没看到你？”

陆盼盼和嘉实体育大学的王教练是在去年联赛上认识的。

当时王教练的儿子处于适婚年龄，又是个队医，王教练一合计，就打算让两人相个亲。结果儿子死活不来，王教练恨铁不成钢，请陆盼盼吃了几顿饭。

陆盼盼哑口无言。

她虽然被拒绝了，但是她不是没答应吗？反而是王教练这么请吃饭搞得她还真的觉得自己有点儿丢脸了。

一来二去，两人也算成了忘年交。

陆盼盼在电话里跟王教练简单说了下自己离职的事情，王教练倒是很兴奋。

“那你要不要来嘉实？我们做大做强走向辉煌！”

陆盼盼：“不了吧，我已经找到新工作了。”

王教练：“哪里？”

陆盼盼：“允和大学。”

王教练：“什么和？”

陆盼盼：“允和。”

王教练：“允什么？”

陆盼盼：“……”

行吧，她知道允和“查无此队”了。

几分钟后，陆盼盼回到球馆，脸上带着若有若无的笑，往楼上走去。

“我怎么有一种不祥的预感？”霍豆停下动作，看着陆盼盼的背影，“我看她那笑，总觉得没有好事发生。”

罗维从背后给他一拳：“你会不会说话？”

顾祁走到他们两人中间，问霍豆：“你为什么会有这样的想法？”

霍豆：“啊？”

顾祁瞟了一眼陆盼盼：“你的眼神不太好。”

除了霍豆，也没多少人在意这一段小插曲。

直到晨训结束的时候，陆盼盼慢悠悠地下楼，看着众人说：“大家都不太想周末训练是吧？”

底下没人说话。

陆盼盼又说：“好，给你们个机会。嘉实体育大学你们知道吧？

这几天他们在这边交流学习，下周周末，我叫他们来打友谊赛，如果你们……”

陆盼盼的话都没说完，大家就沸腾了。

霍豆大声说：“我们赢了就不用周末训练了？别说了，我们要是能赢嘉实还会在这儿站着呢？”

其他人纷纷附和霍豆的话。

“对啊，怎么可能赢嘉实？人家今年全国四强呢。”

“我们又不是傻子，训练就训练嘛，也不是坚持不下来。”

大家七嘴八舌地说着，陆盼盼揉了揉太阳穴，抬手示意大家安静。

“你们安静安静，我没说让你们赢。”她张开手掌，竖起四根手指，“四十分，怎么样？整场比赛，如果你们拿到四十分，我们以后周末就不用训练。”

罗维慌了神，两步跨出来想拦住陆盼盼：“别啊！就……就别这么……”

“就这么决定了吧。”陆盼盼说，“罗维你带着大家开始练习。”

陆盼盼转身走了出去，留剩下的人议论。

除了少数几个人，其他的明显都很兴奋。

“这可咋办？”罗维低声跟单旭阳说，“大家好不容易习惯了这个训练强度，要是真拿下四十分，盼盼姐总不能反悔吧？”

单旭阳紧紧抿着唇。

“不知道。”

单旭阳和罗维就像一个班里的尖子生，他们倒是希望班级班风好，大家有一个积极向上的学习环境，可是同班同学不配合。

好不容易来了个有作为的班主任搞了点儿规矩，这还没步入正轨呢，要是他们真的把班主任气跑了那可咋整？

见单旭阳说不出什么，罗维又转身问顾祁：“你说怎么办啊？”

顾祁：“什么怎么办？”

“我们要是真拿下四十分怎么办？”罗维摊开手掌，掰了掰指头，“我寻思着就算对方三局全胜，我们也不是不可能拿到四十分啊。”

顾祁看着陆盼盼的背影，脸上没什么表情。

“随便吧。”顾祁转身往球场中间走去，一副轻松的样子，“她既然这么说了，听她的就是了。”

吴禄蹲在排球馆门口抽烟，陆盼盼站在他身边，躲在树荫下。

吴禄抬头看陆盼盼：“这么弄能行吗？”

“行不行也得试一试。”陆盼盼说，“我之前跟他们谈过话了，都是应试教育出来的孩子，灌再多鸡汤都没用。跟他们说什么有苦才有甜、有付出才有收获这些话，他们能听进去吗？如果他们本身没有斗志，甚至不是心甘情愿来训练，那我估计咱们没戏。”

陆盼盼又叹了口气：“说起来，顾祁还不是体育生，也从不喊累，训练从不缺席。”

吴禄道：“那要是拿到四十分了，就真不训练了？”

陆盼盼笑道：“吴教练，您怎么还没明白我的意思呢？他们拿不拿得到四十分，都会达到我想要的效果。”

吴禄低头琢磨陆盼盼这话，似乎品出了一些意思。

但他还是不放心。

“这种心理战，万一跟你预料的不一样呢？”

陆盼盼眯着眼睛望太阳，然后回头看了一眼场馆。

“还有下一届学生。新人源源不断地进来，我们不是非他们不可。”

吴禄灭了烟，迟迟没有站起来。

他觉得，陆盼盼跟他想象的似乎不一样。

他以为这个年轻女孩儿有亲和力，说不定会拿捏不住这群躁动的男孩儿。但是陆盼盼却远比他想象的淡定得多，也冷漠得多。

她不会像吴禄一样，把每一批学生当作自己的亲人一样看待，看他们生病了就舍不得拎过来训练，看他们累了困了就放他们去休息。

他就像一个家长，一边忍不住溺爱自己的孩子，一边又懊恼自己的孩子没出息。

而陆盼盼就是个经理，她的目标是拿出好成绩。

吴禄相信，如果这批学生真的不是可造之材的话，陆盼盼一定会毫不犹豫，立刻换血。

训练结束后，队员们原地解散，大多数都选择回宿舍点外卖，只有少数几个人去食堂。

陆盼盼原本一个人往食堂走，后来罗维和肖泽凯追了上来。

"盼盼姐，你要不要再考虑一下？"罗维说，"我了解我这些同学，要是拿到四十分，他们真的不会再来训练的，真的，拖都拖不来。"

陆盼盼放慢了脚步，说道："没关系，我有我自己的打算。"

罗维还想说什么，陆盼盼赶紧岔开了话题："我昨天看见你跟一个女孩子在一起呢，女朋友吗？"

一提到女朋友罗维就爱脸红，他点头："嗯，对。"

"很漂亮。"陆盼盼说，"你现在不去陪女朋友吃饭吗？"

"唉，别提了。"罗维变脸似的，换上一副愁容，"不知道昨天怎么惹到她了，到现在一个人在酒店待着不见我。"

他们一边走一边说，顾祁跟在后面，目不转睛地盯着他们。

看到罗维脸红，顾祁立马凑了过去。

"你们在说什么？"

罗维和陆盼盼看他一眼，没说话。

肖泽凯勾着顾祁的肩膀说："唉，你不懂，别凑热闹。"

顾祁站着不动，直勾勾地看着罗维。

"哦，你们排挤我。"

肖泽凯看着自己此刻正搭在顾祁肩膀上的手臂，思考着顾祁是怎么做到睁眼说瞎话时脸不红心不跳的。

罗维：“我们没有。”

顾祁：“你们有。”

陆盼盼瞥了顾祁一眼，意思是别瞎闹。顾祁不情不愿地别开头，跟他们一起朝食堂走。

“其实你最好去问问到底哪里惹到她了。”陆盼盼说，“光靠猜是猜不出来的。”

罗维：“可是我问她她更生气啊。”

顾祁：“谁啊？”

罗维：“我女朋友。”

顾祁的目光在罗维和陆盼盼身上扫视一圈，然后他不再说话。

“那你就先哄哄她，”陆盼盼说，“女生都吃这套。你多哄她开心，她就会敞开心扉，什么都跟你说了。”

罗维：“怎么哄呢？”

陆盼盼：“多主动跟她聊天，早安、午安、晚安不能少，她说什么都应着。女朋友嘛，多惯着总没错的。”

顾祁看向陆盼盼，在她不经意转过头来的那一瞬间又移开了眼神。

罗维：“这样啊……”

他还是有点儿犯难。

“真麻烦。”一旁的肖泽凯说道，“我就从来不惯着女朋友。”

陆盼盼和罗维同时看向他，一个好奇一个惊奇。

肖泽凯严肃地说：“不是因为我大男子主义，而是因为——

“我没有女朋友。”

这天，体育学院统考通识课，几乎全队的人早上都在考试，训练取消。

而昨天已经考完专业课的霍修远难得睡了个懒觉，日上三竿时懒懒地翻了个身，拿出手机打游戏。

霍修远是在考试周才下载了手游“吃鸡”的。坚持“大考大玩”的原则，他考试期间不再看书，一有空就打游戏。

几分钟后，手机里响起了枪声和娇滴滴的女声。

“小哥哥，你把这个三级头给我嘛！”

“哎呀呀，有人打我！小哥哥快来救我！”

“房子阳台有人！小哥哥快打他！”

“呜呜呜，我被打残血了，小哥哥快来救我！”

“哎呀，还有埋伏！小哥哥你不要管我了！”

霍修远手指飞速移动，说道：“小鹤，你往石头后面挪一点儿，我铺个烟就过来扶你。”

说完，霍修远一顿操作猛如虎，把小鹤救了起来。

这位小鹤全名叫“鹤立鸡群”，是霍修远“双排”时认识的网友。

说来奇怪，他第一次接触这种射击类游戏，没想到玩儿得还不错，随便排到的队友十个有八个都想加他好友。

但他只加了鹤立鸡群一个人。

没别的原因，就是她声音软萌，娇滴滴的，他打游戏的时候听着舒服。

这一局还没结束，霍修远和鹤立鸡群到了决赛圈。

“哎呀，我没子弹了！小哥哥快给我点儿子弹！”

“哇，小哥哥你给我这么多呀！谢谢，么么哒！”

霍修远沉浸在游戏里，完全没注意到另一张床上一个人缓缓坐了起来。

直到一道阴森的目光扫在霍修远身上，让他在这大夏天打了个寒战后，对方才坐了起来。

霍修远压低声音说：“你怎么还在寝室？”

说完，他也没等顾祁说话，又投入游戏中。

还剩最后两个人，他飞快地解决他们，顺利“吃鸡”。

“小哥哥真棒！我还有事，先下了，我们晚上再玩儿，你要等我哦！”

娇滴滴的女声消失后，霍修远看向顾祁。

顾祁冷漠地与霍修远对视，说道：“我一听这声音就硬了。”

霍修远露出了疑惑而震惊的表情。

顾祁举起手：“拳头硬了。”

霍修远：“……”

顾祁翻身下床：“这种女的，我一拳能打死十个。”

霍修远也跟着下床：“你不懂跟萌妹子打游戏的乐趣。”

顾祁嗤笑一声：“我不管什么乐趣，你以后跟这女的打游戏再不戴耳机，我不保证我的拳头不会落在你身上。”

霍修远没说话，走到阳台和顾祁并肩站着刷牙。

“你过去点儿，别挤着我。”霍修远撞了顾祁一下，“你今天没训练？”

顾祁刷着牙，含混不清地说：“都在考试。”

想到这几日一直遭受那个鹤立鸡群的魔音的攻击，顾祁就觉得耳根子痛。

霍修远刷牙刷到一半，手机嘀嘀响了两声，他拿出来看了一眼，立刻擦干净手回消息。

顾祁无意中瞥了一眼，QQ 消息框上的名字又是小鹤。

“哎。”顾祁漱了口，慢悠悠地对霍修远说，“你最近每天跟她打游戏，晚上还聊天，你知道这是什么现象吗？”

霍修远：“什么？”

“这种现象——”顾祁说，“我们一般称之为网恋。”

霍修远愣了两秒，急忙否认：“我不是，我没有，你别胡说啊！”

“哦。”

顾祁往宿舍内走去：“怎么，有了新欢，终于忘了那个……陆盼盼？”

霍修远嗤笑一声：“她算什么？我面前有广袤的森林，总不能在一棵树上吊死吧？你以后可别跟我提她了。”

行吧，顾祁想，你倒好，挂到另一棵树上去了，我就被你坑死了。

反正都在一所学校，你们早晚有一天会碰面。

周末，陆盼盼在学校门口迎接嘉实体育大学的人。

由于是陆盼盼和王教练私底下联系的比赛，学校没有派车，所以嘉实的人坐了一辆七座商务车和一辆小轿车过来。

王教练第一个下车，陆盼盼热情地走了过去。

“王老师，好久不见。”

王教练当场就转了个圈给陆盼盼看：“怎么样，是不是还是风度翩翩？”

两人说笑间，嘉实体育大学的队员也下车了。

陆盼盼数了一下，一共来了八个人。

嗯，也对，在嘉实眼里，跟允和打友谊赛犯不着出动全员。

王教练一边跟陆盼盼介绍自己的学生，一边跟陆盼盼朝排球馆走去。

允和的人已经等着了。

他们有的站着，有的坐着，心思各异。

那些不想周末加训的人，一心想着一会儿一定要拿到四十分。

而罗维这样想加训的人，甚至考虑了消极比赛。

但是陆盼盼似乎能看穿他们的心思，提前告知，一定要全力以赴，不可以打假赛。

罗维身为运动员，最不齿的就是消极比赛，要不是形势所迫，他也不会有这个想法。

不过陆盼盼既然告诫了，他选择相信陆盼盼的做法。

当嘉实的人来了，他们简单相互认识，吴禄和王教练交流，陆盼盼就跟在一旁。

大约半个小时后，比赛开始。

陆盼盼坐上了裁判椅，王教练和吴禄则站在一旁的自由区域。

热身的时候，嘉实的人有些随意。

毕竟他们不知道允和的人怀着争取周末休息的伟大理想，觉得就是个普普通通的友谊赛。

但是他们看到允和的人在那儿特起劲儿地热身时，自然而然地就加了把劲。

一场友谊赛，莫名地被热身活动搞出了点儿火药味儿来。

陆盼盼抛了个硬币，允和发球。

双方队员各自归位，吴禄的配置是：罗维和顾祁两个主攻加一个二传手单旭阳，副攻肖泽凯和沈周初，以及自由人霍豆和接应二传方俞乐。

第一局，罗维站在发球位，自由人替换了后排的肖泽凯。

哨声一响，罗维起跳，将球发出去。

对方稳稳接住，扣了回来。

方俞乐作为接应二传，一直负责一传，当他接球后，单旭阳成功将球传给顾祁。

不到一秒的时间，嘉实布置三人拦网，但他们也许是低估了对方主攻手的能力，竟没有拦住这个球。

当球落到嘉实区域时，双方都愣了一下。

嘉实没想到，他们预估的拦网高度居然和顾祁的跳跃高度差了一大截，他们的防守就这么轻松地被攻破。

而允和没想到，他们竟然这么轻松地拿到第一分。

但嘉实毕竟是打进了全国四强的队伍，状态调整得很快。

当然，在随后的攻守中，他们特别注意顾祁。

当顾祁轮换到后排时，嘉实的队长感觉自己竟然一刹那放松了许多。

他这才注意到，原来顾祁每次进攻时，他都不自觉地绷紧了神经。

不是每一支队伍都会让他有这样的感觉，他更没想到允和这样的队伍会让自己这么全神贯注。

此刻，允和的人也明显看到，当顾祁轮换到后排时，嘉实的人整体放松了许多。

允和自己也知道，除了顾祁，嘉实没有把他们当作太大的威胁，所以他们现在只想观察顾祁的后排防守能力如何。

哨声一响，方俞乐发球。

当球再次传回时，二传手单旭阳等着顾祁的传球。

然而，顾祁的这个传球，对二传手单旭阳来说，长了；对副攻肖泽凯来说，短了。

电光石火之间，连裁判椅上的陆盼盼都握紧了拳头。

顾祁虽然是主攻，但是怎么会在后排出现这样的失误?

嘉实的队长此刻也在后排，不由得松了一口气。

原来这个顾祁的后排能力如此一般。

这些思绪的飘过不过是刹那间，下一秒，他们就看见沈周初轻轻托起球，球吊过网，稳稳地落在嘉实前排。

球已死，全场寂静无声。

没有人知道，这个球到底是顾祁的失误，还是他把全场形势看得太准，知道对面三人拦网会彻底封锁前排，所以在一传的时候就找准了漏洞。

顾祁只是揉着脖子，看着对手。

嘉实的队长直起腰，与顾祁对视。

两人没有交流，只这么一个眼神相碰，随后各自归位。

当顾祁又一次轮换到发球位时，整个比赛的氛围已经不一样了。

此刻比分已经达到十七比十。

允和拿到十分，其中有八分都是顾祁拿下的。

嘉实早已发现，扣球和发球都是顾祁的强项，尤其是跳发球，杀伤力强到他们最优秀的防守人员一轮下来就筋疲力尽。

现在，顾祁发球前拍球的声音在嘉实耳里都是一种威胁。

当他手臂一挥到底的那一刻，嘉实的自由人一扑到底，堪堪接起这个球，却觉得自己的手一阵酸麻。

场边两位教练不再像刚才那般谈笑风生了。

王教练盯着顾祁，故作轻松地问吴禄："今年的特招生？"

"不是。"吴禄摇头，眼里隐隐约约有一股骄傲，"文化生。"

"什么？"王教练惊诧地说，"不是体育生？"

吴禄微微勾唇："不是。"

就在两人交谈的一会儿工夫，比分已经拉到二十三比十五，嘉实很快就要拿到局点。

吴禄猛然想起今天这场比赛的目的是什么。

他侧头去看陆盼盼，只见她全神贯注地看着场上情况，丝毫没有分神。

十几分钟后，第一局结束，嘉实以五分的差距赢了允和。

五分。

罗维做梦也没有想到允和和嘉实的差距只有五分，那可是全国四强的嘉实啊。

他知道在场的不是只有他一个人这么想。

交换场地的时候，允和的人都很沉默，就连平时最没个正形的霍豆也没说话。

就在这时，吴禄有动作了。

他先叫来安扉顺，然后对场上喊道："换人！安扉顺换下顾祁！"

所有人，包括嘉实的队员和王教练都不解地看向吴禄。

为什么？顾祁风头正盛，吴禄为什么要换下他？

吴禄却没说话，只做了换人的手势，随后跟陆盼盼对视一眼。

陆盼盼朝他点头，表示理解他的做法。

顾祁倒是没说什么，离场喝了口水，然后站到一旁。

比赛继续。

第二局，如陆盼盼所料，没有了顾祁的允和就像折翼的天使，哦不，折翼的老鹰，杀伤力大减。

但允和的斗志不减反增。

这段时间接触下来，这还是陆盼盼第一次看到他们这么拼。

这一局，允和输了十二分。

这一次交换场地时，他们不再沉默，有了不少声音。

罗维作为队长，利用这个空隙交代了不少注意事项。

第三局开始，陆盼盼的手心有些出汗。

哨声吹响的那一刹那，下面有人递来了一瓶水。

陆盼盼低头，看见顾祁举着一瓶矿泉水，正盯着她看。

陆盼盼俯身接起，是一瓶已经拧松瓶盖的水。

第三局，不出陆盼盼所料，允和还是输了，但是只输了十分。

三局下来，比赛已经定局。

允和零比三输给嘉实，但总分拿到了四十八分。

陆盼盼和吴禄对视一眼，下了裁判椅。

嘉实的人和允和的人依次握手，但嘉实每个人跟顾祁握手的力度都要重一些，这大概就是他们表示另眼相看的特殊方式。

嘉实的队长站在队尾，轮到他跟顾祁握手时，他开口道："顾祁是吧？"

顾祁看着他。

"我叫宁骋。"他说，"不知道我们会不会在下一季联赛遇见。"

他的言下之意就是，我期待与你在联赛里相遇。

顾祁目光淡淡的，说道："会。"

宁骋笑了下，松开了手。

“行吧，我们就先回去了。”王教练说，“我是带这群孩子出来交流学习的，明天还有友谊赛呢，我就不耽搁了啊。”

陆盼盼和吴禄以及罗维一起把嘉实的人送出去，一路上连连道谢，并表示下次有机会再约友谊赛。

王教练走前，特意朝吴禄身后的球馆指了指。

“你们那个七号主攻手，”他竖起大拇指，“可以。”

送走嘉实的人后，陆盼盼等人回到球馆。

正在休息的大家伙儿沉默着，气氛和罗维想的不一样。

他以为大家会很高兴，毕竟以后周末不用训练了，但是他们没有。

罗维不安地看向陆盼盼，她却上前一步，雀跃地拍了一下手。

“恭喜大家拿到四十分，以后周末不用训练了！”

没人回应陆盼盼，但陆盼盼也不觉得尴尬。

现在才不到四点，吴禄没组织训练，叫大家原地解散，回宿舍休息。

陆盼盼没看大家的反应，径直回家。

不少考完试的学生拖着行李箱去外面坐大巴车，陆盼盼走到学校门口，正要过马路，有人从后面追过来跟她打招呼。

“许同学！”

陆盼盼花了好几秒，才想起了自己在霍修远面前叫作“许曼妍”这件事。

“你……你好啊。”

霍修远拿着杯冰可乐，和陆盼盼并肩站在路边。

学校外的绿灯时间很短，陆盼盼耽误了这一会儿，过马路的时间已经不够了，她就跟着霍修远一起等下一次绿灯。

天气闷热，陆盼盼的额头有些细汗。

她看了眼霍修远手里的冰可乐，想着一会儿到对面也要买一杯。

霍修远发现她在看自己的冰可乐，没犹豫，把手一伸。

“给。”霍修远说，“天儿这么热，晒死了。”

陆盼盼本来不想接，但霍修远的神态和语气都特别坦率，跟扶老奶奶过马路没什么区别。

“谢谢啊。”陆盼盼接过他的可乐，随手把包里的一盒话梅糖给他，“喏，请你吃。”

“哎，我不喜欢吃糖。”霍修远没要，“你是哪个学院的啊？”

陆盼盼：“我不是学生，我在这里工作。”

“你是老师？”

绿灯亮了，两人一起过马路。

“你真的是老师？看起来不像啊。”

陆盼盼只说自己不是老师，也没说具体职业。

她还想着第一次跟霍修远见面的那个情景，尴尬得她起了一身鸡皮疙瘩，于是实在不想让他知道自己是做什么的。

过了马路后，两人竟然还是一个方向。

于是两人就有一句没一句地聊着，直到霍修远进了陆盼盼家楼下的那家冷饮店。

第二天，周日。

陆盼盼和往常一样到了球馆。

球馆大门前，她一只手握着门把手，另一只手轻轻敲了两下门，然后才推开。

一共十人，正分成两排在做热身，看到陆盼盼进来，有些人假装没看见，继续运动，只有罗维转身用力挥手。

“盼盼姐，早上好啊！”

肖泽凯也跟着说：“盼盼姐今天也太美了吧。”

陆盼盼很少穿裙子。

她记得以前很喜欢穿这条裙子，简单的款式现在看来也不过时，只是长袖的设计导致她没太多机会穿。

这个城市似乎只有冬夏两季，春秋总是一闪而过。这条裙子夏天穿太热，冬天也不太适合。

难得今天早上飘了点儿小雨，气温降了好几摄氏度，陆盼盼想起这条裙子便穿了出来。

她没走过去，就站在门边，指了指肖泽凯。

“会说话就多说点儿。”

“那我继续了。盼盼姐你今天简直是女神！”肖泽凯一边说一边用手比画，“bling bling（闪闪发光）的！”

“哦，谢谢。”陆盼盼走上楼梯，“你今天也很帅。”

“帅个屁。”霍豆嘀咕了一句，“骚死了。”

肖泽凯今天穿了件红色球衣，在一群穿深色球服的男生里显得很扎眼。

肖泽凯回头给了霍豆一拳，然后进行自己的训练。

顾祁一直没说话，盯着肖泽凯的衣服，紧抿着唇。

不一会儿，吴禄也来了。

他看到所有人都到齐了，眼里的笑意根本掩饰不住，吹着哨子走了进来。

“这才像运动员嘛！来！”吴禄朝所有人招手，“我们今天练习全员进攻！”

吴禄这时只觉得全身都是力气。

罗维朝楼上看了一眼，说道：“禄禄，等会儿啊，我上去找盼盼姐。”

吴禄挥手，示意他上去。

罗维把球丢给顾祁，拔腿奔上楼。

陆盼盼正在办公室里打电话，见他过来，抬了抬下巴，让他坐。

几分钟后，陆盼盼挂了电话，问道：“什么事？”

罗维站起来，眼里闪烁着光彩。

“盼盼姐，我以为今天大家都不会来训练，结果我到球馆的时候，已经来了四五个人了。”

陆盼盼笑道：“我知道。”

“你怎么知道？”罗维问，“我的意思是，你承诺了拿到四十分就可以取消周末训练，你不怕我们真的不来了吗？”

陆盼盼走到他面前，推开窗户，看了一眼下面正在训练的球员，说道：“可是你们不还是来了吗？”

罗维不解，没说话。

“好了。”陆盼盼说，“新球衣已经送到了，你跟我出去拿。”

罗维还是不明白，追上去问：“到底是为什么？”

陆盼盼说：“你是队长，以后会带着大家走上更大的竞技场，有领导和管理的责任，时间长了，你自己就会懂了。”

罗维还是似懂非懂，但是既然陆盼盼这样说了，他也不想表现得太蠢，便不再追问。

两人下楼，经过正在训练的队伍。

陆盼盼突然问：“顾祁今天也是自己来的？不是你叫来的？”

“不是啊。”罗维说，“顾祁这人吧，就很奇怪。明明也不是体育生，但是训练从不缺席，之前周末他也是自己来的。”

陆盼盼停下脚步，定睛看向顾祁。

正在急速前进的顾祁好像感应到了陆盼盼的目光似的，突然停下来，回望过来。

对上他的目光，陆盼盼朝他比了个加油的手势。

顾祁别开头，接住了对方扣过来的球。

送球衣的人把车开到了球馆外。

陆盼盼和罗维蹲着清点了数目后，拎着两个塑料袋走了进来。

“发球衣了！”罗维特兴奋，“新球衣！贼好看！”

吴禄带着大家围过来领球衣。

定制球衣主要是白色，后背印着“允和大学”四个字以及每个人的号码和姓名，领口处印着不显眼的金立方体育集团的标志。

肖泽凯迫不及待地把球衣套上身试大小，而队里唯一的自由人霍豆拿着他那件红色球衣，有点儿不知所措。

因为自由人在排球比赛中可以随时替换后排球员，不需要跟裁判打招呼，所以他们的球衣跟其他队员不一样。

看霍豆不情不愿地把这件红色球衣套上身，陆盼盼随口说了一句：“红色很酷。”

霍豆的表情这才好点儿。

十分钟后，大家把衣服整理好，准备继续训练。

罗维发现顾祁还盯着霍豆身上的那件球衣。

罗维不知道自己是不是看错了，竟然觉得顾祁的眼神里有一丝渴望。

“怎么了？”罗维问，“你看什么？”

顾祁：“我也想跟他一样酷。”

罗维：“……”

队员们训练时，吴禄上楼来倒水。

“今天人真的到齐了。”吴禄说，“训练的积极性也比平时高。”

陆盼盼站在窗边，点点头：“那就好。”

吴禄站到她身旁，忍不住细细打量这个女孩儿。

不知道冯信怀为什么说她没有本事，至少在吴禄看来，陆盼盼的本事超出了他的想象。

就像这件事，他原本都没有想到这样的解决办法。

于运动员而言，不服输是天性。

人人都想要胜利，胜利就像罂粟一般让人上瘾，然而比胜利更具有诱惑力，或者说更吊着人的是“差一点儿就胜利”。

就好像打游戏，把把胜利，反倒让人觉得没什么意思，但如果每局都是差一点儿就赢了，往往更让人玩儿下去。

当然，他们并不觉得允和能和嘉实体育大学形成“差一点儿就胜利”的局面，所以陆盼盼把希望押在了顾祁身上。

她知道有那个赌注在，允和那几个不想参加周末训练的人会拼尽全力，而顾祁的加入，也一定会大大提升允和的整体实力。

但她自己也没想到，第一局的分差竟然只有五分。

所以允和的球员更不会想到，他们竟然只差那么几分，就能赢全国四强一局。

如果顾祁三局都在场，说不定每局都是“差一点儿胜利”。

吴禄应该也是这么想的，所以他临时换下了顾祁。

允和的其他队员已经尝到了“差一点儿就胜利”的滋味，他们应该还想要知道自己跟顾祁之间的差距。

他们平时在训练的时候不会感受到自己与顾祁在真正的赛场上的差距。

在和嘉实体大的友谊赛上，顾祁一下场，比分迅速拉开。

没有什么比分数更直观了。

运动员除了天生不服输，更不愿意成为团队里拖后腿的那一个。

这是吴禄想要他们感知的东西。

当然，这些事情陆盼盼和吴禄都不会告诉队员。有些事情点到即止，要是他们说破了，可能会起反作用。

现在，他们已经如陆盼盼和吴禄的愿，脑子里充斥着“差一点儿就胜利”的不甘和不服输的本性，期待着下一场比赛。

早上训练结束后，罗维又来找陆盼盼了。

他拿着高承治的球衣，问陆盼盼怎么处理。

陆盼盼看了一眼，说：“你去告诉他，如果他还愿意穿这件球衣，随时欢迎他回来。”

罗维："啊？"

陆盼盼："你是队长，知道该怎么说。"

罗维点头道："好。"

罗维拿着球衣下楼，大家都去吃午饭了，球馆里空无一人。

"也不说等我一会儿。"罗维嘀咕道，"跟八辈子没吃过饭似的。"

踏下最后一个台阶，罗维看到了角落里的一个人影。

"顾祁，你怎么在这儿？"

顾祁从角落里走出来，淡淡地道："等你啊。"

虽然抱怨队友不等他，但真的有个队友在等他时，罗维总感觉哪里怪怪的。

周日的训练结束后，顾祁没去吃晚饭，直接回了宿舍。

霍修远正准备出门，顾祁拉住他，问道："我问你个事儿。"

霍修远赶着去兼职，不耐烦地说："快说。"

顾祁眉头紧蹙，说道："我有一个朋友，他认识一个女生。"

霍修远："然后呢？"

顾祁："那个女生要是视线不在他身上，他就浑身不舒服，这正常吗？"

霍修远眉头一皱："还有呢？"

顾祁想了想："他晚上总是梦见那个女生，这正常吗？"

霍修远："不正常。"

顾祁定睛看着他。

霍修远："你喜欢她。"

顾祁："你放屁！"

霍修远：不是，好好的骂人干什么？

第三章

姐姐，亲我一下？

陆盼盼回家后，洗了个澡换了身衣服，然后下楼吃饭。

傍晚又下了一场雨，空气里弥漫着草木香气，陆盼盼一边走路一边跟许曼妍打电话。

“医生怎么说？不影响以后的生活吧？”

“没什么大事，我又不是运动员，能有什么影响？”许曼妍打了一个哈欠，“就是每天躺床上有点儿无聊。”

陆盼盼说：“那你回国啊。”

“那不行。”许曼妍道，“我这副样子回家岂不是再也跑不了？”

陆盼盼望着天，愁眉不展。

“你这样也不是个办法，总不能一辈子躲在国外吧？”

“我现在回家肯定被我爸妈逼着嫁人。”许曼妍说，“等我有了稳定的男朋友我就回家，到时候跟我爸妈摊牌。”

说完，她又补充：“我就算随便嫁个穷小子也不会嫁给他们安排的那些浑蛋。”

“你……”

陆盼盼还想说什么，许曼妍却急匆匆地要挂电话：“先不说了啊，我去打游戏。”

挂了电话，陆盼盼走出小区，往冷饮店走去。

这家冷饮店是新开的，没什么客人，店员坐在柜台后面低着头玩手机，没看到陆盼盼进来。

陆盼盼抬头看墙上的菜单，在焦糖奶茶和布丁奶茶间犹豫不决。

突然，柜台后传来一阵声音。

“哎呀！有人打我！怕怕！人在哪儿啊？我怎么看不到呢？”

陆盼盼起了一身鸡皮疙瘩。

“我死了！我死了！我又死了！呜呜呜，好气哦！小哥哥你要给我报仇哦！”

陆盼盼：“……”

她也不知道这个店员怎么忍受得了，反正有人在她耳边这么捏着嗓子说话的话，她一定打爆那人的头。

这时，一直埋着头的店员说话了。

“小鹤别难过，有我在。敢动我的人，我去鞭他的尸。”

行吧，总有人有独特的欣赏品位。

陆盼盼听不下去了，轻咳一声。

“你好，我要一杯布丁奶茶。”

里面那人抬起头，居然是霍修远。

陆盼盼有一瞬间的惊讶：“是你？”

霍修远立刻对着手机说了一声“我有事先不打了”，然后插上耳机，讪讪地道："呃，许老师……巧啊。"

陆盼盼："巧吧。"

霍修远张了张嘴，不知道说什么，于是转身去做奶茶。

陆盼盼看着他的背影，问道："你在这里兼职啊？"

"对啊。"霍修远背对陆盼盼说，"放假了留校，时间比较充裕，就来做做兼职。"

陆盼盼没再说话。几分钟后，霍修远做好了奶茶，还拿了一张积分卡给她。

"消费满六次就可以免费换一杯奶茶。"

陆盼盼喝了一口奶茶，双眼一亮。

"好喝！"

霍修远挑眉："当然，我们老板自己调的料。"

"嗯，真的很好喝。"陆盼盼跟他挥挥手，"那我走啦。"

陆盼盼推开门走了出去，带起一阵风铃响。

霍修远坐下来，打开QQ，发现鹤立鸡群的头像已经暗了。

估计她因为他突然退游戏生气了，一会儿还有得哄。

门口的风铃又响了起来。

霍修远以为是客人，倏地站起来，却发现来的是顾祁。

"这么快？书呢？"

霍修远本来想带一本书，空闲的时候可以看，但出门的时候忘了，于是叫顾祁给他带来。

顾祁把书给他，扭头就打算走，被霍修远叫住。

"来都来了，请你喝一杯奶茶。"霍修远刚来兼职，很多事情不太熟，刚刚给陆盼盼做奶茶时料用多了，于是将就着给顾祁做了一杯。

顾祁尝了一口就不喝了。

"甜死了。"

顾祁打算走，霍修远又非要他陪着一起吃外卖，两人就一起坐着等外卖。

大约半个小时过去，顾祁的手机响了一下，是陆盼盼在群里发的消息。

陆盼盼：谁现在在东门？能不能帮我搬一下东西？走路过来十几分钟。

顾祁看了一眼消息，锁了屏幕。

外卖送来了，顾祁把它摆在桌上，正好这时候店里来了客人，霍修远没空吃饭。顾祁对一个人吃饭感到索然无味，又打开了手机，看到群里有人发了几条消息。

罗维：我在宿舍，你急不急？不急的话我现在过来。

肖泽凯：怎么了？快递啊？

陆盼盼：我买了个动感单车，今天中午快递给我放到代收点了。

罗维：行，你等一下，我和肖泽凯现在过来。

顾祁当机立断，站了起来。

别爱我，没结果：我在东门，我来。

陆盼盼一个人把这一大箱子快递搬出代收点后实在搬不动了，就顺势坐在上面，晃悠着双腿，一边玩手机一边等顾祁。

一个外卖小哥骑着电动车停在陆盼盼面前，然后拎着几杯奶茶匆匆上楼。

陆盼盼想到家里的矿泉水喝完了，新的还没有送来，冰箱里只有她自己榨的奇奇怪怪的美容果汁，于是立刻点了刚刚喝过的那家奶茶的外卖——别到时候人家来帮忙了连水都喝不上一口。

顾祁用了十分钟就到了。

他远远就看到陆盼盼坐在箱子上，一双细长的腿白得耀眼。

顾祁放慢了脚步，朝陆盼盼走去。

这个快递对他而言其实不算特别重，但是箱子里面装了很多泡沫保护垫，体积特别大。

顾祁一言不发地把快递箱从代收点搬进楼道，发现这个放不进电梯。

“要不拆了箱子？”陆盼盼问。

顾祁点头：“你不需要那些泡沫那就现在拆。”

陆盼盼拿出钥匙，利落地拆了快递箱，丢了里面的泡沫，然后把零碎的小东西拎在手上。

顾祁拿着大件，跟陆盼盼进了电梯。

当数字跳到 22 时，顾祁的眉心竟也跟着突突跳动。

他想到霍修远说的话，心里越发烦躁。

他这是喜欢吗？不可能。

他这就是助人为乐，这就是古道热肠，这就是团结友爱，这就是……

电梯到了。

陆盼盼带着顾祁走出来，打开房门，侧身让出过道。

顾祁问：“放哪儿？”

陆盼盼看了一眼房间，指着阳台说：“放那里吧。”

顾祁把东西搬了进去，顺势蹲下开始组装这些零件。

陆盼盼站在一旁看着他，时不时帮他递工具。

坐在地上的少年一条腿伸长，露出一截脚踝，另一条腿屈着，裤子勾勒出修长的跟腱和流畅的小腿肌肉。夕阳的余晖洒在他的白色卫衣上。衣服很干净，不见一点儿污渍，让人有想问他用的什么牌子洗衣液的冲动。

他的头发不太硬，在阳光下泛着金色，几根零散的头发落在额头上。他的头发手感应该不错。

陆盼盼发现自己有这个心思后，不由得后退了几步。

偏偏这时，顾祁朝她伸手：“螺丝。”

陆盼盼把螺丝递给他，坐到了后面的小凳子上。

大概是知道顾祁看不到，所以她才会肆无忌惮地打量他的背影。

他明明长着一副不食人间烟火的样子，可是动手能力又很强，这些陆盼盼看不懂的玩意儿在他手里好像玩具似的。

陆盼盼想到，这个学习成绩那么好的男孩子，应该从小就喜欢拼乐高什么的，说不定拼飞机模型之类的也不在话下。

“你是不是很喜欢弄这些玩意儿啊？”陆盼盼问，“自己组装一些运动器材之类的。”

顾祁头也不抬：“没有。”

“哦……”陆盼盼道，“那你怎么弄得懂这个？”

顾祁扭头看她，扬起手里的一张纸：“不是有说明书吗？”

陆盼盼：“……”

二十多分钟后，顾祁组装好动感单车了。

他站起来的那一刻，陆盼盼发现他的额头有汗。恰好门铃响了，陆盼盼刚刚点的冰奶茶送到了。

她去门口取了外卖，拿给顾祁。

“家里没有矿泉水了，给你点了杯奶茶。”陆盼盼小心翼翼地插上吸管，低声呢喃，“这家店的奶茶可好喝了，下次训练完了我请你们喝奶茶去。”

顾祁接过奶茶，喝了一小口，一股细腻的甜味在嘴里蔓延，久久散不去。

阳台的栀子花只开了两三朵，若有若无的香气和嘴里的甜味配合着跳动。

陆盼盼绾起了头发，收拾起地上的垃圾，丢到客厅的桶里。

经过餐桌时，看到今天刚送来的两束月季花还没拆封，于是她解开油皮纸，抱着一大束花朝顾祁走去。

顾祁在这一刻忘记了眨眼睛。

眼前的人被一束月季花遮住了半张脸，只露出一双明亮的眼睛。

夕阳的光在她身上晃动的时候，连那束娇艳的月季花都失了色。

她抱着花，走过顾祁身边，把花插在了阳台小桌的花瓶里。

顾祁闻到了月季花的香味、栀子花的香味以及陆盼盼身上的橘子香。

那一刻，顾祁全身的感觉器官似乎都被调动起来了。

最明显的是，他感觉自己的心跳漏了两拍。

喜欢是很直接的心理暗示，顾祁的心里冒出无数个想法。

不管她是什么样的人，曾有多少个男朋友，对他有什么想法，顾祁觉得，这些都变得无所谓。

重要的是，他感觉自己心里似乎涨满了什么东西，酥酥麻麻的。

霍修远说：“你喜欢她。”

顾祁想，霍修远说的应该没错。

那一口奶茶的甜味，栀子花的香味，月季花后的双眼，一瞬即逝的橘子香，他大概永远也忘不掉。

更让他永生难忘、日后想起来都觉得可以写在他人生简历里的是，他放下奶茶，看着陆盼盼的背影，问道：“姐姐，你要不要看看我的腹肌？”

陆盼盼：“啊？”

或许是她眼里的疑惑太明显，也可能是姗姗来迟的矜持席卷了顾祁，他愣了一下，随后面无表情地说：“我……最近训练的时候总觉得腹肌隐隐作痛，不知道是不是出了什么问题。”

陆盼盼一下子很紧张。

运动员肌肉出了问题可是大事，比伤风感冒严重多了。

“那你赶紧回去休息一下，明天我找人来看看。”

顾祁又面无表情地点头，然后掉头走了。

第二天一大早陆盼盼就把仲嘉月叫来帮忙检查。

仲嘉月正好休假，检查了顾祁的身体机能后，对陆盼盼说他没问题。

既然仲嘉月这么说了，陆盼盼也没什么不放心的，随口说道：“可能是平时训练超负荷，有点儿肌肉疲劳。”

仲嘉月说可以帮队员们做一次身体机能检查，建立健康档案。

一个队伍的队员要集体做机能检查不是件容易事。

大家一看什么哈佛台阶试验，什么 PWC170（运动员身体综合指标）试验，一股严肃感扑面而来。

仲嘉月花了两天搞定所有检查，同时，允和大学也正式放假了。

吴禄和陆盼盼商量给大家放半个月假，七月中旬归校集训。

或许是仲嘉月的到来给大家带来了真实感和紧迫感，所以吴禄宣布这个消息的时候，竟然没有人跳出来提出异议。

回到家里，陆盼盼正准备给许曼妍打电话，对方就心有灵犀一般先打来了。

“盼盼，你放假没？”许曼妍问。

“你电话打得真及时，我今天刚放假。你的腿恢复得怎么样了？”陆盼盼说，“要不我来马尔代夫看你？”

“不用了不用了！”电话那头的许曼妍显得很着急，“我跟你打电话就是要跟你说我要回国了。”

“啊？”陆盼盼说，“你想通了？”

许曼妍：“想通个屁！我妈得抑郁症了，我爸说是被我气的，我再不回来就得遭天打雷劈了！”

陆盼盼：“严重吗？”

许曼妍：“还不清楚，等我回去看看。”

刚挂电话，陆盼盼就收到了许曼妍发来的航班信息。

她还真是挺急。

是夜，顾祁回到宿舍，又看见霍修远在打游戏，手边是看了一半的书。

顾祁把书翻了两页，问道："你最近这么喜欢打游戏，课题做完了？"

霍修远一边紧张地操作手机，一边说："一大早就起床了，劳逸结合懂不懂？"

顾祁去洗澡，出来时霍修远已经打完了游戏，一个人坐着，一脸春心荡漾的表情。

"你怎么了？"顾祁问，"思春？"

"你才思春。"

霍修远站起来，往阳台走去："小鹤也是这儿的人，她说等她放假回来约我吃饭来着。"

顾祁跟着他走到阳台，问："要奔现了？"

"怎么说话呢？"霍修远弯腰用冷水洗脸，"我们就是普通朋友。"

普通朋友见个面能让你用冷水洗脸？

顾祁对霍修远的定力嗤之以鼻，但一想到自己，又良心不安。

虽然霍修远现在有了"鹤立鸡群"，不过他曾经实实在在为陆盼盼伤心了好一阵儿。

再想到自己现在的情况，顾祁顿时就觉得自己不是人，对不起好室友，得补偿他，以后对他好点儿。

他正想着，霍修远就抬头伸手去拿挂着的毛巾，他连忙把毛巾取下来递给霍修远。

霍修远嘿嘿一笑，拿着毛巾擦干净脸，睁开眼一看，觉得不对。

"顾祁，你拿的什么毛巾给我擦脸？"

顾祁："什么？"

霍修远怔怔地看着自己手里的毛巾："这不是我擦脚的毛巾吗？"

顾祁："都是自己的身体，分什么高低贵贱？"

霍修远：突然觉得他说得好有道理。

顾祁拿出行李箱收拾东西，霍修远在一旁看着，问道："你们放假了？"

"嗯。"顾祁说，"放半个月。"

霍修远躺上床，嘀咕道："你也走了，就我一个人在学校，吃个饭都没人陪，等你回来我估计就抑郁了。"

顾祁收拾行李的手一顿，他抬头看向霍修远："要不我留下来陪你？"

霍修远倏地坐起来："真的假的？"

顾祁把行李箱放到一边，坐到自己的凳子上，蹬腿看着手机。

"我现在退机票。"

"天哪……"霍修远小声道，"这是什么感天动地的兄弟情啊……"

陆盼盼休息了三天就去机场接许曼妍。

这人在国外待了几个月，行李箱足足有七八个，她打电话找了搬家公司来机场，自己拄个拐杖当指挥官。

两人忙活到傍晚才把东西打理好，一起出门吃晚饭。

"你不回家住吗？"陆盼盼说，"你妈生病了你不去陪着？"

"我回国已经是最大的妥协了好吗？"许曼妍不太灵活地跳下出租车，"而且就是因为我妈病了我才不回家住，免得把她气得病更重。"

她用拐杖敲敲地板："而且你看，她也不能逼我这个样子去相亲是吧？"

陆盼盼笑笑没说话，扶着她进了海底捞。

"可想死我了。"许曼妍拿着 iPad 一顿点，"国外的月亮比较圆，国内的火锅比较香。"

陆盼盼："我看国外的太阳比较圆吧。你明知道我怕黑，晒这么黑干吗？想吓死谁？"

许曼妍白了陆盼盼一眼："老娘专门去美黑的，你懂什么？像你一样白得跟刷了一层漆似的，也不怕反光晃到别人。”

点完菜，许曼妍开始讲她这几个月的各种事情，滔滔不绝，口若悬河。陆盼盼听得入神，却还是注意到门口走进来一个人，不，是两个人。

她第一眼就看到了顾祁。

有的人走到哪里都像在发光一样，默不作声地吸引旁人的注意力。

紧接着，陆盼盼才看到顾祁身旁的霍修远。

这两人……居然……认识……

陆盼盼随即低头嗑瓜子，默默期盼他们不要坐到附近来。

早知道霍修远跟顾祁认识，自己当初就不会为了缓解一时的尴尬而撒那个谎了！

这可是在自己的学生面前。

苦心经营的形象眼看着就要毁于一旦，陆盼盼不知不觉地往许曼妍那边挪，并且低着头，祈祷着他们不要看见她。

可惜天不遂人愿，服务员正领着顾祁和霍修远朝陆盼盼的方向走去。

在距离她们还有六七米时，顾祁注意到了陆盼盼。

他看到陆盼盼微垂着头，头发滑下来挡住了半张脸，她不像平时——总是笑脸迎人，自信又迷人。

如今她像是在躲什么人似的，连头都不敢抬。

顾祁倏地一愣，停下脚步，侧头看向霍修远。

霍修远低头玩着手机，猝不及防地撞到前面的顾祁。

“你干吗呢？你……”

霍修远的声音戛然而止，他也看到了前方的女人：眼波流转间自带一股摄人心魄的魄力，一颦一笑都像电影里的唯美特写那般被放慢。

除了黑了点儿，这个女人几乎没什么变化。

顾祁低咳一声，说道：“我突然不是很想吃火锅，换一家？”

“就不。”霍修远昂首挺胸地走过去，“我今天就要吃火锅。”

始乱终弃的又不是老子，老子凭什么跑？霍修远心想。

顾祁跟着霍修远坐到了陆盼盼和许曼妍背后那桌。

许曼妍正好正对他们，而陆盼盼则是背对他们。

“唉……”陆盼盼一口气不上不下的。

幸好背对着，她应该不会被注意到吧。

她正想着，对面的许曼妍咳嗽两声，低着头，小声说道：“盼盼，我跟你说个事情，你千万别回头啊。”

陆盼盼：“啊？”

许曼妍悄悄看了对面一眼，刚好对上霍修远的眼神，立刻移开目光，盯着自己的碗：“还记得我跟你说的马尔代夫那个未成年吗？就坐在你身后。”

陆盼盼一下子紧张了：“哪……哪个？”

许曼妍抿着嘴没说话，在想形容词。

许曼妍：“刚刚他们进门的时候你注意到那个很帅的男生了吗？他个子很高。”

陆盼盼不自觉地抓紧了筷子：“注……注意到了。”

许曼妍蹙眉：“就是他旁边那个戴眼镜的。”

陆盼盼莫名地感觉松了一口气，下一秒，又紧张了起来。

这就更尴尬了……许曼妍指的是霍修远啊？！

“真的假的？”陆盼盼说，“你会不会认错了？有这么巧吗？”

“我还能认错？”许曼妍说，“我都差点儿把他扒光了还能认错？”

陆盼盼一言难尽地看了许曼妍一眼。

那一边，顾祁点好了菜，把 iPad 递给霍修远，霍修远却一动不动。

顾祁明知故问：“你在看什么？”

霍修远冷笑：“呵，看美女。”

顾祁：“别看了，都过去了。”

霍修远："你都猜到了？"

顾祁没说话。

霍修远问："我表现得很明显吗？"

顾祁："还……还行吧……"

霍修远暗自郁闷：顾祁可真聪明啊，这都能猜到。

两人沉默了一会儿，顾祁又说："你不是都有那个'鹤立鸡群'了吗？过去的事情就过去吧。"

霍修远低头想了想："也是。哎，不是，我和小鹤没什么，你别胡说啊！"

两桌人都沉默地吃着火锅。

一个多小时过去，陆盼盼浑身不自在，觉得这顿火锅吃得食不知味，看许曼妍好像也不是很有胃口的样子，于是说道："要不我们回去吧？你刚回来还是早点儿休息。"

许曼妍用纸巾擦擦嘴："也行。"

然而就在她拿起拐杖站起来的那一刻，发现对面那桌的人也刚好站了起来。

她和霍修远有一瞬间的对视，但两个人都像没看见对方似的别开了脸。

"你去买单，我在外面等你。"

许曼妍和霍修远隔着老远，却很有默契地对自己的同伴说了这么一句话。

于是当许曼妍走到店外时，惊奇地发现霍修远也走了出来。

两人隔着老远站着，谁也不理谁。

可是去结账的陆盼盼和顾祁却排在了一起。

陆盼盼能感觉到顾祁站在自己的身后，目光灼灼，盯着自己的头顶。

"哈哈。"陆盼盼干笑道，"巧啊。"

身后传来顾祁带着莫名的笑意的声音：“是挺巧的。”

陆盼盼迅速买单，连“再见”也没跟顾祁说一句就走了出去。

“走吧走吧。”陆盼盼拉着许曼妍，“我肚子不舒服，咱们快点儿走。”

但许曼妍拄着拐杖，走得再快速度也有限，当她们到电梯门口时，霍修远和顾祁也走了过来。

陆盼盼和许曼妍眼观鼻鼻观心。在电梯打开的那一刹那，许曼妍拄着拐杖却无比灵活地蹿了进去。

顾祁和霍修远后进来，站在她们前面。电梯里几秒的时间就跟几年似的。

门打开那一刻，霍修远率先走了出去。顾祁也跟着出去，却回头意味深长地看了陆盼盼一眼。

陆盼盼：你看我干啥啊？我跟许曼妍不是人以群分啊，我还是你那个美丽与智慧并存的经理啊！

霍修远一回到宿舍就开始打游戏，顾祁洗了个澡出来，还听见他手机里传来一阵阵枪声。

虽然顾祁没有看他，但光听这声音也知道他心里憋着火。

顾祁正要开口，就听到霍修远手机里传来另一道声音。

“小哥哥你今天怎么了呀？感觉你很不开心，是我惹你不高兴了吗？”

霍修远立即坐直了：“没有没有，你怎么可能惹我不高兴？我就是今天遇到了……一个老朋友。”

对面的人说：“那小哥哥你不要不开心了嘛，你不开心我也不开心。”

霍修远神色放松了：“没有没有，我们再来一把。”

顾祁：看来他不需要人开解。

顾祁坐到桌前，抽出一本书，伴着旁边软萌的“萝莉音”，专心致志地看了起来。

陆盼盼帮许曼妍收拾整理了行李，再洗个澡出来时，已经十点多了。

“别打游戏了。”陆盼盼走到客厅，说道，“你明天还要去你爸妈家吃饭，早点儿休息。”

许曼妍竖起食指贴在唇中间，示意陆盼盼不要说话，然后对着耳麦说：“我要睡觉啦，我们明天再打吧，晚安哦。”

陆盼盼起了一身鸡皮疙瘩，拿起手边的抱枕朝许曼妍扔去。

许曼妍被抱枕一砸，顺势倒在了沙发上，哈哈大笑。

“你干吗？”

“我还想问你干吗呢，你能不能好好说话？”陆盼盼坐到许曼妍旁边，盯着她的腿，“腿都断了，你就不能消停点儿？”

许曼妍还是笑：“喂！我那几天天天在医院躺着，不找个人陪我打游戏我不得抑郁啊？”

“你看看你，我要是你爸妈我也逼你相亲。”陆盼盼啧啧叹道，“不然你得祸害多少男青年啊？”

“错！”许曼妍说道，“男中年我也可以，反正就是男少年不行。”

说到这个，陆盼盼又想起了今天的事情。

“哎，你确定马尔代夫那个男的，就是我们今天遇到的那个？”

许曼妍点头：“我确定以及肯定。”

陆盼盼：“叫霍修远？”

许曼妍睁大了眼睛：“你认识他啊？”

陆盼盼：“不算认识。”

陆盼盼心想：我可不仅仅是认识他。

陆盼盼烦躁地抓了抓头发：“这个世界真的太小了。”

许曼妍漫不经心地伸了伸胳膊：“你愁什么愁？我都没愁呢。我没骗财，没骗色，他还能把我怎么着？”

看许曼妍这没心没肺的样子，陆盼盼似乎也受到了感染。

确实，说起来也不算什么大事，真有什么误会她以后说清楚就行了。

许曼妍突然想到了什么，双眼一亮。

“今天跟他一起来的那个男生你认识吗？就是长得很高很帅那个。”

陆盼盼立刻蹦起来指着许曼妍：“你可别打他的主意啊！”

许曼妍无奈地拍开陆盼盼的手：“瞧把你紧张的，我就随口那么一问。”

深夜，月亮渐渐隐去，许曼妍和陆盼盼躺在一张床上，伴随着柔和的灯光，窃窃私语着。

而另一边的男生宿舍，灯还亮着。

顾祁和霍修远各自坐在座位上看书。

霍修远摘下眼镜，四处瞅了瞅：“宿舍里还有吃的吗？”

顾祁：“没有。”

霍修远叹了口气：“饿死了。现在外卖也不能送进学校了吧？明天我去超市买点儿吃的，你运动量大，宿舍里还是要备着吃的才行。”

顾祁深深地看他一眼，无奈地叹了口气。

兄弟对他这么好，他却想挖兄弟的墙脚，简直太不是人了。

顾祁突然合上书，站了起来。

霍修远连忙问：“你去哪儿？”

顾祁说：“我出去给你买吃的。”

霍修远目送顾祁离去的背影，心里越来越不是滋味。

这段时间，他感觉顾祁总是对他格外好，先是帮他做生活里的小事，又怕他寂寞，干脆放假不回家在学校陪他，到后来，几乎对他有求必应，甚至顶着大太阳出去给他买水。

曾经的顾祁不是这样的啊……

而且顾祁最近还总是半夜才睡，有时候看书也心不在焉，霍修远总觉得顾祁在偷偷瞟自己。

霍修远想了很久，直到顾祁去学校外面给他买回一份全家桶。

霍修远看着热腾腾的食物，心里百感交集，犹豫很久后说道：“顾祁，我真的挺喜欢小鹤的。”

顾祁回头：“嗯？”

霍修远郑重地说：“我就喜欢那种娇滴滴的、妩媚的、很有女性特质的女生。”

顾祁眯了眯眼睛：“你真的喜欢她？”

“嗯。”霍修远肯定地道，“我很喜欢她，不会再喜欢别人了。”

顾祁没说话。

霍修远盯着他，似乎从他眼睛里看到了什么东西在流失。

“好吧。”半晌，顾祁才淡淡地道。

当天晚上，霍修远感觉到顾祁似乎一整晚没睡着，一直在翻身。

霍修远闷闷地叹了口气。

第二天一早，霍修远还没起床，就看到顾祁拿着篮球出门了。

这时，霍修远的手机响了一声，是隔壁班女生发来的微信。

这个女生一直喜欢顾祁，霍修远是知道的，但是顾祁没搭理过她，女生只能“曲线救国”，找霍修远帮忙。

女生要了好几次微信，霍修远也没敢给她。

他记得有一次有个女生来找他要顾祁的微信，他给了，当天晚上顾祁发火，冷着脸一晚上没理他。

霍修远想到这里更难受了，偏偏那个女生还一直在发消息。

“他打游戏吗？有他的号吗？我加个他的游戏号总可以吧？

“在吗？你在吗？

“都放假了，他应该经常打游戏吧？

“要不你直接把他的微信号给我吧，我就说我找他一起参加下学期的数学建模大赛怎么样？

“你怎么不回了？

“他是不是有女朋友了？”

霍修远烦了，直接拉黑了女生。

他都弯上天能和月牙肩并肩了你还问我他有没有女朋友？

清晨，允和大学的操场上几乎没人，篮球场上只有两三个人在打篮球。

陆盼盼穿着运动服，戴着耳机，已经在这里跑了三圈。

她平时起得早，但是几乎没什么时间运动，只能趁着假期多动一动。

跑完第四圈后，陆盼盼走到一旁的器械区，抬腿拉伸。

无意中瞥到篮球场角落有一个人，陆盼盼走过去，跟他打招呼。

“顾祁。”陆盼盼笑着说，“你还没回家啊？”

顾祁停下来，把球丢到一边，没说话。

陆盼盼左顾右盼，似乎在找什么人。

顾祁两步上前逼近她，陆盼盼只觉得一股灼热的气息萦绕在她和顾祁身边，下意识退了一步。

顾祁问：“你在找什么人吗？”

陆盼盼愣了一愣：“啊？哦……那个，霍修远你认识是吗？”

顾祁漫不经心地嗯了一声：“我室友。”

室友？

陆盼盼摸了摸鼻子：“哦，他……那个……有没有跟你提过我？”

顾祁散漫的神色瞬间消失，眉心微微皱起：“你想他提到你什么？”

看样子霍修远是提过她了。

陆盼盼无奈地看了顾祁一眼，说道：“哎，不是，我知道他可能有些误会，那个……我想跟他解释一下来着。”

说到这里，陆盼盼又觉得：算了，那厮跟许曼妍还有更大的误会呢，她这些算什么？

于是陆盼盼挥了挥手，转身说道：“算了，没事儿，我回去了啊。”

腿还没迈出两步，陆盼盼的手腕就被人拉住。

陆盼盼惊诧地回头，问道：“怎么了？”

顾祁深深地看着她，语气是前所未有的认真：“霍修远有了很喜欢的人。”

陆盼盼：“啊？”

所以呢？这关她什么事？

顾祁沉默着，似乎在等陆盼盼说什么。

陆盼盼抿了抿唇，说：“挺好的啊，祝福他，所以呢？还有，你可以放开我了吗？”

顾祁闻言松手。陆盼盼感觉气氛不对，有一种莫名的紧张感，于是她转身就走，背后却幽幽地传来一道声音。

“姐姐，所以你可以考虑考虑我吗？”

陆盼盼差点儿摔一跤。

“啥？”陆盼盼回头，“你说什么？”

顾祁上前一步，站在陆盼盼面前，低头看着她。

“我知道你对我也有那个意思。

“我不在乎你曾经是怎样的。

“我喜欢现在的你。”

陆盼盼彻底愣住了，连眼睛都不眨一下。

顾祁看她呆愣的样子，烦闷地弯下腰，将脸凑近。

陆盼盼：“干……干吗？”

顾祁：“那要不你亲我一下？”

陆盼盼：“什么？”

顾祁更烦躁了，用力地薅自己的头发，嘴里念念有词，不知道在说些什么。

陆盼盼："你到底在说些什么东西？要不要我送你去医院看看脑子啊？"

就在这时，不远处传来一声叫喊。

"顾祁！"

顾祁回头，看见霍修远穿着球衣朝他跑来。

片刻的工夫，霍修远就站在了顾祁和陆盼盼面前。

他看到陆盼盼，想到昨晚她跟许曼妍在一起的情景，想问又不敢问，眼里流露出一丝纠结。

"许……许老师，你也在啊？"

顾祁看看陆盼盼，又看看霍修远："许老师？什么许老师？"

接着顾祁什么话都没说，突然把霍修远拽走了。

陆盼盼莫名其妙地回了家，躺在沙发上时，心脏还扑通扑通地跳。

顾祁怎么会喜欢她呢？是什么时候的事情啊？

而且他今天说的话是什么意思？什么叫不在乎我以前是什么样的人？我一直就是美丽与智慧并存的人好吧！

陆盼盼越想越不对劲，没注意到许曼妍已经起床，拄着拐杖走到了她身边。

"想什么呢？"

陆盼盼看她一眼，趴在沙发上跟她说："今天有个人跟我告白了。"

许曼妍走到开放式厨房泡咖啡，漫不经心地说："说得好像你第一次经历一样。那个人怎么样？"

陆盼盼翻了个身，看着天花板。

"我觉得很奇怪。"

许曼妍："怎么奇怪了？"

陆盼盼说："我完全没看出来他喜欢我啊。而且他还说他知道我对他也有那个意思。”

许曼妍嗤笑一声：“男人总是这么莫名地自信。”

说罢，许曼妍愣了一下，放下手中的杯子，问道：“你该不会是真对他有那个意思吧？”

“你想什么呢？这怎么可能！”陆盼盼坐了起来，“严格意义上，他算是我的学生。”

“哦……”许曼妍拿起了杯子泡咖啡，“正常，他十几二十岁，看见年轻漂亮又比学校里那些女孩儿成熟的姐姐，动心是很正常的。”

陆盼盼坐着没说话。许曼妍泡好咖啡，叫她自己去端。

“你要是对他没那个意思，以后注意点儿分寸就行了。”

“嗯……”陆盼盼说，“我在庆阳大学那会儿，认识的第一批队员都是我的同学，也就习惯了和他们像同学一样相处，几乎没有意识到身份已经在不知不觉中转换了。”

许曼妍点头：“确实不妥。如果我是你，我也不会跟球队里的人谈恋爱，多麻烦啊。”

说到这里，许曼妍眨眨眼：“不过如果对方是昨天晚上那个男生的话，我觉得可以。”

“你今天不回家吃饭吗？”陆盼盼岔开话题，看了眼手表，“该准备了，好好收拾一下。”

“哦。”许曼妍慢吞吞地喝着咖啡，“不着急。”

“那我去收拾行李了。”陆盼盼说，“我爸妈休假，我明天回家陪他们几天。”

此时，男生宿舍里，顾祁正对霍修远进行着灵魂质问。

“所以她不是陆盼盼？”

霍修远点头：“废话！陆盼盼是昨晚那个拄拐杖的女生！”

顾祁：“可是她确实叫陆盼盼！”

霍修远："她告诉我她叫许曼妍！"

顾祁："胡说！她工作证上都写的陆盼盼！"

霍修远想了一会儿，想不通，烦躁地抓了抓头发："哎呀不管了！反正她不是我说的那个女人。"

顾祁径直朝后靠去，砰的一下撞在墙壁上，生无可恋地看着天花板。

合着他这几个月就是在演独角戏？

"我明天就回家。"

霍修远："啊？你不是说留在学校陪我吗？"

我陪个屁！

顾祁再次站到那个承载了他无数愁思的阳台上，陷入沉思。

原来陆盼盼不是霍修远口中的那个"陆盼盼"，那就说明她不是那样的人，真好。

顾祁忍不住笑。

可是自己又是求看腹肌又是索吻的，脸都丢完了，这可咋整啊？

顾祁又叹了口气。

但事情终归是比他以为的情况要好得多，至少陆盼盼不是始乱终弃的人。

顾祁松了口气。

可是他在陆盼盼面前的形象该怎么挽回呢？

这时，霍修远突然戳顾祁。

"你怎么了？你站在这儿想什么呢？怎么一会儿唉声叹气一会儿又傻笑？"

顾祁挪了一步，面对墙壁，没理霍修远。

霍修远又问："你到底怎么了？"

顾祁怔怔地看着墙壁："用什么方法自杀比较痛快？"

在家里的日子总是过得格外快，陆盼盼早上陪妈妈一起去菜市场买菜，下午跟老同学一起玩，晚上再陪爸妈散个步，一晃一个星期就过去了。

在此期间，允和校队微信群里总是很热闹，大家时不时在里面吆喝着一起打游戏，或者插科打诨，陆盼盼稍不注意就有上百条群消息。

恰逢下雨天，陆盼盼和爸妈在家里看电视。

吵闹的综艺节目吸引不了陆盼盼的注意力，她光脚躺着，歪着脑袋翻群消息。

顾祁倒是很安静，一条消息都没有发过。

陆盼盼又想到回家前一天顾祁跟她告白的情景。

这人怎么回事，告白完了也不给个后续？

"盼盼，盼盼！"

陆盼盼的思绪突然被爸爸的声音打断。

"怎么了？"

陆爸爸看她一眼，又朝陆妈妈递了个眼色。

陆妈妈掩嘴咳了一声，说道："我有个同事的儿子今年二十八了，前段时间休年假，顺道去南京玩了一圈儿，带了很多漂亮的雨花石回来，你要不要去看看？"

相亲就相亲，他们说得这么清新干什么？

"不去。"陆盼盼翻了个身，"我才二十四，急什么急？"

父母看了她一眼，不再说什么。

又过了几天，陆盼盼的爸妈都上班了，她一个人在家无聊，就每天待在房间里打游戏。

她已经很久没玩这款游戏了，以为自己的游戏好友应该也全"A"（代指离开游戏）了，没想到登上去一看，还有两个好友在线。

其中一个是她收的徒弟，不过对方好像不记得她了，陆盼盼发了个表情过去对方也没回。

还有一个是她在游戏里的师父兼丈夫。

陆盼盼没想到的是，她一登录对方就发了消息过来，好像时刻盯着她似的。

娇羞的大刀：你上线了？

陆盼盼跷着腿打字回复。

霹雳盘盘：好久不见啊。

娇羞的大刀：我还以为你卖号了，上次见你上线还是去年的事情。

霹雳盘盘：其实差不多吧，这几年很忙。去年上号是来卖点儿东西，缺钱。

娇羞的大刀：你工作了？

霹雳盘盘：对啊，我都大学毕业了。

娇羞的大刀：我刚认识你的时候你还在上高中。

娇羞的大刀：你今天也是上来卖东西的？

霹雳盘盘：不是，我放假无聊，上来看看。

娇羞的大刀：游戏重制（指重新改造）了，我带你四处看看吧。

霹雳盘盘：行。

陆盼盼当初玩儿这个游戏的时候认识了许多网友，都加了 QQ，但是这几年她几乎不用 QQ 了，也就等于和这些网友断了联系，就连这个师父也在她消息列表沉默了许久。

说起这个师父，当初陆盼盼还跟同学聊过他好几次。

她第一次遇到这个人时，他用的还不是这个号，两人是敌对阵营，偏偏陆盼盼跟他狭路相逢。

两人各自骑着坐骑，谁也没让路。

过了许久，他问：你怎么不过去？

陆盼盼说：我打不过你。

他说：我不打你。

陆盼盼：真的？

他说：真的。

陆盼盼这才放心地过去了。但在擦肩而过时，陆盼盼不知哪根筋不对，脑子里突然涌起一股“浩气”，从背后偷袭了这个人。

然后她就被他追杀了一个月。

他见她一次杀她一次，刀刀致命。

后来两个人怎么变成师徒的，就得说上个三天三夜了。

成为师徒没多久，由于陆盼盼作恶多端，总被人追杀，大刀看不下去了，跟她结了个婚，以便她被人追杀的时候他能够立刻传送到她身边。

总之，各位网友都很佩服这个霹雳盘盘，能在偷袭了大刀的情况下还把这个排行榜上有名有姓的高手忽悠成自己的师父，后面还把他变成了自己游戏里的丈夫。

这些年过去，游戏里很多事情陆盼盼已经不记得了，甚至连基本操作也忘了不少，所以她跟着大刀就真的只是四处看看，顺便聊聊天。

一晃一个下午过去，陆盼盼的爸妈下班回家了，她也去厨房帮着做饭。

陆盼盼被分配到水池旁洗菜，把手机放在兜里。

她家住在一所高中附近，厨房的窗户正好能看到学校里的操场。

正值暑假，学校几乎没什么人，只有篮球场上有那么两三个人在打球。

陆盼盼想到了顾祁。

说来也怪，这些日子顾祁从来没有联系过她，甚至连朋友圈点赞都没有一个。

按陆盼盼以往的经验，一个男生要是喜欢她，不管表白没表白都是消息、电话、点赞不断的。

陆盼盼擦了擦手，拿出手机看了一眼，确实没有顾祁的消息。

就这么过了两三天，陆盼盼依然没有收到顾祁的消息。

这就很奇怪了。

大概是假期太闲，没有事做，所以陆盼盼就总忍不住想这件事。

这到底咋回事啊？

“盼盼，盼盼，陆盼盼！”

陆妈妈的声音把陆盼盼吓了一跳。

“吼什么吼啊？吓死我了。”

陆妈妈放下筷子，盯着陆盼盼看：“你是不是有男朋友了？”

陆盼盼：“啊？”

陆妈妈指指她的手机：“我看你最近总是心不在焉地看着手机，等男朋友消息？”

陆盼盼：“没有，别胡说。”

陆爸爸也放下了筷子，严肃地看着陆盼盼：“如果你有了男朋友，一定要告诉我们，我们又不会反对。你最好抽个时间带回家让我们看看。”

“真的没有。”陆盼盼低头吃饭。

爸妈也不逼问她。

“你明天早上的飞机是吧？你爸不上班，让他送你。”

第二天，陆盼盼结束这个假期，回去上班。

下午陆盼盼到家时，许曼妍正跷着腿躺在沙发上打游戏。

“你在家？”陆盼盼问，“你没去陪你妈？”

“一提这个我就来气。”许曼妍说，“我倒是回家了，我妈成天苦着个脸，说生活没有意思。我寻思着她这病还真的挺严重的，结果你猜怎么着？她跟我说去医院复查，结果被我撞到她去酒店里打麻将！”

陆盼盼：“没毛病啊，打麻将最能调节心情了。”

许曼妍恨不得拧掉陆盼盼的脑袋：“你怎么还不懂？我妈骗我的！什么抑郁症，不过就是想把我骗回家而已！”

陆盼盼摊手，对她们母女间的战争不发表看法。

她坐到沙发上，皱着眉头看许曼妍打了一会儿游戏，踌躇半天，开口道：“我问你个问题。”

许曼妍头都不抬一下：“你说。”

陆盼盼：“如果一个男生跟你告白，然后就没音信了，这是怎么回事？”

许曼妍“哎呀”一声，嘴里骂骂咧咧：“居然偷袭我！有本事别趴草丛里，出来刚枪（游戏术语，直接和对手用枪法的强硬程度来对决）啊！老娘把头都给你打个稀巴烂！”

骂完了，许曼妍才放下手机，看着陆盼盼：“你说上次那个学生啊？”

陆盼盼虽然有点儿难为情，但还是点头：“就是他。

许曼妍突然笑了起来：“有意思。所以我喜欢跟小男生谈恋爱，太有意思了。”

陆盼盼推她：“你倒是快说为什么呀！”

“我哪儿知道为什么啊，我又没有遇到过这样的人。”许曼妍说，“你那天答应他了吗？”

陆盼盼：“我疯了吗？”

许曼妍：“那就是拒绝了？”

陆盼盼：“那倒也没有。”

许曼妍：“你好渣啊。”

“全世界就你最没有资格这么说我了！”陆盼盼说完，反应过来这话不对，“哎，不是！我当时是问他是不是脑子有问题。”

许曼妍：“我说你这人脑子怎么这么不好使呢？你还说别人脑子有问题。现在谁发好人卡不是说辞一套一套的，再不喜欢对方也得说好话啊，哪儿像你直接问人家脑子有没有问题，这比直接拒绝更伤人好吧？但凡有点儿自尊心的男人都不会再搭理你了。”

陆盼盼一听，脸色变了。

完蛋，她要真因为这个伤到了顾祁的自尊心，那球队怎么办？她上哪儿去找个这么厉害的主攻手？

陆盼盼又问："那有没有什么补救的办法？"

许曼妍上下打量陆盼盼，不耐烦地别过脸："你要是不喜欢人家就别给人家希望。"

"不是，这不是喜欢不喜欢的问题。"陆盼盼着急地说，"是我不能跟他把关系闹僵。"

"这样啊……"许曼妍想了想，说道，"你自己去主动破冰，找个台阶给他下吧。你可别问我什么台阶啊，我不知道。"

当天晚上，陆盼盼躺在床上想了很久如何给顾祁台阶下。

就在要睡着的时候，她灵光一闪，想到了一个主意，立刻给顾祁发微信。

打字的时候，她发现顾祁居然改了一个微信名，改成了单单一个句号。

于是在发消息之前，陆盼盼给他改了个备注。

陆盼盼：睡了吗？

那边的人消息回得很快。

顾祁：没。

陆盼盼深吸一口气，安静地打字。

陆盼盼：那天……你是不是跟朋友玩大冒险输了？

陆盼盼看着这条消息，觉得自己简直太聪明了。

只要顾祁说是，她就可以顺势跟他道个歉解释那天不是故意骂他的，然后他就依然是她的大主攻。

可惜下一秒，顾祁回的消息跟陆盼盼想象中的不一样。

顾祁：不是。

这人怎么给台阶都不下呢?

这还不算完，片刻后，他又补了一条。

顾祁：你见过谁大清早的玩大冒险?

第二天早上，陆盼盼顶着黑眼圈去了排球馆。

放过假后，就相当于新学期开始了。

陆盼盼站在大家面前，给大家讲备赛的相关事项，事无巨细，一条条地嘱咐。

只是她说这些的时候一直看着前方，不敢左顾右盼，生怕对上顾祁的目光。

大家看着陆盼盼眼下的黑眼圈，心中不由得一阵感慨：

经理夜以继日地帮他们准备比赛，连黑眼圈都出来了，他们还有什么理由不努力呢?

特别是罗维，十分感动，就差当着陆盼盼的面宣誓了。

陆盼盼营造的紧张气氛让大家训练的时候都有了精神，而她自己却心里一阵阵犯愁。

特别是每次不经意看到顾祁，她就害怕他恼羞成怒，退队不干了。

他们训练到一半，陆盼盼一个人去外面透气。

吴禄看出今天陆盼盼状态不好，便跟了出来。

“怎么了?”吴禄问，“没休息好?”

陆盼盼看着天，叹气道：“没什么。”

吴禄说：“我看你好像心情不太好的样子。”

陆盼盼摇头道：“没有，我只是有些担心……九月就要联赛报名了，我怕有人中途退队。”

“怎么会呢?”吴禄说，“你看，大家今天积极性都很高。”

陆盼盼叹气：“唉，吴教练，这个就说来话长了。”

吴禄一脸好奇，正要追问，身后的球馆里突然传来一阵喧哗。吴禄和陆盼盼赶紧跑回去，看到大家都在网杆边围成一圈，其中还传来肖泽凯一声接一声的尖叫。

“啊！啊！啊！”

吴禄冲过去朝着肖泽凯喊：“你叫什么！”

肖泽凯眨巴眨巴眼睛：“我……我叫肖泽凯啊，教练你忘了吗？”

吴禄一巴掌拍在肖泽凯的后脑勺上：“我问你发生什么了，你鬼哭狼嚎什么？！”

肖泽凯指着人群：“刚刚顾祁被我撞了一下，摔伤了。”

罗维说：“你管那叫撞一下？你都把人撞飞了！”

吴禄这才回过神，往人群里走去，大家自动让开，陆盼盼早已蹲下来看顾祁的腿了。

陆盼盼问：“怎么摔的？”

顾祁抓着网杆站了起来：“我没事儿。”

顾祁的脚踝已经有肿的迹象，陆盼盼不放心，决定带他去医院看一看。

陆盼盼回头对吴禄说：“吴教练，我带顾祁去医院看看吧。”

顾祁站在一旁，看了陆盼盼一眼。

陆盼盼察觉到他的目光，脑海里闪过一个念头，随即转身对罗维说：“你跟我一起去帮帮忙吧。”

罗维一边脱护膝一边说：“好的，就来。”

出租车上，陆盼盼坐在副驾驶座上，罗维和顾祁坐在后排，三个人都没说话。

陆盼盼看向后视镜，冷不丁对上顾祁的眼神，立刻移开视线。

“嗯，那啥……罗维，今天怎么回事啊？”

罗维似乎也有点儿迷茫，回忆着当时的情景，说道：“当时不是单旭阳传球给顾祁嘛，喊了一声，顾祁好像没注意到，然后肖泽凯就扑过去了。结果顾祁又去扣球，两个人就撞到一起了。”

陆盼盼回头看了顾祁一眼："以后小心点儿。"

顾祁闷闷地嗯了一声。

罗维弯腰看了眼顾祁的脚踝："你今天怎么回事？训练的时候一直心不在焉。"

顾祁看着窗外没说话。

罗维追问："是不是遇到什么烦心事了？"

顾祁还是没说话。

罗维伸手在他眼前晃了晃："失恋了？"

"你闭嘴吧！"陆盼盼和顾祁同时开口道。

两人通过后视镜对视了一眼，默契地别开了脸。

罗维委屈地看着陆盼盼的后脑勺，说道："不问就不问，凶什么嘛。"

三人到了医院，陆盼盼要去挂号，顾祁说他自己来，于是陆盼盼就到一旁去给仲嘉月打电话。

仲嘉月今天值班，叫陆盼盼直接带人上门。

陆盼盼带着人上去，还没推开门就听见里面一阵嗷嗷的叫声。

陆盼盼缩回手，安静地等着里面的人惨叫结束才推开门。

病人躺在床上，双目无神地看着天花板。

仲嘉月在水池边洗手，嘱咐道："你去药房取药，三天后来复查。"

病人面无表情地站起来，拿着单子走了出去。

仲嘉月回头，朝陆盼盼笑："这不是上次那个腹肌痛的学生吗？"

听到"腹肌"两个字，顾祁颤了颤。

陆盼盼看到了，着急地对仲嘉月说："今天他摔了一跤，你帮他看看，可别落下什么病根。"

仲嘉月让顾祁躺到床上，认真地检查他的脚踝。

看仲嘉月神色轻松，陆盼盼估计没什么大问题，松了口气。

这时，陆盼盼的手机响了一下。

她拿出来看，是物业发到业主群的通知，今晚电路维修，要停电。

“嘉月，你今天晚上值班吗？”陆盼盼问。

仲嘉月一边按顾祁的腿，一边说：“不值班，怎么了？”

陆盼盼说：“我去你家住一晚可以吗？我家今晚停电，许曼妍也不在。”

仲嘉月笑着瞥了陆盼盼一眼：“没问题。不过你说你都这么大了怎么还这么怕黑啊？说真的，我就没见过像你这么怕黑的人。”

顾祁听到仲嘉月说的话，双眼倏地睁大。

他想到在学术报告厅那天，突然停电时身旁的陆盼盼抓住了他的手臂；还有送她回家的那个雨夜，她说她怕黑。

脸色骤变，顾祁不由自主地嗞了一声。

仲嘉月倏地抬起双手，惊诧地看着顾祁。

“我没用力啊！你是不是还有哪儿受伤了？”

顾祁没说话，怔怔地看着天花板。

仲嘉月拍拍他的小腿：“你怎么一副生无可恋的样子？别担心，就是崴了一下，没伤到筋骨，不会影响你比赛的。”

陆盼盼放心之余，欲言又止地看了顾祁一眼。

他太惨了。

自己那天的话果然说得太重了。

仲嘉月回到桌前，一边开药一边说：“没什么问题，我开点儿外用药，休息两天就可以了。”

已经坐起来的顾祁终于说话了：“两天恐怕不够吧？”

仲嘉月瞟他一眼，勾唇笑了笑：“两天足够了。你们这些学生，别总因为一点儿小病小痛就想偷懒，多少运动员带伤还坚持上阵呢。”

陆盼盼知道顾祁有什么心思，就假装没听到，看着窗外。

罗维却担心地看着顾祁：“是不是哪里还不舒服啊？”他又看向陆

盼盼："要不让他多休息几天吧？这还没到八月，应该不着急。"

陆盼盼淡然地点头："哦，可以。"

仲嘉月自然不再说什么，开了药就把他们送了出去。

三人回到学校后，罗维的意思是直接送顾祁回宿舍。

"那个……我跟顾祁说点儿事，"陆盼盼说，"罗维你等我们一下？"

罗维看懂了陆盼盼的眼神，于是说道："我去小卖部买瓶水。"

罗维走后，陆盼盼看向顾祁，酝酿着措辞。

顾祁背对她，站在树下。

"顾祁，你听我说。"陆盼盼看着他的背影，冷静地说，"那天我不是故意说重话，我只是当时比较震惊，没有那个意思，你别往心里去啊。"

顾祁背对着她说："你没有哪个意思？"

陆盼盼："没有骂你脑子有问题的意思。"

顾祁沉默了许久，才开口道："没关系。"

他的语气平淡，镇定中还带了点儿洒脱。

陆盼盼看顾祁落寞却挺拔的背影，心想他或许在维持自己最后的尊严，也就不再继续这个话题。

正好罗维回来了，陆盼盼对他说："你送他回宿舍吧，我去排球馆了。"

陆盼盼疾步离开，罗维看了看陆盼盼的背影，嘀咕道："你们说什么了啊，怎么气氛这么严肃？"

顾祁朝他伸手："扶……扶扶我。"

霍修远从老师那儿回来时，顾祁已经在床上躺许久了。

霍修远没出声，轻手轻脚地坐到自己桌前看书。

一个多小时过去，霍修远听见顾祁翻了几次身，却不见他出声，不免有些担心。

“顾祁，你怎么了？我怎么感觉你这两天心情不好？”

顾祁没否认，嗯了一声。

霍修远犹豫了一番，问道：“发生什么事了？”

顾祁坐起身，缓缓开口道：“我有一个朋友……”

“打住！”霍修远突然打断他的话，“是感情上的事吗？”

顾祁：“是。”

霍修远蹙眉，十分纠结，低头说道：“那我不是很想听。”

顾祁一肚子委屈没处说，现在连霍修远也不愿意听他诉苦了，他心里腾地起了一股无名火：“要不是因为你，我能这么烦？”

霍修远：“啊？”

顾祁带着气倒下，床震了震。

霍修远战战兢兢地站了起来，小心翼翼地问道：“难道是我把你害成这样的？”

顾祁冷哼一声。

完了，霍修远跌坐到凳子上。

大脑放空了半晌，他拿出手机，点进匿名论坛，发表帖子：“我觉得我的室友看上我了……”

十几分钟，热心肠的网友们就留言了几十条，给霍修远出了各种主意确定室友是不是真的喜欢他。

霍修远一条条看了，选了其中最靠谱的一个方法。

霍修远偷瞄了顾祁一眼，确定他没注意这边，然后偷偷拉开抽屉，翻出了一张办宽带送的电话卡。

霍修远把手机里的卡换了，然后编辑了一条短信：

“马上就是七夕情人节了，缘分是天定的，幸福是自己的。想知道你和对方的缘分指数吗？发送短信，男生姓名 + 女生姓名——例如：郭靖 + 黄蓉——到本号码，即可知道你们之间的缘分指数。赶快行动吧！”

霍修远编辑完这条短信，鼓起勇气看了顾祁一眼，点击发送。

几秒后，顾祁床上的手机响了一下。

霍修远紧张地看着顾祁，见他拿起手机看了一眼，就把手机丢开了。

霍修远叹了口气，顾祁怎么会理会这种东西呢？

于是霍修远决定尝试网友们出的其他点子。

就在这时，他看见顾祁又坐了起来，找了找手机，然后躲被窝里去了。

几秒后，霍修远的手机收到一条短信：

“顾祁 + 陆盼盼。”

霍修远久久不能回神，盯着手机屏幕看，看到都快不认识“顾祁”和“陆盼盼”这五个字了。

怎么会这样呢？是不是搞错了？顾祁怎么会认识陆盼盼呢？这段时间到底发生了什么？

霍修远搜肠刮肚也想不出顾祁和陆盼盼怎么会有交集。

会不会是顾祁写错了？

霍修远抬头看顾祁。

床上，顾祁一直没收到短信，拿起手机晃了晃。

片刻后，霍修远又收到了同样一条短信：

“顾祁 + 陆盼盼。”

这回肯定不是他弄错了。

霍修远的脑子里还是空白的，他想找顾祁问清楚，可是又不知道怎么解释这条短信。

于是他动了动僵硬的手指，硬着头皮回复了短信。

“你和对方的缘分指数为 5 哦！恭喜！”

霍修远感觉喉咙有点儿干，端起水猛灌了一口，手机又响了。

顾祁居然还在回短信？

“满分多少？”

霍修远差点儿没拿稳手机。

“满分 100。”

对方很快又回了消息：

“垃圾。”

霍修远：怎么还骂人呢？

顾祁放下手机，满脸不高兴，对霍修远勾了勾手指：“走，吃午饭。”

霍修远：“好……好的。”

顾祁五天没来训练，甚至没在排球馆露个面。

大家都很担心，尤其是吴禄，他问陆盼盼：“那天去医院不是说没什么大问题吗，怎么他还没来训练？”

陆盼盼翻着训练记录表，假装不在意地说：“他自己感觉不太好。”

吴禄担忧地说：“他也不是会偷懒的人，这么多天没来，可能真的是感觉不好吧。”

吴禄这么说，陆盼盼反而心里特别过意不去。

下午结束训练后，她犹豫着走到了男寝楼下。

遇上这种事情，她到底要怎么打开他的心结？

陆盼盼虽然没有失恋过，但是上学那会儿也见识过舍友们失恋后的难过劲，还真的是做什么都提不起劲，对什么都提不起兴趣。

那可不行啊，允和九月份就要报名参加联赛了，顾祁可不能因为这件事情消沉下去啊。

陆盼盼踌躇的时候，没注意到有两个人正从楼梯走下来。

夕阳的光透过树叶零零散散地洒在大门前，霍修远跟顾祁踩着阳光一前一后走出来。

陆盼盼抬头看到顾祁，眯了眯眼睛。

他还真是一个很好看的男孩儿。

顾祁和霍修远看到陆盼盼都顿住了。

霍修远张了张口，却什么都没说，往前走去。

顾祁走到陆盼盼面前，问："什么事？"

陆盼盼看四周没什么人，只有宿管阿姨在一旁吃西瓜，于是放心地说道："顾祁，你五天没来训练了。"

顾祁点点头，没有要解释的意思。

陆盼盼又说："我再次跟你道歉。那天的话可能无意中伤害到了你，但我不是有心的，也不是那个意思，我当时只是比较诧异，我没想到……"

她看了顾祁一眼，又低下头，声音小了些："总之，我很感谢你的心意，但是我目前没有其他想法，也希望你能一心一意地训练准备比赛。如果可以，我们还是朋友；如果你介意，那我们就是经理与球员的关系。"

陆盼盼抬头，撞上顾祁的目光。

他不闪躲，直视陆盼盼，倒是把陆盼盼看得不好意思了。

陆盼盼低下头，就听见他说："我今天晚上会去训练。"

"嗯。"陆盼盼点头，"那我先走了。"

顾祁一直盯着陆盼盼的背影，直到她消失不见，这才想起霍修远，却不知什么时候他就没影了。

顾祁叹了口气。

宿管阿姨捧着西瓜走到顾祁身边，啧啧叹道："年轻真好。"

顾祁："啊？"

宿管阿姨递了一块西瓜给他："心里那么苦，吃个甜的瓜吧。"

"唉。"

顾祁接过西瓜，咬了一口。

宿管阿姨和顾祁并肩站着，啃着西瓜，说道："吃了这个瓜，忘了那个她。"

晚上顾祁果然来训练了。

陆盼盼看见他神色正常，不由得松了口气。

帮助单纯的男大学生重建健康心理，就是这么简单。

大家在练习一对一交替接扣球，陆盼盼看了一会儿，就坐到球馆外的台阶上吹风。

不一会儿，吴禄也出来了，坐在她旁边。

“盼盼啊，”吴禄说，“我没想到大家暑期加训的热情挺高的。”

陆盼盼朝他笑了笑。

吴禄看着天边，长叹了一口气，缓缓开口道：“你知道我几岁开始学排球的吗？”

陆盼盼摇头说不知道，吴禄就竖起五根手指：“五岁！那个年代哪像现在，想学什么都能找到老师，那时候我妈每天骑自行车陪我去城里学习，我就跟着她的自行车跑步，每天来回三个多小时。

“我们那时候，很多人有条件也是十几岁才开始学，所以我就是最厉害的、基本功最扎实的。

“那个冯信怀你知道吧？哦，你当然知道，他是你前同事。他就是十四岁才第一次摸到球，很多基本功还是我教的呢。我七几年就进入省队，那会儿你还没出生呢，那时候教练都觉得我是个好苗子，一来就让我进一队，甚至还向国家队推荐我。”

陆盼盼盯着吴禄，听得越发认真。

“然后呢？”

“后来……”

吴禄点了一支烟：“队里来了个更厉害的二传手，慢慢地，教练的目光不在我身上了，我上场的机会越来越少，成绩也不理想。我大概是第一个从一队调到二队去的。”

陆盼盼没说话。

“我到了二队以后，还是日复一日地训练，可是你也知道，二队就是二队，跟一队是没法儿比的。”吴禄说，“看不到希望，日复一日地重复训练简直就是煎熬，我就哭着求我爸妈带我回去。”

陆盼盼笑道：“他们肯定没带你走。”

吴禄也笑：“当然，我甚至绝食威胁，他们也没带我走。”

陆盼盼诧异地看着吴禄，倒是没想到吴禄年轻时还有这样的时候。

“太苦了，真的太苦了。”吴禄说着说着就揉了下眼睛，“甚至有时候我做梦都会梦到哨子声，然后惊醒。醒来后吧，我又很懊恼，完全不想醒，因为知道新的一天并没有新的体验，还是那些枯燥的训练。

“后来二队也待不下去了，然后我回家去一所中学当体育老师。离开训练场的那天，我一个人买了一箱酒，坐在路边喝，心里想着老子这辈子终于解放了，终于能做个人了。”

陆盼盼不知道吴禄为什么突然跟她说这些，只能默默地看着吴禄。

“中学体育老师的工资太低了，刚好我儿子大了，要花钱补课，我就找人介绍来了允和当教练。”吴禄语速不快，声音略带沙哑，“你肯定想我为什么对他们这么宽松吧？其实我也想让他们好，想让他们刻苦训练，可是我每次看到他们，就像看到了在省队的我。我是真心把他们当自己的孩子看待的，所以才不想他们以后想起自己年轻的时候，全是些苦不堪言的回忆。”

吴禄低头抓头发：“看着球队成绩一年比一年差，我心里就只干着急。”

陆盼盼不知道该说什么，只能拍拍吴禄的肩膀。

吴禄突然抬起头，顶着一头乱糟糟的头发，看着陆盼盼：“可是你来了之后，我好像又有了动力，原来这些孩子也有能力争上游的！”

陆盼盼站起来伸了个懒腰，笑道：“那我们进去吧。”

吴禄笑眯眯地背着手走进去，朝正在练习的人吹哨子。

“来，我们今天练习左右移动接扣球。”

左右移动接扣球练习是指球员们站成一列，一名二传手站在网前准备接应回球，而另一个人在球网另一侧发扣球，队伍中的球员接到球后传给二传手。

吴禄看了眼顾祁，朝他挥手："你站第一个。"

顾祁作为主攻手，吴禄有意培养他的后排防守能力。这项练习可以培养大家遇到朝自己正面以外的区域扣过来的球时的应对能力，特别是在身体失去平衡时接球的能力。

罗维去搬了一张大桌子放在球网后，吴禄站上去，让二传手单旭阳站在网前。

"听我说。"吴禄叉着腰喊道，"每个人完成两个 A pass（一传到位）球就立刻跑到队伍最后面，我们争取不间断。"

肖泽凯傻兮兮地问："那没完成 A pass 球呢？"

吴禄轻飘飘地瞄他一眼："那你今晚别吃夜宵了。"

肖泽凯吓得倒吸一口冷气，要不要这么狠啊？

陆盼盼笑着对肖泽凯说："吴教练逗你呢。没完成就继续接球，直到完成，然后立刻退到后排。"

A pass 球是指当球传给二传手时，不需要他做出身体移动就能接到的球。对二传手来说，这是最理想的传接球，但不是每一个传球都能做到。

肖泽凯在这一方面就比较弱。

陆盼盼站在一旁，看着吴禄站在桌子上，斜向着顾祁发出去一个球。

顾祁稳稳接起，双臂形成一个完美的平面，将球传给单旭阳。

一个漂亮的 A pass 球。

大家自发地鼓了两下掌，吴禄笑眯眯地看着顾祁。

顾祁转身归位，短短三两步的距离，他侧头看了陆盼盼两眼。

陆盼盼注意到他的目光，只装作没看见，低头在记录表上打上一个钩。

顾祁第二次接球，陆盼盼没抬头，一直盯着记录表。

几秒后，她的耳边又传来大家的喝彩声。

陆盼盼在记录表上再次打上一个钩，嘴角浮起一抹笑。

她抬起头，正好又撞上顾祁的目光——坚定、直接、明朗。

陆盼盼对上顾祁的目光，没有闪躲，大声说道：“很棒，继续加油！”

顾祁歪了歪头，朝后排走去，转身的那一刻，嘴角有若有若无的笑意。

陆盼盼松了口气。

眨眼的工夫，肖泽凯已经站到了前排。

她的注意力回到肖泽凯身上。

暑期的训练就这么井然有序地持续到了九月开学。

新生报到那天，吴禄没出现在排球馆，直到傍晚他才愁眉苦脸地来了。

陆盼盼把他拉到一边，问：“发生什么了？”

吴禄叹气道：“去体育学院看了看，今年招生形势更严峻了，排球特招生还不到十个。”

陆盼盼忧心忡忡地看着外面来来往往的新生。

每到开学季，新的面孔总是带来新的希望和新的活力，可惜她看吴禄的表情，今年生源不仅少，好像质量也不怎么样。

陆盼盼无奈地伸了个懒腰，说道：“没关系，有人总比没人好，生源会慢慢好起来的。”

不知道吴禄听没听进去，反正他表情放松了些，慢慢走回排球馆。

军训结束后，吴禄还是从新生中选了四个人。陆盼盼看了他们的基本功，虽然如吴禄所说，其中三个人的能力不算太好，但是身高有很大的优势，还有一个身高一般，但是二传技术十分亮眼，甚至可以说水平超过了陆盼盼见过的许多二传手，所以陆盼盼第一个记住了他的名字——岳从嘉。

几个新生刚脱离高中，特别活跃，很快就融入团体。

结束训练的时候，陆盼盼总能看到他们成群结队地去吃饭。

这天晚上，结束训练后，陆盼盼把所有人的报名表收上来，拿到办公室去录入。

每张报名表上都贴了证件照，她一张张地翻看，看到顾祁的那张表格时下意识地停顿了一下，随后又快速翻过去。

陆盼盼完成报名后已经十点，学生都走了，保安催促着她赶紧下班。

夏天已经进入末尾了，陆盼盼走在路上却没感受到凉意，只觉得比盛夏还闷热。

她拎着一把伞，朝步行街走去。

军训刚结束，步行街很热闹，熙熙攘攘，人声鼎沸。

陆盼盼要去甜品店买小蛋糕，经过那家熟悉的麻辣烫店，却发现老板已经换了，麻辣烫也变成了烧烤。

她再仔细一看，最外面那桌人不就是刚刚结束训练的罗维他们吗？

他们带着新生来吃夜宵，聊得正起劲，连陆盼盼站到他们身后都没注意到。

“哎，你为什么考我们学校啊？”肖泽凯拍着岳从嘉的肩膀问，“我看你考个北体也没问题吧。”

岳从嘉说起这个就一脸无奈：“这都是命啊！”

肖泽凯问：“怎么说？”

岳从嘉盯着面前的牛肉，满腹怀才不遇的委屈：“文化分不够呗。本来还想高考的时候抄一抄别人的，结果我四周坐的都是体育生，你说这是不是命？”

对此，大家似乎都颇为同情，只有陆盼盼在一旁笑出了声。

罗维看到陆盼盼，立刻招呼她来一起吃夜宵。

陆盼盼不着痕迹地退了一步：“不了，我买点儿东西就回家。”

顾祁的事算是给陆盼盼提了个醒，跟队员相处要把握好分寸，所以陆盼盼尽量跟他们保持合适的距离。

但是有时候回想，前些日子她跟顾祁走得也不算近，这两个月她跟顾祁更是没什么交集，私下几乎没见过面，顾祁怎么就喜欢上她了？

大概就是因为这张脸吧，陆盼盼只能想到这个理由。

正好这时候顾祁从店里的卫生间出来，陆盼盼立刻走了。

她漫无目的地走了几步，拐进一家蛋糕店，买了第二天早上的早餐。

陆盼盼拎着小蛋糕出门，走了没两步，一场雨说来就来。

陆盼盼心想，幸好今天出门的时候觉得天气闷热所以带了把伞。

陆盼盼走到那条巷子时，路灯在风雨里摇摇晃晃，好几盏灯忽明忽暗。

陆盼盼叹了口气，踩着雨水疾步往前走。

陆盼盼怕黑是小时候落下的毛病。

小时候，她还不太记事，在她的认知里黑夜就是看不见东西的。有一天一家人去远房亲戚家玩，晚上雷电交加，爸妈跟亲戚在一楼打麻将，陆盼盼被雷声吓醒。因为她睡的是亲戚家的屋子，伸手摸不到开关，哆哆嗦嗦地爬下床，却不小心撞倒了床头的玻璃台灯。

当时陆盼盼可不知道那是玻璃台灯，只觉得什么东西猛地砸到她头上，疼得她眼冒金星，鲜血直流。

那时，屋子小，东西就像多米诺骨牌一样，她被台灯一砸，摔倒在地，又撞倒了一旁的衣帽架，那么粗的柱子直接砸到陆盼盼的腿上。

衣帽架又扫到化妆柜，上面的瓶瓶罐罐噼里啪啦地倒下，惊到了阳台的猫，它直接跳到陆盼盼的肚子上然后蹿走。

那片刻的动静全都凑在了一起。陆盼盼以为从自己身上蹿走的毛茸茸的东西是鬼，动也不敢动，只能躺在地上捂着脑袋哭。

那天雷雨声很大，爸妈在楼下打麻将，没听到她的哭声。

陆盼盼大概是哭得没力气了，抑或是吓得失神，渐渐没了意识。

等她醒来时，自己已经在医院躺着了。

也是那一次，她才知道自己有夜盲症。

她吃了不少药，做了不少治疗，才慢慢改善了视力，不过还是比普通人在黑暗环境下的视力要差很多。

视力差倒是其次的，主要还是那晚的经历给陆盼盼造成了心理阴影，所以她怕黑超出了常人的程度。

陆盼盼走得越来越快，捏坏了手里的小蛋糕也没注意到。

雨声淅淅沥沥，其中好像还夹杂着人的脚步声。

陆盼盼不确定，竖着耳朵听了听，好像还真是。

于是她走得更快了。身后的脚步似乎也跟得更紧。

一只野猫从墙头蹿过，陆盼盼吓得踉跄两步，差点儿没站稳。

这时，她的身后响起一个声音：

"你慢点儿。"

恐惧感一瞬间达到顶峰，爆炸，然后奇迹般烟消云散。

陆盼盼听出这是顾祁的声音，慢吞吞地回头，眼里都是疲惫："你怎么在这儿？"

顾祁远远站着对她说："哦，我看见下雨了，天又黑，所以跟来看看。"

陆盼盼抿着嘴没说话，似乎只能听见雨滴在伞上的声音。

顾祁朝她抬抬下巴："你走吧，我就在你身后。"

陆盼盼心里有什么东西百转千回，却又无法用语言说出来，于是她转身继续往前走。

在这短短的一段路程中，陆盼盼的听觉似乎更灵敏了，她能听到顾祁不紧不慢地跟在她身后。

大概是知道自己身后跟了一个人，陆盼盼没那么怕了，渐渐松开了捏紧小蛋糕的手。

他们到了小区门口，灯大亮着，她收了伞，回头对顾祁说：“我到了，谢谢。”

也是这时，陆盼盼才注意到顾祁没打伞。

雨倒是不大，顾祁的头发却湿透了，软绵绵地贴着头皮。灯光只把他的脸照亮了一半，脸颊上有雨水。

他这副模样，跟证件照上意气风发的样子差别挺大，看起来还怪可怜的。

陆盼盼上前，把伞递给他：“你回学校吧。”

顾祁不要：“我不用，很快就到学校了。”

“你怎么不让人省心呢？”陆盼盼把伞塞到他手里，“拿着，赶紧回去。”

顾祁听话地接过伞，拉开撑杆，撑开伞面。

啪嗒一下，伞被撑破了。

顾祁：我真不是故意的！你别那样看我啊！你听我解释！算了，不解释了，我还是走吧。

最后，顾祁还是淋着雨回了学校。

陆盼盼看着他那倔强的身影，无奈地叹了口气。

霍修远刚洗完澡出来，看见顾祁浑身湿透地回来了，话也不说一句，忧郁得跟花泽类似的。

“怎么了？”霍修远问。

顾祁拿了一条毛巾擦脸，有气无力地说：“没什么。”

“喂，兄弟，别这样。”霍修远一屁股坐到顾祁的桌上，“我看你这几个月好像都有心事的样子，跟兄弟说说呗。”

顾祁瞟他一眼，没说话。

霍修远双手比画了下："是不是感情上的问题？"

"我没有感情。"顾祁径直站起来，拿着毛巾去洗澡。

霍修远摇了摇头，拿出手机，发了条语音：小鹤啊，我室友完了。

鹤立鸡群发来一个问号。

霍修远又说：以前有个女人勾引我，后来又勾引我室友。唉，我室友是个母胎 solo（单身），一下子就着了她的道。

鹤立鸡群：这是什么绝世"绿茶"啊？！勾引同一个寝室的人，太过分了吧！

霍修远：是啊，太过分了。

鹤立鸡群：小哥哥别难过，这种"辣鸡"女人不值得你们难过。

霍修远：我早就不难过了，就是觉得这太巧了，她怎么就碰上我室友了呢？

鹤立鸡群：这世界说小不小，说大不大，不然全中国十几亿人怎么我偏偏就遇到了你呢？

霍修远盯着手机傻笑：嘿嘿，缘分哪。

第四章

百分之五的希望

随着十月临近，球队的训练越发紧张。

每天上午基础训练结束后，吴禄就把球队成员分为两组打对抗赛，持续了大半个月，吴禄开始约各个大学校队来打模拟赛。

大家忙得脚不沾地的时候，岳从嘉说明天是他的生日，想请大家一起吃个饭。

大家对此倒是没什么意见，只是罗维有点儿犹豫：“今天分组抽签的结果出来了，不知道禄禄给不给放假。”

岳从嘉立马转身对站在门口抽烟的吴禄吆喝道：“禄禄！我今天过生日，晚上请大家吃个饭、唱个歌行不？”

吴禄灭了烟，眯着眼朝他们走来。

岳从嘉立马退了两步：“只吃饭也行。”

吴禄上下打量着岳从嘉。

岳从嘉已经摆好了挨骂的姿势了，吴禄却说：“去吧，给你们放一晚上假，别玩到太晚。”

全队已经持续练习对抗赛大半个月了，吴禄心里想着给他们放个假也没什么。

但他突然想到陆盼盼，想法又有点儿动摇：“等会儿。”

吴禄打算跟陆盼盼商量一下，却见她优哉游哉地走了过来。

“去吧，唱歌也行，不过尽量不要喝酒。”陆盼盼说，“你们要打折卡吗？我朋友有。”

岳从嘉兴奋地说：“爱你！”

人群里传出一声嫌弃的“啧”。

陆盼盼看了一眼，没搭理，继续说道：“最近大家的状态不太好，错误的手感延续下去也是错误，不如晚上放松一下，明天早上重新找感觉。”

吴禄点头道：“嗯，忘掉最近的错误手感。”

岳从嘉转身归队，突然想到什么，又说：“禄禄，盼盼姐，要不要一起去啊？”

“不了。”吴禄说，“我回去陪我女儿写作业，她上学期考得太差了，我得辅导辅导。再说我去了你们也玩儿不开。”

人群里又传出一个声音：“说得也是。”

吴禄：“顾祁你这周打扫厕所。”

顾祁猛退一步，把身旁的肖泽凯推了出来：“这次不是我！”

吴禄瞥他们一眼，继续说道：“不过你们也别给我搞出什么幺蛾子，要比赛了……”

吴禄突然回头，对陆盼盼说：“要不你跟他们一起去吧？有你在我也放心。”

陆盼盼低头没说话，似乎在想些什么。

吴禄说："你是不是有事啊？有事就算了。"

陆盼盼正要开口，顾祁突然说："唱歌就别去了，黑漆漆的有什么意思？"

肖泽凯说："那不唱晚上干吗啊？你们还没见识过我'允和周杰伦'的歌喉呢！"

岳从嘉也附和道："干吗不去啊？顾祁你唱歌难听啊？"

顾祁没说话，陆盼盼看了他一眼，点头说好。

"不过晚上吃饭我就不去了，最近上火不吃火锅，你们去唱歌的时候我来盯……陪你们。"

陆盼盼回家换衣服，正好许曼妍也在家。

许曼妍一边打游戏一边问："下班了？"

"没呢，要去跟球员们吃饭。"陆盼盼在房间里看了会儿比赛视频，看时间差不多了，就拿了两件衣服出来，问许曼妍，"这两件哪件好看？"

一件浅蓝色牛仔外套，一件黑色工装外套。

许曼妍瞥了一眼，说："牛仔外套好看。"

陆盼盼笑眯眯地把牛仔外套穿上，看着手里的工装外套，突然愣了一下。

随后，她又换上了那件工装外套。

许曼妍又看她一眼："你以为自己是暖暖呢？"

陆盼盼抱着衣服，耷拉着眉毛，坐到许曼妍身边："唉，愁啊。"

许曼妍和陆盼盼这十几年不是白相处的，陆盼盼一个眼神许曼妍就知道她在想什么："怎么，那个学生也在呢？"

陆盼盼叹了口气："我觉得这样挺不好的。"

"是挺不好的。"许曼妍放下手机，说，"我家公司到现在都还禁止上下级恋情呢。你们这种关系，要是有什么，成天抬头不见低头见的，也不怕其他学生有意见啊？"

“对啊，我……喂！我们没什么！”陆盼盼恨不得把许曼妍的嘴巴封起来，“我不跟你说了，我走了。”

许曼妍朝着她的背影喊：“别嫌弟弟小，单纯易推倒！”

陆盼盼：“滚！”

他们唱歌的地点就在步行街二楼的KTV（唱歌娱乐的场所）。

陆盼盼拿着许曼妍的打折卡，到的时候大家都在大厅里坐着等她。

她一眼就看见坐在一旁玩手机的顾祁竟然也穿了一件黑色工装外套。

工装外套的款式大同小异，颜色如果相同的话，看起来就没什么区别了。

顾祁突然抬头，看了陆盼盼一眼，随即又低下了头，好像不认识她似的。

陆盼盼把卡给岳从嘉，开了一个大包间。

岳从嘉还叫了两箱啤酒，大家一进去他就要和所有人干杯。

若是在庆阳那会儿，陆盼盼肯定跟他们一起喝了。但是想起之前跟许曼妍说的话，她就没喝。

而且陆盼盼在这个环境里是看不太清的，所以她从坐下来那一刻开始，就没有挪动过，一直盯着屏幕。

虽然人多，但是这黑漆漆的环境依然让她没有安全感。刚才一直有人叫她去唱歌，她都以自己不会唱婉拒了。

陆盼盼坐在靠门那一头的沙发上，顾祁坐在靠点歌台那一头的沙发上，中间挤满了人。

大约半个小时过去，顾祁出去接了个电话，回来的时候就只有陆盼盼身旁有座位了。

顾祁原本想越过陆盼盼回到自己原本的座位，稍微一垂头，就注意到了陆盼盼放在双膝上的手。

KTV 昏暗的灯光下，陆盼盼盯着电视屏幕，看似放松，实则双手已经紧紧抓住了裤子。

若是不仔细看，他还不会发现她的眉心也微微蹙着。

突然，包厢里的灯打开了。

陆盼盼用手挡了挡光，再睁开眼时，就听到大家不满地说："谁开的灯啊？"

顾祁就站在开关前，靠着墙壁，懒洋洋地说："我开的。"

陆盼盼抬头看他：少年消瘦的下颌线条流畅漂亮，天生的条件使他只需要微抬下巴就有一股张扬的感觉。

顾祁完全没注意到陆盼盼的目光。

肖泽凯将一把爆米花扔过去："灯开这么亮干吗？你当这是春节联欢晚会呢？"

顾祁："我怕看不清你的盛世美颜，行吗？"

肖泽凯抱着双臂走了："咦……"

顾祁走到沙发另一头，让岳从嘉给他让了个座位。

大家唱了没一会儿，也不知道是谁又把照明灯给关了，还开了彩色闪光，一会儿亮一会儿暗的，直晃得陆盼盼头晕。

空调也开得足，热得她脱了外套。

要不是之前庆阳的人曾经在赛前喝多了影响比赛，陆盼盼想避免这种情况，她早走人了。

但是这会儿大家玩得正开心，她也实在不想扫他们的兴。

喝了大半瓶饮料，陆盼盼出去上厕所。

KTV 的厕所是大型公用厕所，洗手台在男女厕的中间。

陆盼盼出来后站在洗手台前洗手，顾祁走了过来，看见陆盼盼的背影，顿了顿，就和镜子里的她目光相撞。

陆盼盼不知道说什么，随口就说："上厕所啊？"

顾祁："不然我来……吃饭的？"

陆盼盼不再理他。

顾祁往男厕所拐去，里面有清洁阿姨在打扫卫生，叫他等一会儿。

顾祁就站在男厕所门口，懒散地靠着墙，低头不知道在想些什么。

陆盼盼："谢谢啊。"

顾祁抬头看她："谢我什么？"

陆盼盼："刚刚帮我开灯。"

顾祁歪了歪脑袋，盯着陆盼盼。

厕所的灯光很亮，越发衬得顾祁目光灼灼。

"你真这么怕黑？"

陆盼盼："嗯，我从小就有夜盲症。"

顾祁突然站直了，愣了半晌，说道："那你晚上一个人睡觉怕不怕？"

这人怎么逮着机会就瞎撩？她给他的台阶都白给了是吧？

她转过头翻了一个白眼，咬牙道："不怕。"

顾祁："哎，不是，我是真诚地在求知！"

陆盼盼虽然没有说话，顾祁却感受到了她周身散发的那股"我信你个鬼"的气息。

算了，反正他在她面前也没什么形象，再差一点儿也无所谓了。

陆盼盼关了水龙头，把双手举在烘手机下。

"你们准备玩到什么时候？快十一点了，要注意休息，下周就初赛了。"

陆盼盼说这话时，晃了晃手掌。

没风？

顾祁经过陆盼盼身边，用手背轻轻抬了一下陆盼盼的手。

她的手掌挨近了出风口，一股热风呼呼呼地吹了出来。

"我会给你拿个你最想要的冠军回来的。"

顾祁往男厕所走去。

陆盼盼转头看他，只见他懒洋洋地跨步进去，不太上心的语气，却说了一句那样重的话。

陆盼盼脑子里盘旋着他刚刚说的那句话。

“呲——”

手和出风口靠得太近，掌心被一阵灼热的风烫了一下。

陆盼盼收回手，朝包间走去。

陆盼盼在老位置坐着。

顾祁进门时，又顺手把灯打开了，但大家都玩得差不多了，没人说他。

肖泽凯拿着一瓶酒过来跟陆盼盼说话：“盼盼姐，唱首歌呗，还没听过你唱歌呢。”

陆盼盼直摆手：“我真的不会唱。”

寿星岳从嘉也过来劝：“盼盼姐，我们一会儿就回去了，唱一首呗？”

陆盼盼被缠得不行，这时，顾祁拎着一瓶啤酒走过来，站在陆盼盼身旁。

他微眯着眼睛，看着屏幕，假装若无其事地喝酒。

但他真的很想听陆盼盼唱歌。她的嗓音那么好听，唱歌应该很甜吧？

然而岳从嘉和肖泽凯都劝不动陆盼盼。

不行了，得他出马了。

顾祁歪着脑袋，看向陆盼盼。

“姐姐，唱首歌吧，我很想听你唱歌。”

陆盼盼迷茫地看着顾祁。

你干吗非要强调你很想听？

见陆盼盼不为所动，顾祁又说：“你是不是不想一个人唱？要不我跟你一起？”

陆盼盼淡淡地笑着。

顾祁的嘴角疯狂地上扬。

陆盼盼走向点歌台：“那我给大家唱一首《梦醒时分》吧。”

顾祁：“……”

陆盼盼一曲终了，时针指向十一点。

“大家都早点儿回去休息吧，”陆盼盼说，“明天还要训练呢。”

大家心里有数，看时间差不多了，也累了，都收拾东西准备回学校。

岳从嘉拿起外套，比了个没问题的手势。

“好嘞，这就回去。”

陆盼盼拿起外套，等所有人都出去之后，提醒大家不要忘了东西。

跟大家一起下楼后，陆盼盼走了相反方向。

罗维带着大家一起回学校，他们一路上打打闹闹，完全没注意到顾祁的心不在焉。

他们快到学校门口时，四周突然一黑，连前方整个学校都漆黑一片。

“怎么回事啊？”肖泽凯两三步跑过去，趴在保安室的窗口问：“停电了？”

保安支着手电筒说：“是啊。好像是机器故障，这个片区都停电了。”

顾祁原本漫不经心地站在一边，听到保安说这个片区都停电时，突然抬头，朝远处看去。

那栋几十层的高楼灰暗暗的，不像平日那样亮着灯。

“我有点儿事，你们先回去。”

顾祁丢下一句话就跑了出去，留下身后一群人莫名其妙地看着他。

陆盼盼走到一半就发现停电了，正好一旁小吃店的老板着急做生意，把发电机搬出来的同时给社区打电话询问情况。

陆盼盼就站在一旁，等那个老板打完电话，就问：“大哥，什么原因停电啊？什么时候来电？”

老板：“说是电路故障，马上就派人来修，半个小时内就会好。”

陆盼盼沉吟片刻，反正半个小时而已，与其摸黑回去，不如在这儿等一会儿。

而且许曼妍瘸着一条腿，她也不可能让人家来接她。

于是陆盼盼点了一杯水，在店门口的空桌旁坐下来玩手机。

几分钟后，她感觉一个人从面前飞快跑过。

陆盼盼抬头看了一眼，黑漆漆的根本看不清，只觉得那人似乎个子很高，跑得很快。

转眼半个小时过去，电还没有来，她开始有些着急。

老板也在打电话问，那边的人说还没有修好。

这样等下去也不知道什么时候才能来电，算了，陆盼盼给自己打打气，拿出手机打开手电筒功能，继续往家走去。

她刚走没几步，就和一个人迎面撞上。

“顾祁？”陆盼盼问，“你怎么还在这儿？”

顾祁反而更惊讶：“你怎么还在这儿？”

陆盼盼：“停电了，我在这儿等了一会儿，你呢？怎么这么晚了还在外面闲逛？”

顾祁没说话。

陆盼盼有些生气。

这几天她千叮咛万嘱咐他们晚上不要出去玩，尽量保证休息，可顾祁倒好，就放了一晚上假他还玩野了，现在都不回宿舍在外面晃荡。

陆盼盼抿唇，径直越过顾祁朝前走去，还没走两步，手腕就被人拉住。

顾祁看了看四周，说：“要不我送你回家？这条路到你家都挺黑的。”

“不用了。”陆盼盼挣脱他的手，说，“反正我说的话你也不会听，你可以继续去玩，我也管不了你。”

陆盼盼说着就要走，顾祁两步上前，朝着陆盼盼的背影说：“那边真的很黑！店铺因为停电都关门了，路灯也都没电！”

陆盼盼的脚步不停。

身后的人又说："万一路上有什么坑，或者踩到什么东西，你……"

"是呢。"陆盼盼皮笑肉不笑地回头，"万一再跑出个露腹肌的人来呢？"

陆盼盼说完这话就有点儿后悔。

虽然顾祁大晚上不回宿舍她有些生气，但人家这会儿也是真心实意地担心她。

陆盼盼叹了口气，转身上前。

"你早点儿回去休息。"陆盼盼说，"不是说要给我拿个冠军回来吗？你这样没有自制力，不好好休息，怎么拿冠军？你都是空口白话说着玩的吗？"

顾祁微微弯腰，小声说："我是刚刚看到停电了，担心你一个人害怕才过来找你的。"

一刹那，四周的灯尽数亮起，整个世界都亮了。

耳边响起居民们的欢呼声，霓虹灯一闪一闪。

此时，她清晰地看见顾祁的眼睛里倒映着的自己的样子。

陆盼盼感觉心跳好像漏了一拍。

"你……"

"我回去了。"顾祁突然退了一步，笑着说，"要赶不上'宵禁'了。"

说完，他转身就走。

陆盼盼却有些发愣。

顾祁走了几步，突然转过身，朝着陆盼盼挥手。

"你放心，冠军我一定会拿到！"

他倒退着走了几步，眼神坚定又张扬，四周的灯光似乎都被他衬得暗淡了。

陆盼盼回神，慌乱地点点头，然后立即转身走了。

陆盼盼拎着外套回到家里，许曼妍正瘸着腿试衣服。

“怎么样？”许曼妍张开双臂，“这件卫衣好看不？”

陆盼盼很累，看也没看一眼就躺在沙发上了：“好看。”

陆盼盼说完看见桌上有一杯奶茶，拿起来咕噜咕噜就喝了小半杯。

“这件卫衣是限量版的呢。”许曼妍在镜子前从各个角度欣赏自己的新衣服，“等天气再冷点儿搭件外套也好看。”

她一回头，就看见陆盼盼随手丢在沙发上的黑色工装外套。

“哎，把你的外套给我试试。”

陆盼盼抓起外套就丢了过去，许曼妍穿上，皱眉说：“好大啊，这袖子怎么这么长？”

她抬头看镜子，又笑了起来：“但是也别有一番韵味，boyfriend（男友）风也不错。”

陆盼盼却愣了一愣。

她走到许曼妍身旁，仔细一看，这根本不是她的外套！

思绪一下子回到 KTV 里，陆盼盼确定是她和顾祁拿错外套了。

陆盼盼无奈地笑了，这是什么“狗血”缘分啊！

“你笑什么啊？”许曼妍问，“你什么时候买了件这么大的外套？”

“没什么。”陆盼盼说，“学生的，拿错了。”

许曼妍把外套脱了下来，还给陆盼盼。

陆盼盼拿着外套进房间，准备找个袋子装起来明天还给顾祁。

她抖衣服的时候，兜里掉了个小东西出来。

陆盼盼捡起来，放在手心看，是一颗水果硬糖，还是橘子味儿的。

陆盼盼再次失笑，顾祁多大的人了，还爱吃这个。

男寝门口。

顾祁拿着陆盼盼的外套发呆。

这袖子怎么这么短，这衣服怎么这么小？

宿管阿姨从房间里出来，隔着门看着顾祁："你拿件童装在那儿干吗呢？"

顾祁抬头，说道："阿姨，麻烦开开门。"

宿管阿姨拿着钥匙，势必要先教育他一顿。

"你自己看看都几点了？过来给我签个字！"

顾祁没说话，平静地站着。

宿管阿姨骂够了才开门。顾祁沉默地在登记表上写了霍修远的名字，淡定地上楼。

刚推开宿舍的门，他就收到了陆盼盼的信息。

陆盼盼：我们的外套拿错了，明天带到排球馆？

顾祁一手拿着衣服，一手打字。

顾祁：好。

霍修远已经睡了，顾祁轻手轻脚地拿出一个袋子，把衣服放了进去，然后去洗了个澡。

再回来时，他发现陆盼盼二十分钟前给他发了条信息。

陆盼盼：今天谢谢你。

顾祁躺上床，想着陆盼盼肯定已经睡了，但还是忍不住继续打字。

陆盼盼确实准备睡了。

但她闭着眼发了一会儿呆，发现毫无睡意，甚至有点儿烦躁，于是又拿出了手机。

屏幕亮了，是顾祁发来了消息。

顾祁：一句谢谢就完了？

陆盼盼翻了个身，半眯着眼睛打字。

陆盼盼：得了便宜还卖乖？

顾祁：卖乖就能得便宜？那你要多少乖，我都卖。

陆盼盼：你有多少？

顾祁：你要多少我有多少。

陆盼盼：那你先卖一个试试。

顾祁很久都没回消息。

陆盼盼很无语，自己是大半夜脑子不清醒还是怎么了？跟他莫名其妙地聊这些没营养的话题。她再看眼时间，实在太晚了，明天还要上班，于是关了手机睡觉。

第二天，陆盼盼起晚了。

她匆匆忙忙地收拾了一下就往学校赶去，没发现自己忘了带顾祁的衣服。

到了排球馆门口，她才拿出手机看了一眼。

昨晚凌晨一点，也就是她睡觉后，顾祁竟然发了一条消息，很简单的一个字：喵。

陆盼盼没忍住，笑了出来。

嘴边的笑意还没消失，陆盼盼推开排球馆的门，就看见顾祁颀长的身影，他背对着她站在球网前，从身旁的球车里抓出一个球，随意地打出去。

和他平时的强攻击性不同，今天的他很懒散，手上的力道也不大，但每个球仍然精准地落到指定的位置。

陆盼盼正要开口，顾祁就有感应似的回过头。

顾祁朝陆盼盼走来，顺手拿起地上的一个袋子。

陆盼盼这才想起来，自己忘了带顾祁的衣服。

“我居然给忘了。”陆盼盼一边说话一边朝顾祁伸手，“我明天带给你。”

顾祁却突然退了一步，陆盼盼的手僵在半空。

“那不行。”顾祁的语气很正经，眼里却有一股不正经的笑意，“你什么时候还我我再还你。”

生怕谁不还他衣服了似的。

陆盼盼垂手，哦了一声，转身上楼。

顾祁跟了上来。

“你跟着我干吗？”陆盼盼说，“马上同学都来了。”

陆盼盼站的台阶比顾祁高两级，所以她正好能和顾祁平视。

顾祁：“我的便宜呢？”

陆盼盼：“什么？”

顾祁：“昨晚做的买卖啊。”

陆盼盼舔了舔唇，说：“幼稚。”

陆盼盼转身欲走，顾祁突然拉住她的手腕：“人得讲诚信，你看看你，衣服也不还给我，便宜也不卖给我。”

陆盼盼看见球馆外有人远远地来了，于是慌乱地挣脱顾祁的手：“知道了知道了，以后再说。”

早晨训练完顾祁就去上课了。

中途休息的时候，陆盼盼吃完饭回到办公室，发现自己的桌上有个袋子。

她拉开袋子一看，里面装的是她的衣服。

他不是说不还吗？

陆盼盼打算把袋子放到一旁，拎起来的一刹那却发现袋子有点儿重。

她好奇地扒开袋子看了看，没发现什么异样，于是把衣服拿了出来，发现袋子最里面有个小巧的手电筒。

陆盼盼愣了两秒，拿起手电筒。

手电筒虽然很小，却很重。

她下意识地按住开关，小小的手电筒立刻发出一道强光，把昏暗的办公室照得明亮。

陆盼盼在桌前站了许久，才把手电筒放下。

她叹了口气，拿着手电筒下楼，把它放到了顾祁的储物柜里。

晚上，顾祁来训练，陆盼盼和吴禄在讨论这季联赛的安排。

按照抽签结果，第一轮分主客场作战：第一场允和主场作战，对手会过来，而下一场客场作战的时候他们得过去，食宿都需要提前安排。

这个时候，关于顾祁的问题就出来了。

他是文化生，联赛期间比赛密集，他并不能每次都请假，这样学校也不会允许，所以注定了他并不能每场比赛都上场。

所以吴禄只能根据对手情况来适当考虑要不要顾祁上场：两周后的第一场比赛对战的理工大学实力并不强，顾祁有课，以允和现在的实力，打赢这个学校肯定是没问题的，吴禄就决定暂时先不派顾祁上场。

训练结束后，陆盼盼专门找到顾祁，跟他说了联赛的安排。

“第一轮循环赛的第一场，我和吴教练决定先不让你上场。我看过你的课表，你那天有专业课，请假不太合适，对方实力也不强，你明白吗？”

顾祁点头：“我知道。”

“行。”陆盼盼说，“你理解一下，你是文化生，我们不想耽误你太多的专业课，所以以后的安排也会考虑平衡你的课程时间。”

顾祁突然问：“庆阳呢？”

陆盼盼：“嗯？”

顾祁说：“庆阳大学，这次跟我们在一个组吗？”

陆盼盼：“他们在C组，怎么？”

顾祁：“没什么。”

这时候球馆里的人已经走得差不多了，陆盼盼让顾祁早点儿回去，然后上楼拿包。

她再下来时，球馆里已经没有人了，但灯还亮着。

陆盼盼晚上睡觉有开灯的习惯，但那是迫不得已，她其实是很不喜欢浪费电的，特别是球馆里的这种灯功率很大。

只是球馆电灯开关在最里面。

她站在开关前，犹豫着没按下去。

虽然手机能打光，但在这种空旷且面积不小的关了灯漆黑一片的球馆里，只能照亮眼前的路，她依然得置身于黑暗的环境中。

陆盼盼慢慢伸手，刚要碰到开关时，一双手从她头顶伸过来，按灭了开关。

下一秒，一只温热的手握住了她的手，带着她往大门走去。

偌大的排球馆中，陆盼盼看不见路，看不见身边的人，只能听到两人的脚步声，但她知道旁边的人是顾祁。

她的手心微微发热，好像失去了知觉，她任由顾祁拉着自己，一步步朝外走去。

这段三十米的路程在陆盼盼心里好像有三千米、三万米，似乎总也走不到尽头，她却奇迹般地没有害怕。

他们一到球馆门口，顾祁立即松开了手。

陆盼盼微微蹙眉，手指不自觉地蜷缩起来，把手藏在了背后。手腕上的余温还在，有一股灼热的感觉。

顾祁把手电筒塞进陆盼盼的手里："这玩意儿是我去野外露营的时候用的，很亮，比手机好用得多。"

陆盼盼正要开口，顾祁又说："你不用着急拒绝我，没用的。"

陆盼盼抬头看着他，喉咙发干，根本说不出话。

"你说过，作为一个运动员，最可贵的精神是坚韧不拔，永不言弃。"顾祁的声音很低，却很干净，"所以就算只有百分之五的希望，我也不会放弃。"

陆盼盼："啊？什么百分之五？"

一阵风吹来，陆盼盼的头发扬起，拂过鼻梁，痒痒的。

顾祁笑了笑，伸手撩开陆盼盼额前的头发，轻声说道："你不用管这个。"

耳边的风呼呼地吹，卷起地上的落叶，在空中打了个旋儿，又落下。

顾祁靠得很近，他的呼吸很轻，陆盼盼却感受到一股灼热逼人的气息。

陆盼盼打了个喷嚏，然后不知不觉退了一步，把手里的衣服抱在胸前。

“我回去了。”

陆盼盼走得很慢，平时二十多分钟能到的路程，她走了快四十分钟。

许曼妍在客厅看电影，见她回来了，说：“今天加班了？”

陆盼盼摇摇头。

许曼妍指着桌子说：“我切了橘子，吃点儿？”

陆盼盼尝了一瓣橘子，很酸。她没什么食欲，于是直接回了房间。

她把自己的衣服挂到衣架上，看到放在一旁的袋子，里面装的是顾祁的衣服。

陆盼盼蹲下来，伸手掏了掏袋子，摸出那颗水果硬糖。

她鬼使神差地剥开包装，把糖放进嘴里。

一股酸甜飞速从舌尖爬到胸腔，陆盼盼躺到床上，看着天花板。

糖早就在嘴里化完了，直到最后一丝甜味消失，陆盼盼起身去洗澡。

不一会儿，许曼妍在外面敲门。

“你洗多久了？出不出来吃小龙虾？这几天的小龙虾可肥了！”

“不吃了。”陆盼盼裹着浴袍出来，把许曼妍吓了一跳。

“你是不是没开换气扇？你看你脸红成什么样了。”

“水太烫了。”陆盼盼有气无力地往房间走去。

许曼妍追过去，摸了一下陆盼盼的额头：“怎么这么烫？”

陆盼盼没说话，许曼妍又找到体温计塞到她嘴里。

几分钟后，许曼妍把温度计取出来看了一眼，瘸着条腿也要拉她去医院。

“你感冒了怎么也不知道？赶紧去看看。”

第二天下午，顾祁穿着一件短袖，坐在教室最后一排，讲台上有学生在做课题演讲，下面的人都昏昏欲睡。

顾祁拿着一支笔，有一下没一下地转动。

旁边的女生舔了舔嘴唇，鼓起勇气问：“你冷不冷啊？这几天降温了。”

顾祁靠在座椅靠背上，目光有意无意地瞥过窗外：“不冷。”

这时，他的手机响了一下。

陆盼盼：我来学校了，衣服给你放在储物柜里了。

顾祁：我好冷。

陆盼盼：你在哪儿？

顾祁拿着手机，想了一会儿，脸上浮现笑意。

顾祁：我在 A 教学楼，三楼，304。

不一会儿，课间休息时间，学生都趴在桌上睡觉，顾祁却坐得笔直，望着门口。

突然，门口出现一双小白鞋，只露了个尖尖，立刻退了回去。

顾祁立刻起身出去，看见陆盼盼正在朝楼梯口走去，手里拎着个袋子。

顾祁两步上前，拉住陆盼盼：“你干吗？”

陆盼盼回头就把衣服塞给顾祁：“给你，我要走了。”

顾祁漫不经心地接过衣服，问道：“你今天上午怎么没来？”

陆盼盼低声道：“有事。”

顾祁把衣服拿出来，伸手掏了掏口袋。

陆盼盼一看，立马转身就要走，只是一步都还没跨出去，就听到他说：“我的糖呢？”

陆盼盼脚步一顿，没回头看顾祁：“糖？什么糖？我不知道。”

正好上课铃声打响，陆盼盼连忙说：“你上课吧，我回去了。”

从教学楼到排球馆，要经过一段很长的林荫大道。

风一吹，陆盼盼就冷得抱紧了双臂，并且随时都有打喷嚏的冲动。

她觉得自己大概是疯了，居然因为顾祁一句“我好冷”就走这么远的路送一件衣服过来。

大概是因为她发烧了，脑子有点儿不清醒。

两个女生从小径里拐出来，走在陆盼盼的身后。

四周很安静，所以陆盼盼能清晰地听到她们的对话。

“大下午的美好时光你不睡觉，居然跑去给你男朋友送水，他没手没脚吗？教室楼下不是有贩卖机吗？”

“你没有男朋友你不懂，这是情趣。”

陆盼盼打了个喷嚏，回头看了两个女生一眼。

两人一高一矮，一个双马尾，一个短发，看起来还跟高中生一样稚嫩。

“是是是，就你懂，反正我有了男朋友我才不会这样。”

“那也得等你有男朋友再说。”

“唉……”

“我说你眼光也不要太高了，金融 2 班那个顾祁一看就不好追啊，那么高冷，多少人勇攀高岭摘花却摔得尸骨无存。”

陆盼盼脚步一顿。

嗯？高冷？

陆盼盼揉了揉耳朵，她肯定是听错了，她们说的“顾祁”肯定不是她认识的顾祁。

她走了没几步，身后又响起两人的对话声。

“我也知道。算了吧，唉，他最近好像有女朋友了。”

“真的假的？谁啊？是那个舞蹈专业的，就是上过电视的那谁吗？”

“不知道啊！有一次，我晚上回来晚了，在学校里看见他手里拿着一件女生的衣服，那你说……”

“那多半是了吧。”

陆盼盼：不是！

临近比赛，球员们日复一日地训练，时间总是过得很快。

陆盼盼能感受到球员们的紧张，有时候他们甚至会犯一些基本的错误。

但是这种心态问题短时间内无法解决。她相信这几个月来，允和的实力增长足够对付理工大学。

所有事情搞定后，陆盼盼又专门看了看庆阳大学这次的抽签分组。他们和允和确实在不同组，单循环赛的时候允和不会撞上庆阳，但是交叉淘汰赛的时候双方很大概率会出现在同一赛场。

虽然她离职的时候跟庆阳的人说过，以后可能会以对手的身份跟他们站在同一赛场，但是真的到了这一天，感觉还挺微妙的。

吴禄走到陆盼盼身后，问道：“盼盼，你跟庆阳的人是不是闹了什么不愉快？”

陆盼盼诧异地问：“冯教练跟你说的？”

吴禄：“那倒没有，我就是想着吧，水往低处流，人往高处走，你要不是和他们闹了什么矛盾，也不会从庆阳来允和吧？”

陆盼盼笑了笑，没说具体情况，只是说确实有些矛盾。

吴禄没多问，联赛近在眼前，时间紧，他没心思去听八卦。

时间紧还不要紧，要紧的是有人偏偏在这个时候出了岔子：这天晚上，肖泽凯出去吃烧烤，也不知道是吃到没烤熟的食物还是什么，上吐下泻，一晚上没睡觉尽跑厕所了。

拉肚子也不要紧，要命的是他拉到头晕眼花，在厕所摔了一跤，瘸着走出来的。

他大半夜的被送去校医院，陆盼盼和吴禄还是第二天早上才知道这件事。

集合的时候肖泽凯不在，陆盼盼和吴禄一问，才知道他还在校医院吊水。

陆盼盼赶去校医院，看见他脸色苍白，可怜兮兮地坐在椅子上，一肚子火也发不出来，冷着脸走到他身边，问道："怎么回事？"

肖泽凯不敢看陆盼盼，顾左右而言他："盼盼姐你怎么来了？医院里病毒多，你赶紧回去吧。"

陆盼盼抱着双臂，站在他面前："我有没有说过，临近比赛，不准吃乱七八糟的东西？"

肖泽凯眼珠子到处转，就是不敢看陆盼盼："我……我朋友过生日，就吃了一顿烧烤，谁知道那家的黑心老板不知道弄的是什么肉，我们所有人都拉肚子了，一会儿就去找他算账。"

陆盼盼盯了他一眼，把他手边的诊断单拿起来看了一眼。

"食物中毒……算你运气好。"陆盼盼抬抬下巴，"腿呢？"

提到这个，肖泽凯脸色骤变："我……我还没去看。"

他的腿到现在还隐隐作痛，他一直忍着没去二楼的骨科，一方面是想先止住腹痛，另一方面则是有点儿害怕：万一哪里伤得重了影响他比赛，那他宁愿不去看医生。

陆盼盼没再说什么，给他倒了一杯热水，等他挂完了吊水，问道："能走吧？"

肖泽凯点头："能能能！"

他扶着栏杆站起来，半弯着腰，朝陆盼盼笑："看吧，没问题！"

陆盼盼连白眼都懒得翻给他一个，转身去给吴禄打了个电话："吴教练，我要带肖泽凯去复健中心看看腿。"

吴禄："我找个人过去帮你？"

陆盼盼："不用了，大家还是训练吧。"

吴禄："那不行，肖泽凯那么高一个人，万一走不动要人扶着呢？而且到时候跑前跑后的，你也辛苦。"

吴禄转头就问："谁去校医院帮帮忙？"

"肖泽凯拉肚子，要帮什么忙啊？"罗维"细思恐极"，连连退了几步，"我不去我不去。"

其他人也跟着退了两步。

霍豆直摇头："禄禄你去吧，这片江山我们给你守护。"

吴禄看向在一旁喝水的顾祁，说道："顾祁，你去帮帮忙吧，肖泽凯那么大的个子，陆盼盼搞不定！"

顾祁正要点头，罗维突然笑呵呵地站了出来："别叫顾祁了，他今天是最累的，好歹让人休息会儿。还是我去吧，我去上个厕所就去啊！"

顾祁："我不累。"

罗维拍拍顾祁的肩膀："没关系的，我作为队长当然要体谅你们。好好休息吧，晚上还有训练呢。"

顾祁："……"

罗维往卫生间走去，顾祁也放下矿泉水，走在罗维后面。

吴禄还在絮絮叨叨："我再跟你们强调一次，临近比赛，都给我万分小心！不要吃乱七八糟的东西，外面什么烧烤、麻辣烫都给我停了！不然我见一次骂一次！还有平时走路都给我小心！这时候要是出个三病两痛，你们就是要气死我！"

吴禄话音一落，就听见厕所里传来一声巨响。

他瞬间脸色都白了，一阵旋风似的冲进厕所，就看见罗维直挺挺地躺在楼梯边，要哭不哭地看着自己。

吴禄："……"

他还真是怕什么来什么。

"怎么回事？"吴禄问，"怎么好好的就摔倒了？"

顾祁面无表情地说："楼梯上有水，他没站稳，滚了下来。"

吴禄一听到“滚”字，浑身鸡皮疙瘩都出来了。

排球馆一楼的卫生间堵塞了一段时间还没找人清理，大家这会儿都在二楼上厕所，这次罗维滚下来，不残也得伤。

“还愣着干什么？”吴禄火冒三丈，“赶紧给我送医院！”

陆盼盼费力地把肖泽凯扶出校医院，刚下了台阶，就看见顾祁扶着罗维一瘸一拐地走过来。

陆盼盼：不知道现在辞职还来不来得及？

陆盼盼也不走了，就远远看着罗维慢慢朝她走来。

等他走近了，陆盼盼冷笑一声，说道：“怎么，还买一送一呢？”

见罗维不说话，陆盼盼继续说：“你们平时一个个耐摔耐打的，怎么就这几天这么脆弱，一摔就受伤？”

罗维头埋得更低了。

目光滑过顾祁，见他的表情淡淡的，陆盼盼便不再说什么，带着他们上车。

肖泽凯个子最高，自觉坐到了前排。

陆盼盼坐在后排中间，顾祁上来时，后排因为坐了三个人显得有点儿挤。

车开了没几分钟，陆盼盼就感觉有点儿闷热。

她不敢动——顾祁的手臂挨着她，她甚至能感受到肌肉的力量。

出租车上，四个人都没有说话。

肖泽凯觉得陆盼盼还在生气，几次张口想缓和气氛都不敢。

罗维就算了，连好手好脚的顾祁也一言不发，这气氛可就太压抑了。

最后肖泽凯忍不了了，说道：“唉，我这都是第二次因为吃坏东西进医院了。”

就在这时，顾祁动了一下，掏了一颗糖出来吃。

陆盼盼心头莫名地一紧，听着他剥开糖纸细微的声音，自己的胸腔也涌动着一股莫名的情绪。

肖泽凯依然自言自语道："我小时候贼喜欢吃糖，我姥姥也宠我，家里从来不缺糖。后来有一天，家里糖吃完了，我姥姥说去超市给我买最贵的进口糖，结果你们猜怎么着？我姥姥还没到家，我就发现我牙齿松了。我妈说我要换牙了，于是把姥姥给我买的糖扔了，我都还没见到进口糖长什么样子！"

陆盼盼和顾祁都不出声，只有罗维理他。

"然后呢？"

肖泽凯："但我妈那么抠的人，怎么可能把那么贵的糖都扔了？于是某一天，趁着他们加班，我就在家里找糖。"

罗维："找到了吗？"

"当然！"肖泽凯一拍大腿，眉飞色舞，"让我在衣柜里找到了！"

罗维："厉害呀！"

顾祁嚼了嚼糖，说道："说相声呢？"

肖泽凯回头看陆盼盼的表情不太自然，活跃气氛的心思也没了，低声嘀咕道："然……然后今天我就可以说，我因为吃樟脑丸被送到医院洗过胃。"

全车气氛都凝固的时候，陆盼盼突然笑了起来，低着头，单手扶着额头。

司机也跟着笑。

肖泽凯松了口气，扭过头来，看着陆盼盼："盼盼姐，不生气了吧？"

陆盼盼笑着推开他的脑袋："你活到今天也是不容易。"

顾祁伸手，把肖泽凯的头扭了回去："老实点儿。"

肖泽凯："你在吃什么？我也要吃。"

顾祁从兜里摸出一颗糖，递给肖泽凯。肖泽凯看了，嫌弃地说："你还真应景，可惜我已经是个成熟的男人了，不吃糖了。"

顾祁没理肖泽凯。又问陆盼盼："你吃吗？"

陆盼盼不自然地别开头："我不爱吃糖。"

顾祁："是吗？"

他的声音很小，却在陆盼盼耳边响起，空气里还带着一股糖果的甜味。

这时，司机把车停下了。陆盼盼立刻岔开话题，招呼道："下车的时候仔细点儿，别又给我磕了碰了。"

顾祁闭了嘴，第一个下车。

他打开车门，见陆盼盼的动作有些急促，于是伸手在她的头顶挡了一下。

陆盼盼心不在焉，下车的时候果然撞上车顶，但只觉得软软的。

她倏地抬头。顾祁伸手，拉着她的手臂，把她扶下了车。

陆盼盼一站稳就收回自己的手臂，也没看后面的人，低头朝医院走去。

罗维依靠一条腿的力量挪到车门处，也朝着顾祁伸手，却见他一关车门，大步地走了。

罗维：老子才是伤者！

陆盼盼在楼下给仲嘉月打了电话，挂了号后就熟门熟路地带着肖泽凯和罗维上去。

诊断室里有两个人，仲嘉月坐在电脑前，一个男医生站在后面的柜子前看档案。

仲嘉月见陆盼盼带人来了，忍不住笑道："你们搞什么，这都要比赛了你们却一伤伤三个？"

陆盼盼无奈地说："两个，你快看看吧。"

陆盼盼话音一落，仲嘉月身后的男医生突然回头看向陆盼盼。

目光一瞥，他又继续看档案。

"坐吧。"仲嘉月的诊断室里只有一个供病人坐的椅子，给了罗维，肖泽凯坐到了一旁的床上。

仲嘉月蹲下来给罗维检查，身后的男医生站在仲嘉月身后看着。

仲嘉月问："你怎么伤的？"

罗维："上厕所的时候摔的，滑了一下。"

仲嘉月摇头道："以后小心点儿，这次问题不大，如果再严重一点儿，你恐怕就要退赛了。"

仲嘉月说完，突然想起了什么，抬头对陆盼盼说："这是我师兄，王医生。"

陆盼盼看向仲嘉月身后的男医生，点头示意。

王洛桢没说话，眼镜后双眸的视线落在陆盼盼脸上，他沉默片刻，说道："你好。"

陆盼盼总觉得他的声音有点儿熟悉，却想不起来在哪儿听过。

"你好。"

陆盼盼又问仲嘉月："下周要比赛了，他能上场吧？"

仲嘉月点头："没问题，不过这几天训练的时候要注意点儿。"

仲嘉月把罗维的脚处理好，一边洗手一边说："我下个月要去上海交流，短则一年，长则两年。"

"这么突然？"陆盼盼问，"什么时候决定的事情？"

仲嘉月："这是天上掉馅饼的事，原本要去的那个医生……反正就是临时出了差错，这才轮到我头上。"

陆盼盼点头道："挺好的，是个机会。"

仲嘉月又回头说："师兄，这是我朋友，允和大学男子排球队的经理，你看以后要是方便，能不能多照看下？"

一旁的顾祁突然看过来，目光落在王洛桢身上。

陆盼盼连忙说："不用麻烦不用麻烦，你们也挺忙的。"

仲嘉月只当没听见陆盼盼的话，说道："师兄人很好的，他在学术上可比我厉害多了，有他帮忙你也放心啊。"

说完她又背对着王洛桢，朝陆盼盼眨眼睛。

陆盼盼："我……"

仲嘉月："要不你们加个微信？要是外出比赛遇到什么问题也能及时联系啊。"

一直沉默不语的王洛桢突然拿出手机，放在桌上："嗯。"

话都说到这份儿上了，人家医生也主动把手机拿出来了，陆盼盼只好也拿出手机准备去扫王洛桢的微信二维码，同时还不忘瞪仲嘉月一眼。

仲嘉月只是促狭地笑。

就在陆盼盼走到桌边时，床上的肖泽凯突然惨叫一声。

陆盼盼立刻回头："怎么了？"

肖泽凯捂着小腿，一脸不可置信地看着顾祁。

顾祁再次面无表情地说："他腿疼。"

陆盼盼着急了，再顾不上什么加微信的事情，立马着急地叫仲嘉月去看看肖泽凯。

"你不是摔了膝盖吗？"陆盼盼问，"怎么捂着小腿？"

肖泽凯："我……"

他再次看向顾祁。顾祁面不改色，冷漠地、毫不关心地直视前方。

仲嘉月检查了肖泽凯的膝盖，要他去拍片子，于是陆盼盼和顾祁便带着他去拍片室。

顾盼盼刚出门仲嘉月就追了出来，挽着她的手。

"我跟你说啊，我这师兄以前可是我们学校的风云人物，学习好、样貌好，喜欢他的女生可多了。重点是，他这次过来交流一年。肥水不流外人田啊！"

陆盼盼看到走在前面的顾祁明显脚步一顿。

"哦……"陆盼盼说，"嘉月，我知道你的好意，但是我最近真的没有那方面的意思。"

仲嘉月看着陆盼盼的眼睛："认真的？"

陆盼盼没有跟仲嘉月对视："嗯。"

仲嘉月又问："真的不谈恋爱啊？"

陆盼盼："嗯。"

仲嘉月泄了气，恹恹地说："太可惜了，本来我想着你们的职业多合适啊，而且其他条件也合适，他刚好比你大三岁，还想着撮合一下你们。你不是说过喜欢斯文的嘛，你看人家多斯文，他……"

"你别说了！"陆盼盼脱口而出，然后发觉自己语气有点儿重，又小声说，"我学生还在呢。"

仲嘉月看了前面的顾祁和肖泽凯一眼，立刻噤声。

趁仲嘉月和陆盼盼不注意的时候，肖泽凯瞪大眼睛，低声问："你刚刚拔我腿毛干吗？"

顾祁冷淡地说："看着不爽。"

肖泽凯：我的腿毛哪儿招你惹你了？

忙了一上午，陆盼盼带着肖泽凯和罗维走出了医院。

罗维还好，问题不大。肖泽凯却需要休息一段时间，这次比赛他肯定是不能参加了。

陆盼盼生气归生气，但事已至此，也不能改变现实，只能要求他们平时一定要小心。

他们在门口等车时，仲嘉月换了一身常服走出来，看见陆盼盼还在，兴奋地跑了过来。

"你还在啊？"仲嘉月把陆盼盼拉到一边，声音却不小，"我跟你说，我师兄以前可是我们医学院的高岭之花，现在到了医院也是女医生、女护士的芳心狙击手，你说……"

"嘉月！"陆盼盼这次是真的有点儿生气了，"我刚刚不是跟你说了吗，我真的没有谈恋爱的打算。"

仲嘉月顿了顿，抱歉地说：“不好意思啊，主要是刚刚师兄他主动找我要你微信号了，我瞧着他可能是对你有意思，所以我才比较兴奋。”

仲嘉月说完，陆盼盼下意识地打开微信看，果然有一个好友申请。

仲嘉月冷静下来，又说：“不过我也只是瞎猜，多少女人前赴后继都没搞定他，他哪是那么容易就找人要微信号的？估计是我刚刚在医院拜托他帮忙，他心里记着这件事，所以才来要你微信号的。”

她这话倒是在理。

王洛桢年纪轻轻，身高腿长，五官清秀，却自带一股高冷禁欲的气质，再一穿白大褂，不知道迷倒多少女生，所以人家加个微信可能就真的只是应了仲嘉月的请求而已。

“嗯，我知道了。”陆盼盼接受了好友申请，“谢谢你啊，嘉月。”

“我们俩不说这些。”仲嘉月准备去停车场了，临走前对陆盼盼说，“我下周就去上海了，走之前咱们聚个餐！”

出租车来了。

陆盼盼站在路边，看向一旁的顾祁。

他临街站着，眼里有一丝若有若无的烦躁。

陆盼盼不知道自己是不是看错了。

顾祁最后一个上车，车门被重重关上。

陆盼盼沉默地坐在车上，心情莫名地有些烦躁。

她一路上没说话，看着窗外。

肖泽凯憋了半天，说道：“盼盼姐，你别生气了，我知道错了，以后真的不乱吃东西了，我……”

“没事儿。”陆盼盼打断他，“我没生你的气。”

顾祁忽然抬头，从后视镜里看了陆盼盼一眼。

肖泽凯向来是个直肠子，想到什么就说什么：“你在气什么啊？”

“我……”陆盼盼本来想说“谁告诉你我在生气了”，可是转念一想，又觉得自己好像确实挺不开心的。

“没什么。”陆盼盼说，“到学校了，小心点儿下车。”

陆盼盼这次坐在最左边，所以是最后一个下车的。

肖泽凯和罗维互相搀扶着走。

陆盼盼看见顾祁站在车旁，睇了她一眼。

明明只是轻飘飘的一眼，陆盼盼却觉得他传递了些什么，而且是不能展露在别人面前的意思。

陆盼盼犹豫片刻，然后下了车。

她埋着头往前走，而后被人拉住手。

“我都没生气，你生什么气？”

陆盼盼想甩开他的手，却甩不动，动作又不敢太大，只能转身面对他挡住双手，不让罗维和肖泽凯看见。

“谁告诉你我生气了？”

“是吗？”顾祁挑眉笑了笑，“那你在车上一句话都不说。”

“你不也没说话吗？”陆盼盼抬着头也只到他的下巴，感觉自己气势不足，就加重了语气，“你上车还摔门，你还说你没生气？”

“哦……”顾祁把尾音拉长，突然弯腰，凑近陆盼盼，呼吸近在咫尺，“你也看出来我生气了啊。”

陆盼盼没说话。

“那你呢？气什么呢？”

陆盼盼看着他的双眼，呼吸越来越急促。

她气什么呢？她不知道。

准确来说，她不生气，只是有些烦躁，表现在脸上就成了生气。

可是她也不知道自己在烦躁什么。

“走了。”陆盼盼趁顾祁不注意，甩开他的手，转身疾步走开。

没想到顾祁不拉她了，而是迈腿挡在了陆盼盼面前。

“行，那我问你另一个问题。”顾祁弯腰，“你是不想谈恋爱，还是不想跟他谈恋爱？”

陆盼盼知道他这句话的潜台词是什么，所以感觉自己的脸有些发烫。

她长这么大，遇到过不少追求者，从没有像顾祁这样直接又厚脸皮的。

可是她发现，自己怎么也没法儿把那句“不想谈恋爱”说出口。

沉默两秒，陆盼盼感觉自己心跳越来越快：“要你管。”

是夜，陆盼盼回家洗了澡躺床上打开手机，王洛桢的对话框就在前几排。

她好奇地点开这个人的朋友圈，里面的内容非常单一，全是分享的医疗新闻，完全没有任何生活信息。

陆盼盼左思右想都觉得不对：王洛桢是仲嘉月的师兄，那么应该比自己大几岁，他们也不可能是同学或者校友什么的，所以她对他那种莫名的熟悉感到底是哪儿来的？

当然，陆盼盼也不可能主动去问人家“我对你感觉很熟悉，我们是不是在哪儿见过”。

接下来好几天，王洛桢没主动联系过她，所以她也就不在意这件事了。

十月中旬，全国大学生排球联赛南方赛区第一轮循环赛在这个市区迎来第一战。

罗维的伤倒是不严重，早就恢复好了。

今天早上十点开始比赛，他却七点就到了排球馆，比平时还要早一点儿。

陆盼盼一早到球馆布置赛场，看到罗维一个人在垫球，心情有点儿复杂。

陆盼盼原本嘱咐过他赛前好好休息，他也不是个非要在这种时候表现的人。

只能说明，他太紧张了，睡不着。

陆盼盼走到他身后，问道："你怎么这么早来了？"

罗维放下球，支支吾吾地说："我……我没什么事，就过来了。"

陆盼盼问："你紧张？"

罗维本来想否认，可是一看到陆盼盼的眼睛，就没了说谎的底气："是。"

陆盼盼朝他抬抬下巴，示意他跟她去旁边的椅子上坐。

"虽然我不允许大家轻敌，但是理工大学的实力确实还没到让你这么紧张的程度，你自信一点儿。"

罗维坐在椅子上，双腿叉开，垂着头："你不明白，理工大学校队的那个队长……"

陆盼盼："怎么了？"

罗维挣扎了一下，还是说了出来："郭齐磊跟我是一个高中的，体训的时候我们还是同一个老师的学生。"

陆盼盼有些明白了："你怕在他面前丢脸？"

"是一部分原因吧……"罗维说，"还有就是……高中的时候，唉，我跟他就有过节儿。"

陆盼盼："什么过节儿？"

罗维抬起头，面色涨红："我女朋友有很多人追的，郭齐磊就是其中一个。他家里有钱，老师都不敢把他怎么样，所以追我女朋友追得很高调，学校里几乎都知道。谁知道我女朋友被我默不作声地追到手了，所以就……反正那会儿他看我很不顺眼，经常找碴儿，我都忍了。直到后来有一次，我听见他们一群人在厕所说我是屌丝逆袭。"

罗维自己也羞于说出口，但是已经打开了话匣子，他不可能吞下去。

“我当时气不过，跟他们打了一架，但是他们人多势众，把我打得回家躺了好几天。我爸妈都闹到学校去了，可是他家里有钱，学校也奈何不了他。那次事情之后，他反而变本加厉，我也不知道他说了我什么，反正那时候学校里的人看我的眼神都不一样了。”

陆盼盼一开始是无语，现在却很心疼罗维。

但她不知道该说什么，只能温柔地拍拍罗维的肩膀。

“我最难过的是，那次打架，虽然他有那么多兄弟，但我班里的同学也在厕所，却没有人敢帮我；后来学校里的人都说我什么屌丝泡女神，班里也没同学帮我说话。”

“所以你害怕这次比赛会输给他？”陆盼盼看着罗维，说道，“你觉得丢脸？”

罗维点头。

陆盼盼：“我理解你的感受，也知道你紧张，不过你也要明白，他曾经再嚣张，如今你们也是在同一高度，他从来没有比你强，包括理工大学校队的整体实力也不如允和。你自信一点儿，咱们这几个月的辛苦训练不是闹着玩的。你与其在这儿紧张，还不如把心思放在比赛上，到时候好好赢他一把，怎么样？”

罗维没说好，也没说不好。

陆盼盼不再多劝，干自己的活儿去了。

九点钟，理工大学的人来了。

陆盼盼去接他们进来，一眼看见一个高个子男生，染了黄色头发，戴队长袖标，球服上写着他的名字：郭齐磊。

走进球馆，郭齐磊站在陆盼盼身边啧了一声。

“你们这球馆是古董吗？挺有历史价值的。”

罗维走过来就听到了这么一句话，脸色当时就变了。

郭齐磊把手插在裤袋里，吊儿郎当地说：“哟，这不是我们罗队长嘛，咱们两年没见了吧。挺精神的，最近在哪儿玩呢？”

陆盼盼皱了皱眉。

这郭齐磊，年龄不大，说话却一股老油条味儿。

罗维没理他，把几张表给理工大学的教练后就走了。

半个小时后，所有教练、裁判以及替补都入座，两方球员在各自热身。

施佑灵也抽空来了，身后还跟着几个女生。

这种比赛本就没什么观众，现场位置随便坐，陆盼盼身旁就坐着施佑灵和受了伤的肖泽凯。

“今天顾祁没来？”施佑灵问，“他不上场？”

陆盼盼说：“他今天有课，不上场，写在替补名单里了。”

施佑灵笑了笑，回头朝身后的女生们摊手：“这可不怪我啊，他今天有课，不参加比赛。”

那几个女生立刻提起包走了。

陆盼盼有些莫名其妙：“她们是你带来的？”

“她们听说今天有比赛，自己要来的。”施佑灵说，“结果听说顾祁不来，都走了。”

陆盼盼知道施佑灵也是经济类专业的学生，和顾祁是一个二级学院的。

比赛还没开始，现场裁判和教练都不停地走动。

“他这么受欢迎吗？”

陆盼盼这句话像是在问施佑灵，又像是在自言自语。

施佑灵重重地点头：“这还用问吗？”

陆盼盼：“哦……”

哨音一响，比赛开始了。

陆盼盼紧张地看着现场，双膝上放着电脑，精确地记录对方的扣球路线。

第一局结束后，陆盼盼就轻松了许多。

不出她所料：允和大学这几个月高强度训练的成效是很明显的，打理工大学这种队伍跟平时打对抗赛没什么区别，第一局就以十分的优势赢了。

这是允和大学新生后的第一次比赛，这种大比分胜利无疑让他们士气高涨，连替补席的肖泽凯都激动地吼了起来。

可是第二局开始，陆盼盼就发现事情不对。

郭齐磊输了第一局后，大概是明白了两方的差距，知道赢不了，心态崩了，也不注重战术，只要球到他手上他就针对罗维，次次都故意朝罗维暴力扣球。

好几次罗维都招架不住，整个人被冲击得摔倒在地。

连沈周初和霍豆他们都看不下去了，几次差点儿和对方起冲突，被单旭阳拦了下来。

陆盼盼最烦在赛场上遇到这种带着私人感情打球的人，关键人家也没犯规。

没人说过我不能针对你扣球。一张网在那儿隔着，我都没接触到你，你也不能说我故意把你怎么样。

陆盼盼看得又窝火又无奈，连顾祁什么时候来的都不知道。

顾祁走到肖泽凯身边，给他使了个眼色。

肖泽凯没领悟到，烦躁地挥手推开顾祁："别妨碍我看比赛！"

顾祁只得坐到后排。

第二局快到局点了，郭齐磊又一次暴力发球，正好罗维在一传，一个球接回去手臂都发麻。

陆盼盼看得生气，啪地合上了电脑，这种打法根本没有记录的必要。

后排的顾祁原本视线在陆盼盼身上，看到她这个动作，这才轻飘飘地看了赛场一眼。

随即，他慢慢坐直，目光如炬，盯在了郭齐磊身上。

第二局结束，允和依然大比分赢了，却没有人高兴。

陆盼盼离开观众席，去找吴禄。

“吴教练，这样下去可不行。”陆盼盼说，“对方这个打法，有意思吗？”

吴禄看了对面一眼，很明显，对方教练正在骂郭齐磊，但好像没有要换人的意思。

吴禄琢磨了一下，说道：“对方应该没有什么拿得出手的主攻手，所以那个队长肯定不会下。”

他又看了看罗维，说：“要不问问罗维下不下？”

吴禄确实是个优柔寡断的人，一般来说，这种时候不应该去问队员下不下。

可是陆盼盼想到比赛前罗维跟她说的话，基本可以断定，他今天就算是受伤也不会下场。

不然他自尊心可能得崩掉。

陆盼盼没说什么，又回到了观众席。

她看了一圈，发现顾祁穿了一身球衣，在一旁热身。

他活动着手腕，看着场上。他手上的动作漫不经心，眼神却有一股很强势的攻击性。

陆盼盼问肖泽凯：“顾祁什么时候来的？”

肖泽凯说：“刚刚啊，应该是下课就过来了。”

第三局开始，陆盼盼的视线重新回到赛场。

虽然说明眼人都看得出来这场比赛允和赢定了，但是现场几乎没有什么雀跃的气氛。

毕竟来的观众都是允和的学生，看到这样的情况心里有气，甚至在理工大学输球的时候开始喝倒彩。

允和的学生心里最直接的想法导致他们做出这样的行为，却更加刺激了郭齐磊。

第三局进行几分钟，罗维一传，直接把球击过网，他还没有走位结束郭齐磊就把球对准他扣了过来，直接打在他的脸上。

罗维当时就倒地，鼻血唰唰地流出来。

全场气氛一下子炸了。

霍豆、沈周初这些脾气大的人直接冲上去要干架，被单旭阳死死拦住。

但人拦得住，大家的愤怒拦不住，场上一时间剑拔弩张，要是单旭阳一会儿拦不住人，估计就真要打起来了。

重点是，连向来好脾气的吴禄都生气了。

你可以赢他的学生，但你不能故意伤害他的学生，这是他的底线。

吴禄扶着罗维下场，叫人送他去校医院，回头怒气冲冲地看着理工大的人。

理工大的教练自知不好意思，训了郭齐磊后，想来跟吴禄道个歉。

但是比赛暂停时间有限，裁判已经在催了。

吴禄不搭理对方递过来的眼神，扯了扯领子，转身朝顾祁扬手："顾祁，上！"

顾祁拧了拧脖子，迈步走上赛场。

其他人看到吴禄换人，突然安静了下来，不那么暴躁，冷静地走到自己的位置上。

当顾祁站到罗维的位置那一刻，全场的氛围发生了一种莫名的改变。

理工大学的人感受得到，却说不出来，只觉得有一股强烈的攻击性扑面而来。

肖泽凯坐在陆盼盼身旁，不知不觉拉住了陆盼盼的手臂。

"盼盼姐，我怎么有一种不祥的预感啊？"

陆盼盼回想起那一次在龙虾馆遇到顾祁，他把庆阳队长摁在墙壁上放狠话："再打扰我吃饭我就把你的头拧下来一个高起跳发球打出去，你信不信？"

有这个前情，陆盼盼还真怕他当真在球场上搞出什么刑事案件。

"顾祁！"陆盼盼突然站起来，朝球场喊道。

球场上安静了一瞬。

顾祁拿着球，看向陆盼盼。

陆盼盼很着急，又不知道怎么说，只能朝他摇摇头。

单旭阳他们都莫名地看着陆盼盼。

只有顾祁，右手握拳，轻轻捶了一下左胸。

虽然他没说什么，但是陆盼盼心安了。

她坐下来，深吸一口气，紧紧盯着顾祁。

顾祁站到他的位置，半弯下腰，目光锐利地看着对方。

郭齐磊站在发球位，注意到了允和替换上来的主攻手。

心里莫名地有些没底，他慢慢地运球，一直没有发球。

对方明明什么都没有说，可郭齐磊就觉得那人是来报仇的，而且来势汹汹。

气场是一种很奇妙的东西，对方散发出来的攻击性，让郭齐磊这个常年跋扈惯了的人有点儿心虚。

就像平时打架，不管对方再高再奘，他都没在怕的。可有时候遇到一些人，光一个眼神他就知道惹不得。

郭齐磊呼吸有些不稳，他迟迟没有发球，直到队员催他，他才反应过来时限马上就到了。

于是他慌忙地抛起球，跳起发球。

竟然没有过网。

全队都一脸蒙地看着他。

郭齐磊什么都没说，黑着脸走到一边，却看到对面的顾祁笑了一下，好像在说“什么玩意儿，会不会打球？不会打球就回家弹弹珠”似的。

郭齐磊心里蹿起一股无名的火，回到自己的位置时还撞开了挡在他面前的队友。

轮到允和发球。

顾祁拿着球走到发球位，也慢吞吞地运球。

郭齐磊站在后排位置，死死地盯着顾祁。

他看见顾祁抛起球，高起跳，手臂挥起，力量十足。

郭齐磊瞄准了位置，在顾祁的手掌碰到球的那一刻就扑了出去，准备接住这个球。

谁知顾祁气势做得足，却只是平稳地把球击了出去。

但郭齐磊可是铆足了力气冲出去的。

他就眼睁睁看着球在距自己很远的地方开始下降，而自己惯性太大，刹不住车，倒在地上滚了一圈，直扑向观众席。

球场里顿时爆发出一阵笑声。

郭齐磊立即站起来，回到场内，发现连队友都一言难尽地看着他。

要不是他刚刚莫名其妙的冲劲，这球怎么也不可能变成死球啊！

郭齐磊回到自己的位置，看着顾祁，眼里迸出的光像刀子似的。可顾祁却好像没看到他，拿着球走向发球位，还跟队友说笑。

郭齐磊的呼吸越来越粗重，紧紧握着的双手都在发抖。

顾祁这次依然跳发球，但连假动作都懒得做了，再次发了一个不太重的球。

郭齐磊学聪明了，见到球过来，大喝一声，在二传接球后冲上去用尽全身力气把球扣回去。

这个球在空中高速转动，冲击力极强，直奔顾祁而去。

有那么一两秒的时间，顾祁站在自己的位置上，看着球不动。

当球冲向顾祁时，他只微微一侧身，所有人就眼睁睁地看着这个球出界落地。

全场静了一秒，然后爆发出一阵笑声。

顾祁回头看了单旭阳一眼，平时不苟言笑的单旭阳都摊了摊手。

就这么一来一回好几次，顾祁把郭齐磊当作猴子一样耍了好几轮。

明明是一场严肃的比赛，硬是充满了欢乐的气氛。

当然，除了理工大学的人。

郭齐磊已经愤怒到了极点，面红耳赤，脖子上青筋都在抖似的，不管不顾地就要冲上去打人。

到这份儿上了，允和的球员也只是一群年轻气盛的男孩儿，打架谁怕谁，也立刻围了上去。

眼看着双方就要在网前发生肢体冲突了，观众席坐得比较近的人都拥上去想要拉架。

陆盼盼和施佑灵以及一瘸一拐的肖泽凯也冲了出去。

只有顾祁慢悠悠地抱着球走到发球位，漫不经心地运球。

就在这时，吴禄在场边大喊："你们干什么呢？给我回去！"

大家看了吴禄一眼，一时间竟不知道他呵斥的是想要拉架的人还是要打架的人。

吴禄又说："还打不打球了？你们当是玩儿呢？！这是比赛！你们有没有当作是比赛？这不是平时队内训练！给我好好打！"

一瞬间，理工大的教练呼吸到的空气都有点儿尴尬。

他不知道吴禄这是在教训允和的人还是羞辱他的人，反正他只能上去把自己的球员骂一顿。

几分钟后，这场冲突被平息下来。

允和的人只能把怒气吞下，理工大学的人心情也好不到哪儿去。

不过理工大的人气的是郭齐磊这个人。

这人平时在球队横行霸道惯了，出来比赛还这么横，以为天上地下他最大，结果遇到个比他更横的，输球又输人。

要不是他，理工大学哪至于输得这么难看？

观众席上的陆盼盼却是真的想笑又不敢笑。

她自然不希望顾祁真的以暴制暴，去把人打一顿。但她也不是圣人，看到罗维被欺负，也很心疼。

只是她没想到顾祁用了这么个方法报复回去。

什么叫杀人不见血？这就是。

这么一来，郭齐磊沦为笑柄，理工大学的人更是实力大减。

理工大学的教练也不管其他的，直接把郭齐磊换下场。

反正这场比赛输定了，与其让郭齐磊继续丢人，他还不如随便换个一年级的去完成这场比赛。

陆盼盼看着郭齐磊极其愤怒地下场，一脚踢飞椅子，看也不看教练就往外走。

陆盼盼叫岳从嘉出去看看。

毕竟他们是主场，她可不想对方球员因为想不开，在允和大学干出点儿什么惊天动地的大事。

岳从嘉很快回来了，在陆盼盼耳边说："那个黄毛在外面抽烟呢，没事儿。"

陆盼盼点点头，继续看比赛。

比分很快拉到了二十四比十三，允和已经拿到赛点，沈周初最后一球得分，比赛结束。

比赛结束都有双方队员握手的环节，但现在理工大的人不好意思来，允和的人也不愿意去。

理工大的教练也别别扭扭的，既丢了人又输了球，没好意思多待，敷衍地问了句罗维怎么样了，吴禄说情况还好，他就马不停蹄地溜了。

赛后，球馆里很安静。

吴禄也不知道怎么总结这场比赛，憋了半天说了句"还可以"就走了。

球馆里只剩下陆盼盼和施佑灵以及球员，大家终于忍不住放声大笑。

罗维这时从校医院回来了，正好碰见大家凑在一起笑，莫名地问："怎么了？"

霍豆搂着罗维的肩膀，说："没什么，我们在说今天顾祁怎么护短的。他可见不得你受欺负。"

罗维感动地看着顾祁，顾祁却沉着脸说："别说得这么奇奇怪怪的。"

总而言之，允和大学今年联赛第一场比赛，以谁都没有想到的方式赢了，而且是以大比分赢了。

而且这场比赛也没什么好复盘的，陆盼盼简单说了两句就让大家回去休息，然后自己去办公室放电脑。

她再下来时人已经走得差不多了，只有顾祁坐在椅子上看着手机。

午间的光从大门投进来，正好照在他身上。

他的脖子上还有未干的汗水，在阳光下很显眼。

陆盼盼这才注意到，顾祁的脸很白，身上的皮肤却不算白。

健康的肤色和流畅有力的肌肉线条，以及半干未干的汗渍，竟让人看得一阵脸红心跳。

恰巧这时顾祁抬头看向陆盼盼，陆盼盼心里一慌，连忙埋着头往前走假装没看到他。

顾祁追了上来："你走这么快干吗？"

"嗯？"陆盼盼有一种做了坏事的心虚感，"我去吃饭啊。"

陆盼盼又走了几步："你怎么还在这儿？"

顾祁："等你啊。"

陆盼盼的脚步更快，手指在背后绞动。

她没说话，也没表示什么，只是往外走。

两个人走到球馆外的小路上。

陆盼盼感觉自己总有一股莫名的紧张感，于是找话说：“今天的比赛，你感觉怎么样？”

顾祁：“你要听我的真实想法吗？”

陆盼盼：“当然了。”

顾祁：“如果不是你在比赛前叫了我一声，我真不能保证我不会打得他怀疑人生。”

陆盼盼轻笑：“那说明你还是很理智。”

顾祁望着天，似笑非笑地说：“也不是所有时候都理智。”

陆盼盼看向他，在他即将转过头来时又移开了目光。

陆盼盼：“比赛结果固然重要，但是球品也很重要。”

顾祁：“嗯。”

陆盼盼：“虽然那个郭齐磊很没品，但是咱们没必要跟他一样。”

顾祁：“嗯。”

陆盼盼：“输了要服输，赢了更要尊重对手。”

顾祁：“嗯。”

陆盼盼：“但是郭齐磊这种人，也要给他点儿教训，不然他真以为打球是打群架呢。”

顾祁：“嗯。”

陆盼盼：“不过在场上你还是要有自己的衡量，什么事该做什么事不该做，不一定要全听我的，我也不是每次都判断准确。”

顾祁：“嗯。”

陆盼盼顿了一下，说：“你到底有没有在听我说话？”

顾祁笑道：“当然在听。”

他停下来，低头看着陆盼盼：“你说，什么事该做什么事不该做，不一定要全听你的，你也不是每次都判断准确。”

他好像话里有话，语气也不太正经。

陆盼盼的脸慢腾腾地热了："我跟你说比赛。"

顾祁："对啊，我在说比赛，不然你以为呢？"

陆盼盼没接话，快步朝前走去。顾祁笑着跟上："你去哪儿啊？"

陆盼盼："吃午饭。"

顾祁："食堂？"

陆盼盼："对啊。"

顾祁："一起啊。"

陆盼盼没说话，走得很快。

顾祁跟在她身后，两人的影子拉得很长，始终隔着一段距离。

顾祁慢慢靠近，在影子交织在一起的那一刻，陆盼盼好像感觉到了什么，突然回头。顾祁由于惯性朝前，两人一下子离得很近，连对方的呼吸都感觉得到。

夏天的余热还未消尽，空气里还夹杂着躁动。

顾祁："怎么了？"

陆盼盼退了一步，转身朝前走："没什么。"

她看似平静无波，手里的包却掉在地上。

这是一个没有拉链的包，里面的钥匙、手机、粉饼全都掉了出来，还有一个黑色的手电筒。

两人都愣了愣。

陆盼盼立刻把包捡起来，将掉出来的东西胡乱地塞进去，拍了拍沾灰的包，然后继续朝前走。

后面的人却突然伸手把包拿走。

"看着挺重的，我帮你拿吧。"

陆盼盼反应过来时，包已经在他手上了。

"不用了。"陆盼盼说，"不重。"

顾祁："那为什么掉地上了？"

陆盼盼的心跳陡然一快，她伸手把包夺过来："手滑。"

“这样啊……”顾祁还是跟在她身后，却贴得很近，朝前微微弯腰，凑在她耳边说，“我手不滑，你要不考虑一下让我当你的拎包专业户？”

陆盼盼顿住脚步，紧紧握着包带。

身后的声音越发清晰。

“说简单点儿就是，你要不要再考虑一下，让我当你的男朋友？”

陆盼盼脑子里嗡嗡响着，不太清醒，不知道自己在想什么。

顾祁看着她的样子，有点儿后悔。

毕竟上次他这么说的时候，陆盼盼怀疑他脑子有问题。

于是顾祁立刻退后两步，严肃地说：“我高考六百四十几，脑子真的没问题。”

陆盼盼隐隐想笑，死死憋住，然后转身就走。

顾祁三两步跟上，在她耳边叨叨：“也没有什么不良嗜好。”

陆盼盼又加快了脚步。

“要不你说说我有什么缺点？”顾祁说，“看看有没有什么解决办法。”

陆盼盼只当没听见，一直朝前走。

但她认真地想了起来。

顾祁有什么缺点吗？好像没有，除了他们刚认识那会儿他性格有点儿怪异。但……

她转身看着顾祁。

顾祁就那么看着她，虽然嘴角带着笑，但眼睛里的紧张和期待毫不掩饰地溢出来。

陆盼盼张了张嘴，感觉自己无法回答顾祁的问题，胸口像被什么东西梗住了，一股感觉呼之欲出。

“顾祁，我……”

顾祁靠近一步：“什么？”

陆盼盼的手心发热，心口有些慌，像刚刚跑完两千米的感觉。

她低下头，自言自语般说道："你比我小五岁。"

换而言之，我比你大五岁。

五岁……要考虑的事情很多，我没办法像学生那样仅仅靠内心的冲动就开始一段恋情，我……

她考虑着怎么把这种想法说出来，一抬头，却看见顾祁眼里的亮光正在逐渐消失。

"盼盼姐！"

一个声音从远处传来，打破了双方僵持不下的气氛。

肖泽凯一瘸一拐地走过来，老远就在跟陆盼盼挥手。

陆盼盼退了一步，理了理头发，正色道："你怎么回来了？"

"我把手机忘在球馆了。"肖泽凯笑嘻嘻地勾着顾祁的肩膀："你怎么还在这儿磨蹭呢，还吃饭不吃饭啊？走啊，去外面小食堂。"

顾祁没理肖泽凯，看着陆盼盼。

陆盼盼垂着眼睛，没看顾祁。

"你们快去吃饭吧，中午好好休息。"

顾祁倏地甩开肖泽凯的手臂，脸色不太好。

"嘿！"肖泽凯委屈地看着顾祁，"你干吗呀？"

陆盼盼蹙眉："顾祁，你……"

"我知道了。"这句话是对陆盼盼说的，但是顾祁没看陆盼盼。

他转身拽着肖泽凯走："走不走？还吃不吃饭了？"

肖泽凯被他拖着往外面走："顾祁你神经病啊？别对我动手动脚的！"

当允和去理工大学客场作战时，郭齐磊没有出现，这场比赛允和赢得轻轻松松。

而后的分组赛中，允和分别对抗其他市区的两所大学，一输一赢，成功进入第二轮排位赛。

这个成绩对允和来说，已经多年没有见过。

他们在巅峰之后最好的成绩还是六年前的南方赛区第六名。

大家都很高兴，趁着排位赛开始前吵着要聚餐。

十几个人浩浩荡荡地往火锅店走去，亲热又闹腾，只有陆盼盼知道，其中有一个人不怎么高兴。

她看得出来，也体会得到。

这段时间顾祁明显不怎么在她面前刷脸了，每天准时来训练，结束后就回宿舍，一刻也不多待。

陆盼盼自然知道原因，但只要不影响球队整体，就随他吧。

毕竟她那天说的是事实。

顾祁比她小五岁，两人认识的时间也短，她不知道顾祁是一时冲动还是图个新鲜。她自己从小到大，因为外貌有过不少男生追求，但恋爱经验却少得可怜。因为她在感情方面从来都是一个慎之又慎的人，即便是大学时期非常优秀的研究生学长追求她，她也考虑了很长一段时间。

何况顾祁这个比她小五岁，认识不过几个月的人。

不知不觉，路边的树叶变得枯黄，夜晚的风不再闷热。

已经是深秋了。

许曼妍的腿已经恢复得差不多，虽然不能剧烈运动，但她可以丢掉拐杖走路了。

难得休假，又恰逢好天气，陆盼盼和许曼妍穿了新衣服出门溜达。

商业街熙熙攘攘，允和的许多学生都出来逛街，路边摆满了各种小摊。

陆盼盼和许曼妍慢吞吞地走着，买了不少小玩意儿，收获满满。

“去逛逛商场，买几件衣服，这几个月我都没怎么穿过裙子。”许曼妍说着就挽着陆盼盼往一旁的商场拐。

商场门口有地铁站，陆盼盼不经意瞟了一眼，就看见顾祁正坐着电梯缓缓上来。

他身旁站着一个女孩儿，扎了一个马尾辫，穿着白色毛衣和棕色小短裙，背着短裙同色系的双肩包。

她仰着头，正在跟顾祁说什么，顾祁笑着看她。

两人下了电梯，往马路对面走去。

陆盼盼这才发现，顾祁手里拿着一个粉色的行李箱。

这一带交通状况不算好，常常有电动车横冲直撞。

顾祁身边的女孩儿低头看手机不看路，眼看着一辆电动车冲了过来，顾祁一伸手就把她往自己身旁拉。

女孩儿吓了一跳，回头看着电动车，嘴里不知道说了句什么，顾祁严肃地看着她，她立即不说话了，噘着嘴。

顾祁笑了笑，带着她往斑马线走去。

这两分钟不到的时间，陆盼盼就这么一边看着他们一边往商场走，直到许曼妍拉着她拐弯，视线被墙壁隔断。

"有货了！"许曼妍站在彩妆柜台前，拿起一支"姨妈"色的口红，"你上次不是说想买买不到吗，不下手？"

陆盼盼盯着那支口红，试了一下，又放了回去："算了。"

"我也觉得不是很好看，而且太干了，这天气一冷起来肯定得干死。"

许曼妍又拉着陆盼盼去二楼女装区。

不到一个小时，许曼妍买了三条裙子、两件毛衣，而陆盼盼两手空空。

"你没喜欢的啊？"许曼妍说，"我看刚刚那条格子裙就挺适合你的，青春靓丽，到时候我再穿上我那件格子外套，咱俩穿姐妹装，成了。"

“走。”许曼妍又说，“去买。”

“算了。”陆盼盼说，“也不是很好看，而且太贵了。”

许曼妍撇撇嘴，跟着陆盼盼下楼。

电梯上，许曼妍戳了戳陆盼盼的手臂：“你今天怎么了？我怎么感觉你不太高兴啊？”

“有吗？”陆盼盼说，“可能只是累了。”

许曼妍沉默了一会儿，说：“我还不了解你吗？盼盼，你要是有什么心事一定要跟我说。”

陆盼盼张了张嘴，却什么都没说。

许曼妍也不多问。

她和陆盼盼相处这么多年，非常明白陆盼盼的性格。

虽然陆盼盼大多数时候都藏不住事，一有什么就跟她说了，但很多时候的小情绪，连陆盼盼自己都绕不过弯，只能默默在心里消化。过了许久，也许陆盼盼想起来了，才会云淡风轻地跟她提一提。

“那我们去吃饭吧。”许曼妍说，“今天周末，人多，早点儿去不挤。”

陆盼盼点点头，跟许曼妍出了商场。

步行街这边新开了一家烤鱼馆。

坐下后，许曼妍看了眼菜单，递给陆盼盼：“你来点儿。”

陆盼盼没接菜单，点了一杯冰可乐：“你点吧，我都行。”

许曼妍问了陆盼盼两句，随便点了一条香辣鱼，然后翻开手机，说：“我朋友最近去法国，我让她帮我带了两瓶香水，我送你一瓶。”

陆盼盼笑了笑：“好。”

“昨天看见楼下新开了一家美甲店，晚上去试试？”

“嗯，好。”

陆盼盼语气平淡，但许曼妍能听出她的情绪。

看到冰可乐被端来的那一刻，许曼妍突然想起什么。

“喂，你不是来例假吗，还喝冰的？”

陆盼盼愣了一下，把冰可乐推给了许曼妍。

十分钟后，烤鱼上来了。

陆盼盼吃了两口，烤鱼辣得她嗓子直冒烟：“怎么这么辣？”

许曼妍：“我刚刚问了你，你自己说吃辣点儿的。”

陆盼盼猛喝了一杯水，嘀咕道：“我有说过吗？”

“不行，太辣了。”陆盼盼说，“把你的水给我。”

不等许曼妍说话，她直接把水拿过来灌了几口，由于太急，被呛得弯腰猛咳。

“要不要紧啊？”许曼妍无奈地看着她，“你说你，真是……唉，我都不知道说你什么了。”

许曼妍塞了一张纸过来。陆盼盼不咳了，擦了擦嘴，正要抬头，就看见一双白色球鞋和一双小巧的棕色牛津鞋。

陆盼盼抬头，果然看见顾祁就在她面前，身旁还站着那个扎马尾辫的女生。

“你怎么了？”顾祁问。

“没什么。”陆盼盼笑着说，“刚刚被呛了一下。”

顾祁没说什么，往另一桌走去。

他身旁的女生看了陆盼盼一眼，然后紧跟着顾祁。

“等等我嘛！腿又没你长，你还总是走那么快。”

顾祁的脚步果然慢了下来，女生上前拉住他的手臂。

陆盼盼收回目光，伸筷子夹菜。

“喂！”许曼妍打开陆盼盼的手，“这是姜！”

陆盼盼：“哦。”

顾祁就坐在陆盼盼斜对面。

陆盼盼吃了两口菜，抬头看见顾祁拧开可乐瓶盖递给正在玩手机的女生。

女生头也不抬，顾祁直接把可乐放在她面前。

不知道过了多久，许曼妍吃饱喝足，陆盼盼却没吃什么东西。

“啧。”许曼妍说，“回去吧，我看你也没什么胃口。”

“好。”陆盼盼点头，拿起大包小包跟着许曼妍离开。

陆盼盼和许曼妍刚站起来，顾音就放下手机看着顾祁，挑了挑眉：“刚刚那个就是陆盼盼吧？”

顾祁看了她一眼，没说话，低头吃饭。

过了几秒，他说：“你怎么知道？”

顾音玩着自己的辫子，一副高傲的样子：“你吃个饭往那边看了十几眼。”

“哦。”顾祁埋头吃饭。

顾音又说：“你这样怎么追得到人嘛！你看看人家那么漂亮，肯定也不缺人追，你都不主动，她凭什么看上你？”

顾祁拿筷子的手顿了一下，他沉着脸说：“我主动过了。”

顾音愣了一下：“什么？”

顾祁没理她。

几秒后，顾音反应过来，立刻笑得捂肚子。

“我的天！顾祁！你居然被拒绝了！哈哈哈，我的天！哈哈哈。怎么样？感觉怎么样？被人拒绝的感觉好不好？哈哈哈，我回去一定要跟妈说。”

顾祁的脸色更黑了，他夹起一块肉就往她嘴里塞：“吃的都堵不住你的嘴吗？”

顾音：“嗯……”

陆盼盼和许曼妍走到门口结账时，陆盼盼一回头就看到这一幕。

她叹了口气，又无奈地笑了笑。

陆盼盼和许曼妍回到家里，还不到七点。

陆盼盼洗了澡，看了一会儿比赛视频，又把接下来排位赛要遇到的对手资料都拿出来看了一遍，却总觉得胸口闷闷的，做什么都没办法集中注意力。

许曼妍洗完澡出来，看见陆盼盼这样子，便说：“要不要去看电影啊？”

陆盼盼摇头：“今天有点儿累。”

“行。”许曼妍说，“那我去房间里打游戏，不吵你了。”

陆盼盼拿出手机，刷了一会儿微博，看了一会儿八卦，还是觉得浑身不得劲，甚至越发觉得胸闷。

正巧她看到一个丧丧的橘猫表情包，顺手就保存下来换成微信头像，然后回房间打开了电脑。

进入游戏小半个小时，陆盼盼四处走走，做了个日常任务，砍了几头牛，杀了几只鸡。

一切都索然无味。

就在陆盼盼准备下线时，好友列表突然闪了一下。

娇羞的大刀发来一个问号。

陆盼盼也回复了一个问号。

娇羞的大刀：稀客稀客。

霹雳盘盘：……

娇羞的大刀：距离你上一次上线，又过去了五个月。

霹雳盘盘：工作忙。

娇羞的大刀：今天周末，来打个团？

霹雳盘盘：不了，手生。

娇羞的大刀：那做个日常任务？

霹雳盘盘：我刚刚做了。

娇羞的大刀：我说夫妻任务，开宝箱的。

陆盼盼想了想，打了个“好”字。

大刀拉她开启了副本。

娇羞的大刀：你还用 YY（一款语音软件）吗？

霹雳盘盘：新电脑上面没有。

娇羞的大刀：下载一个？

陆盼盼正要说好，可心思一转，还是算了。

她跟大刀已经很久没有联系了，陌生了许多，开语音总觉得怪怪的。

霹雳盘盘：算了，懒得弄。

娇羞的大刀：好。

进入副本，两个人一边做任务一边闲聊。

娇羞的大刀：你现在在哪儿啊？还是 A 市吗？

霹雳盘盘：嗯，大学毕业后留下来了。

霹雳盘盘：你呢？我记得你之前就说考研，现在应该毕业了吧？

娇羞的大刀：去年毕业的，工作了。

霹雳盘盘：那你工作应该不忙吧？

娇羞的大刀：医生能轻松到哪里去？

聊到这里陆盼盼就没有再继续这个话题，她本来也不爱跟网友聊私人生活。

半个多小时后，任务完成。

陆盼盼伸了个懒腰，正要下线，大刀又发了消息过来。

娇羞的大刀：你养猫吗？

霹雳盘盘：不养啊，怎么了？

娇羞的大刀：没什么，买猫粮，问问。

霹雳盘盘：那你还是去问有经验的人吧。

娇羞的大刀：好。

由于睡得早，第二天陆盼盼不到六点就醒了。

她拿着全国大学生排球联赛委员会发出来的分组名单，仔细地看了一遍。

第一轮小组循环赛后，晋级的队伍合并为三组，在本次排位赛中，没有交手过的队伍循环比赛，决出每组前三名进入南方赛区十二强。

陆盼盼不知道该说幸运还是不幸运，总之，允和跟庆阳大学分到了F组。

吴禄到球馆后，第一件事也是看分组。

"这分组……"

"有点儿死亡分组的味道。"陆盼盼苦笑着说，"庆阳实力不容小觑；历州大学去年异军突起，今年肯定也不弱；南邮和南财倒是还好，但是上一轮我们已经交手了。而东体大是去年的冠军，目前我们肯定赢不了。所以要入围南方十二强，我们就必须在第一场对决中全胜，不然就要跟另外两组争最后一个名额。"

吴禄脸上的褶子都快凑到一起了："这分组真是……"

"没关系。"陆盼盼说，"慢慢来，就算今年我们没有进入南方十二强，进步也挺大了，明年继续加油。"

他们说话间，罗维来了。

他急匆匆地跑来看分组，反应跟吴禄一样："这……"

陆盼盼随手把名单贴在墙上："别想了，既来之则安之，去热身吧。"

不一会儿，全员到齐。

肖泽凯凑到顾祁身边想跟他说话，刚要开口就闻到一股味道。

"顾祁你衣服怎么这么香？"肖泽凯吸着鼻子，"女人的香水味儿吧？嘿嘿，你是不是……"

陆盼盼没听完，径直上楼。

她坐到办公桌后，仰头看着窗外。

昨天还晴空万里，太阳火辣辣的，今天就降温了，天阴沉沉的，甚至有下雨的趋势。

陆盼盼打开灯，闭了闭眼，满心的怅然若失无处排解。

一上午的训练过去，陆盼盼才从办公室出来，站在二楼走廊上。

大家还没走，吴禄还在训话。

“排位赛比赛强度大，你们平时要注意休息，训练结束后不要出去浪，也少吃点儿不干不净的东西。还有，谁要是被我在网吧捉住，两百个俯卧撑没有商量。”

大家稀稀拉拉地应了，吴禄才吹哨子解散。

陆盼盼等人都走完了才下来，和吴禄一起去职工食堂吃饭。

两人走得快，没一会儿就追上了前面的球队。

吴禄又朝他们吹哨子，大家纷纷回头，站在前方等着他们俩。

陆盼盼扫了一眼，顾祁不在队伍里。

“顾祁呢？”陆盼盼问，“他没跟你们一起？”

“哦，他说他有事，出去吃饭。”罗维说，“走了有一会儿了。”

陆盼盼没说话，却听见肖泽凯笑嘻嘻地说：“说不定是陪女朋友去了，昨天晚上我看见他跟一个漂亮女生在一起，又是拎包又是买奶茶的。”

“真的假的？他怎么突然有女朋友了？”

“人家有女朋友很奇怪吗？哈哈哈，没见到他来了以后咱们打比赛观众都多了？虽然全是女观众。”

肖泽凯一句话激起千层浪，大家七嘴八舌地问，没注意到一旁的陆盼盼脚步越来越慢。

她捂着肚子，拉了拉吴禄的袖子：“吴教练，我有点儿不舒服，先回办公室休息一下，你们去吃饭吧。”

吴禄：“怎么了？生病了？要不要去医院？”

“没关系，老毛病，生理痛。”陆盼盼说，“回去休息一会儿就好了。”

吴禄担忧地看着她：“要不要送你回去？”

陆盼盼摆摆手：“没那么严重。我先回去了。”

两人的对话终于把球员们的注意力从八卦中拉了回来。

罗维凑上前问："盼盼姐，你怎么了？生病了吗？"

"我有点儿不舒服，先回去休息。"

陆盼盼简单交代了几句，正准备走，小腹一阵绞痛，疼得她太阳穴都抽了两下。

这么多年的老毛病了，陆盼盼知道光靠热水是扛不过去的，于是回头说："一会儿你们吃完饭，帮我去药店买一盒止痛药吧。"

罗维点点头："我现在就去。"

罗维正要跑，肖泽凯一把拉住他："你现在去校医院多远啊，一来一回起码半个多小时。问问顾祁吧，他就在学校外面，那里药店多，叫他带一盒药回来。"

陆盼盼的脸色已经开始不好了，她摇摇头："不用了，晚一点儿也行的。"

但是那群人根本不听她的，肖泽凯已经拿出手机给顾祁打电话，罗维则扶着陆盼盼要送她回去。

回到办公室，陆盼盼给自己裹了一条小毛毯蜷缩在椅子上，罗维给她倒了一杯热水。

陆盼盼喝了一口，说道："麻烦你了，你去吃饭吧，我休息一会儿就行。"

毕竟是一男一女，罗维觉得自己留在这儿不太好，而且看陆盼盼的样子确实没有太大问题，于是给她打开空调就走了。

陆盼盼把头靠在膝盖上睡了一会儿。

迷迷糊糊中，她听到一阵脚步声。

紧接着，门被推开了。

陆盼盼猛地抬头，循着光看去，站在门口的却是罗维。

陆盼盼愣愣地看着他，嗓子里卡着话说不出来。

直到罗维把药放在她面前，她才说道："谢谢了啊。"

"怎么这么客气？"罗维端起水杯看了看，"水都凉了，我给你换一杯啊。"

罗维利索地换了一杯热水。陆盼盼拿了一颗药出来，正要塞进嘴里，门口突然传来一阵急促的脚步声。

陆盼盼和罗维都抬头望去。顾祁把外套拎在手里，气喘吁吁地走进来，看了陆盼盼一眼，随后目光落在桌上的那盒药上。

他把手背在身后，不满地看向罗维："不是叫我买药吗？"

罗维见顾祁脸色不太好，连忙解释："不是耍你啊，路上遇到了同学，人家包里有药呢，就给我了。"

顾祁低头看陆盼盼，把一盒药放在陆盼盼面前。

小小的一盒药，上面还有卡通画——儿童版。

"吃我这个。"

陆盼盼抬头看他："为什么是儿童版？"

顾祁："甜甜的。"

陆盼盼说不清自己心里是什么滋味，想拒绝他，话却堵在嗓子里说不出来。

顿了顿，她说："你给你女朋友也买儿童版的吗？"

罗维原本在调空调温度，听到陆盼盼的话，下意识回头看了一眼。

罗维总觉得这话他听着有点儿耳熟。

哦，对了，他女朋友也常常这么问：

"你带你那个什么干妹妹打游戏也这么好脾气吗？"

"这条土了吧唧的围巾好看？是你们班那个学习委员戴着好看吗？"

罗维条件反射地打了一个冷战，再去看顾祁，只见他低着头，也不知道在想什么，于是说了一句："不会啊。"

陆盼盼点了点头，神色平淡，就着一口水把药吞下。

“今天麻烦你们了，累了一上午，你们去吃午饭吧。”

见陆盼盼波澜不惊，罗维觉得自己肯定是想多了。

陆盼盼可能真的就是随口一问，怎么可能像他女朋友那样话里有话。

“嗯，那盼盼姐你好好休息啊。”

罗维往外走，还拉了顾祁一把。

顾祁突然抬头，满脸疑惑：“不是，我没女朋友，送什么儿童版？”

办公室里一下子安静了，大家都没说话。

陆盼盼怔怔地看着顾祁，张了张嘴，却什么都没说。

罗维在他们中间尴尬地站着。

这种氛围，换了肖泽凯可能感受不出来，但罗维可是再熟悉不过了。

他咳了一声，说：“我先去吃饭了啊。”

罗维转身要走，顾祁还站在陆盼盼面前，等着她的下句话。

陆盼盼小腹又一阵绞痛袭来，她皱了皱眉，双手捂着肚子，脸色正以肉眼可见的速度变白。

“你休息吧。”顾祁丢下这句话，走了出去。

陆盼盼再抬头时，办公室内已经没有其他人了。

空调外机呼呼地响着，学生集体下课，楼下也热闹了起来。

陆盼盼浑身放松下来，又喝了一大口热水，小腹的疼痛似乎有所减轻。

她仰着头，闭着眼，把办公椅的靠背调低躺了下来，心里憋成一团的闷气好像突然消散了。

时间不知不觉地过去，楼下的喧闹也渐渐消失。

顾祁就站在办公室门口，懒散地靠着墙壁，手机在手里翻转。

顾音的来电已经被挂掉三个了。

顾音又发来消息。

“你说有急事，半个小时就回来，现在多久了？

“你是不是死了？死了说一声我好通知妈。

“你知道天多冷吗？你知道我多么可怜吗？

“好，我一个人在这儿孤独地吃饭。

“好，顾祁，你完了。

“你完了，我跟你说。”

顾祁瞟了一眼，收起手机，大步迈进办公室。

陆盼盼半躺着坐在办公椅上，正盯着那盒止痛药发呆。

看见顾祁进来，陆盼盼一晃，手里的止痛药落地。她急忙要去捡，办公椅就被人转了一圈。下一秒，顾祁弯腰过来，双手撑在扶手上，把她圈了起来。

两人的距离近到再靠近就能感受到对方的呼吸。

陆盼盼一动不动，看着眼前的人。

顾祁没有说别的，开门见山：“这段时间我快烦死了。”

陆盼盼：“嗯？”

“我问过你，你觉得我哪里不好，我来想想解决办法。

“我觉得什么都能解决，就算你说我长得不够好看，我去整个容也不是不行。

“可是你偏偏说我小你五岁，我能怎么办？叫我妈把我塞回去提前五年生出来？”

顾祁一句接一句，陆盼盼根本没有说话的机会。

“但是刚刚，我想通了。

“晚出生五年，不是我的问题，也不是我妈的问题，是你的问题。”

也许是常年运动的原因，顾祁的肩膀很宽，挡在陆盼盼面前，让她眼里看不见其他东西。

少年又靠近了一点儿，身上有淡淡的汗味。

陆盼盼抓紧外套下摆，胸腔里那种胀胀的感觉又卷土重来，却和刚刚不一样。

那种感觉冲破胸腔直奔大脑，导致她浑身的细胞都酥酥麻麻的。

“为什么是我的问题？”陆盼盼的声音很小，否则顾祁会发现她的声音有点儿不稳。

“就是你的问题。”顾祁无奈地说，“否则你告诉我，我就是二十岁又怎么了？那些比你大的男人能做到的，有什么是我做不到的？”

陆盼盼低下头，看着自己的衣服。

“你看着我。”顾祁抬起陆盼盼的下巴，“你说，有什么是我做不到的？”

陆盼盼别开头，躲开了顾祁的手。

她沉默片刻，伸手抵着顾祁的胸口，把他推开。

陆盼盼那点儿力气跟顾祁的比起来像是闹着玩儿似的，她根本推不动他：“你先放开我。”

顾祁好像没听到她说的话似的：“你先说。给我一个让我心服口服的理由。”

“你让我好好考虑一下好吗？”

“这还能考虑？怎么，难道你还要回去百度一下？你……等等，你说什么？”

顾祁双眼倏地一亮，没再说话。

陆盼盼这下再伸手，已经能够轻而易举地推开他。

“我说，你让我考虑一下。”她抬眼看着顾祁，见对方好像不相信她说的话似的，又补充道，“我会很认真考虑的。”

对面的少年还是不说话。

陆盼盼说：“你也认真一点儿。”

“嗯。”他说，“我一直很认真。”

外面果然下起了小雨。

深秋的雨已经有了冬天的缠绵劲儿，说小不小，但总是断断续续。

顾音在屋檐下等得脸都黑了。

她握着一把大红色的淑女伞，直直地看着淋着雨双手插兜慢悠悠地走过来的顾祁。

在顾祁离她还有不到两米时，顾音手腕一用力，淑女伞在她手里像一把剑似的，径直朝顾祁刺去——动作干净利落，毫不拖泥带水。

幸好顾祁反应快，一侧身躲过了顾音的攻击，顺便还捉住了她的手腕。

“你发什么疯？这东西在你手里能要人命的，想谋杀亲哥？”

顾音挣扎不过他，周围又人来人往的，这画面不太好看。

于是顾音顺势丢了伞，嘴巴一噘，委屈巴巴地看着顾祁，柔柔弱弱地说：“我知道了，你不欢迎我。我回家吧，回到那个冷冰冰的大房子里，每天以泪洗面，反正也没有人关心我。”

顾祁转身往前走：“随你。”

顾音捡起伞巴巴地跟上去：“哥，哥哥，好哥哥，你刚刚是不是回去找嫂子了？你跟她说什么了？”

顾祁被这一声“嫂子”取悦，放慢了脚步，让顾音能够跟上他，顺便把刚刚跟陆盼盼说的话告诉了顾音。

顾音听得目瞪口呆。

“顾祁，你没毛病吧？你真这么说的？”

顾祁哼哼两声：“怎么了？”

“女孩子不是这么追的！谁要是这么跟我说，我亮剑取他的狗命！”

顾祁停下，回头看着顾音，嘴角上扬，眉眼尽是愉悦：“她说她会认真考虑。”

顾音再次目瞪口呆："你们成年人都好这一口啊？"

顾祁大步朝前走去，顾音蹦蹦跳跳地跟在他身后。

"你再跟我说说呗，详细一点儿，她有没有说你有什么缺点吗？再说说嘛，哥哥。"

陆盼盼下班时，雨已经停了。

路是湿的，行人也少了不少，陆盼盼一个人走在林荫大道上，踩着湿漉漉的落叶，走得小心翼翼。

半道上突然蹿出一个人，笑眯眯地朝陆盼盼走来。

直到顾音走到面前，陆盼盼才发觉她的五官跟顾祁还挺像的——如出一辙的眉眼，高挺的鼻梁，白皙的皮肤。

陆盼盼下意识也朝她笑："你找我有事？"

顾音说："姐姐，你知道十四教学楼怎么走吗？"

陆盼盼说："有点儿远。"她又看四周，"你哥哥呢？"

顾音低头摸了摸自己的脸，嘀咕道："有这么像吗？"

她再抬起头，又笑得明朗："我哥还没下课，也不回我消息，这个学校太大了，我迷路了。"

陆盼盼指着她身后，说："十四教学楼就沿着这条林荫大道走过去，顺着湖右转，再上坡，穿过学生宿舍，后面就是了。"

顾音迷茫地眨了眨眼睛。

陆盼盼："我带你去吧。"

顾音丝毫不掩饰自己得逞的笑容："好啊好啊。"

陆盼盼看得出来这个小姑娘是什么心思，估计想找机会跟自己说说话。

果然，她们没走几步，顾音就主动开口：

"姐姐，我哥哥平时在学校听话吗？"

"还行。"

“追他的女生多吗？”

“这个我不太清楚。”

“看来他上大学后魅力消减了啊。你知道吗，以前高中的时候，追他的女生数都数不过来。”

顾音瞥了陆盼盼一眼，见她不说话，就继续吹：“但是他看都不看一眼的，你知道为什么吗？”

不等陆盼盼回答，顾音就说：“因为他曾经被一个女生伤害过。”

陆盼盼晃了一下，平视着前方，小声问：“为什么？”

顾音：“那时候有一个女生啊，天天找他，又是送零食又是打电话的，每天上学前都来我们家小区门口等他。”

陆盼盼没说话。

顾音摊摊手：“他以为那就是爱情，谁知道那个女生只是想每天抄他的作业。然后他发现那个女生每天早上都去班里抄班长的作业，每天黏班长以后，再也不理他了。”

陆盼盼：“……”

顾音仰头叹气：“可能是这个女生给他的伤害太大了吧，然后再也没有女生能够成功出现在我们家门口两次以上了。”

陆盼盼：“什么时候的事情啊？”

顾音：“他小学五年级吧。”

陆盼盼：“……”

顾音：“所以我哥哥真的不是很容易动心的一个人哦，他喜欢一个人就很认真的。”

顾音刻意跟陆盼盼说了很多顾祁的事情，无非就是变着法儿地夸顾祁。

但是顾音声音好听，说得抑扬顿挫、绘声绘色，陆盼盼总会跟着她的话，脑海里浮现出一幅幅画面。

不知不觉，她竟然陪着顾音走到十四教学楼门口了。

铃声刚刚响过，慢慢有学生出来了。

顾音还在喋喋不休地夸顾祁，已经说到他高一去学校报到的时候睡过头然后误打误撞进了隔壁班教室，上了一周的课后这个班的老师不愿意放人，跟原本顾祁该去的班上的班主任打了起来的事。

陆盼盼似乎想象到了顾祁那懒洋洋的样子，青涩的五官，高挑的身材，闯进别人班，也不知道闯进了哪个女生的青春。

“你说了这么多顾祁的优点，难道他就没有缺点吗？”陆盼盼问，“一点儿都没有吗？”

顾音为难地想了想，挠着后脑勺，结结巴巴地说：“这个还真的很难想。要真说缺点吧，大概就是他们常年打排球的男人，腰都不太好。”

刚从教室里出来，并且看到自己妹妹跟陆盼盼在愉快地对话的顾祁满心雀跃地走过来，正好就听到这句话，手里的书啪的一下掉在地上。

人来人往的教学楼门口，这三个人都没有说话。

顾祁尴尬，陆盼盼觉得顾祁尴尬，而顾音不知道自己哥哥为什么黑了脸。

这奇怪的氛围持续了几秒后，顾祁笑着拍了拍顾音的脸颊。

“小孩子胡说些什么，别淘气。”

顾音一阵恶寒，拍开顾祁的手，突然又想到要在陆盼盼面前给顾祁留面子，于是顺手拉着他的手左右摇摆：“哥哥，是不是嘛，我说的都是真的，你从小到大都很优秀，老师喜欢，同学喜欢，教练也喜欢，只是腰不好而已。这也不算什么缺点吧？”

顾祁死死握着顾音的手，咬牙切齿地说：“你饿不饿？哥哥带你去吃饭。”

“疼疼疼！”顾音快哭出来了，也不管什么面子不面子，“顾祁你放手！你放开我！你虐待亲妹！你是不是想独吞家产？”

陆盼盼咳了咳，说：“那我先回家了。”

陆盼盼说完也没等顾祁回答，转身就走。

当天晚上，顾音被顾祁打包扔到机场。顾祁送她过安检，确保她不可能再溜出来后才回学校。

第二天，顾祁一到球馆，就被人围着问女朋友的事情。

顾祁一想到顾音就气不打一处来。

“不是我女朋友，是我妹妹。”

肖泽凯一听，双眼射出光芒：“你妹妹这么漂亮！在哪儿读书啊？有男朋友吗？”

顾祁看都懒得看他一眼，往更衣室走去：“练击剑的，有兴趣吗？”

肖泽凯：“我只是关心一下队友的家属而已。”

他们说话间，陆盼盼来了。

她跟大家打了招呼，往一楼卫生间走去。

经过球馆中间时，她鬼使神差地朝顾祁看去，刚好他也在看她。

陆盼盼只扫了那么一眼就移开了目光，加快脚步朝卫生间走去。

她出来时，吴禄正带着大家做一对一交替接扣球。

十几个人分组练习，击球声此起彼伏。

吴禄负着手，绕了一圈，大声说道：“你们都给我好好注意姿势！排球这个运动本来就弯腰动作多，对腰的损伤大，你们平时要是不注意姿势，过不了几年腰肌就劳损了。听见没有！”

大家都说好，只有顾祁僵硬地扣了一个球，让对面的单旭阳没接住。

因为刚刚陆盼盼经过时，顾祁不知道自己是不是看错了，陆盼盼好像在憋笑。

顾音，我要杀了你。

陆盼盼回到办公室，把食宿登记表整理出来了。

下周的排位赛要去外地打，学生的食宿她已经安排妥当，就等学校体育部部长签个字。

她拿着表格刚走到门口，顾祁就过来了，两人一对上，她就朝里退了一步。

“什么事？”

顾祁往前一步，顺手关上了门。

听到门响的那一刻，陆盼盼抓紧了手里的文件。

她竟然莫名地紧张了起来。

顾祁逼近她，两人之间只有三十厘米不到的距离，超过了正常交流的范围。

“你刚刚笑什么啊？”

陆盼盼一开始真的没反应过来：“你说什么？”

顾祁又逼近一步，陆盼盼后退一步。

这时候，看顾祁那眼神陆盼盼知道他在问什么了，但还是装傻。

“我什么时候笑了？”

顾祁停住不动了，还是憋着一股气。

陆盼盼紧紧咬着牙才保证自己不笑出来，可是面部肌肉的不自然一下子就被顾祁看出来。

他猛地朝前一步，把陆盼盼逼得靠到了办公桌上：“你居然把顾音的话听进去了？”

“没有，怎么可能？”陆盼盼推开顾祁，神色严肃。

然而与他擦肩而过时，陆盼盼还是忍不住笑了出来。

顾祁深吸一口气，就那么背对着陆盼盼，朝她伸手，一把把她拉回了原位，抵在办公桌上。

“顾音胡说八道！”

陆盼盼手里的文件散落，慢悠悠地飘到两人脚下。

其实陆盼盼根本没听清楚顾祁说了什么，当他们以这样暧昧又缠绵的姿势对望时，陆盼盼所有的注意力都集中在肢体接触上了。

长达几秒的沉默过去，陆盼盼突然回神，舔着嘴角点头："嗯，我知道顾音年龄小，不懂事，胡说八道。"

顾祁松了一口气，慢慢放开陆盼盼。

陆盼盼实在憋不住了，又隐隐笑着说："但是吴教练经验丰富，说得很有道理。"

顾祁瞬间没脾气了。

他回头，轻飘飘地说："那你要不要试试？"

陆盼盼正弯腰捡文件，手一僵，迅速抓起文件跑了出去。

顾祁看着她落荒而逃的身影，摸着发红的耳朵笑了笑。

陆盼盼刚跑到门口，就发觉不对。

一个小学五年级被伤害后再也不相信爱情的人，哪儿来的自信要她试试？

她似笑非笑地回头："说得好像你有经验似的。"

顾祁露出了震惊的表情。

陆盼盼拂了拂头发，扬长而去。

第五章

我想请你看冬雪

排位赛如期而至。

陆盼盼和吴禄带着球员去了 B 市。

第一场比赛抽签抽到了历州大学，客场作战，所有人心里都没底。

比赛前，罗维到处找水喝。

陆盼盼给他倒了半杯水，罗维咕噜咕噜喝完，还要一杯。

“别喝了。”陆盼盼说，“你是队长，记住我和吴教练昨天说的话，历州大学防守非常强悍，你们要加强攻击，寻找漏洞。但是你们不要太有压力，毕竟……”

以他们在第一轮小组赛的积分，就算他们输给历州大学也不是到了绝路，还有希望。

可是别人不这么想。

罗维打断陆盼盼的话，点点头表示知道了，然后去热身。

陆盼盼想的是如何突破重围进入全国赛，而他们想要的是打赢每一场比赛。

比赛即将开始，陆盼盼坐到了观众席上。

与之前不同的是，因为历州大学的体育活动一直发展得很好，所以来看比赛的学生多一些。

陆盼盼坐在观众席中间，偶尔能听到旁边学生的议论。

“允和的啊？他们学校篮球队还成，排球队不行吧？”

“看看呗。刚刚不是看见允和有个男的长得特好看吗？就当来看脸的，没指望他们多厉害。”

听到这些人的议论，陆盼盼反而紧张了起来。

哨子吹响的那一刻，陆盼盼看到顾祁拿着球走向发球位。

陆盼盼给他做了个加油的手势。

顾祁沉着地看着对面，运球片刻，跳跃，正面上手发飘球。

这个发球的完成度完全超乎了历州大学队员的想象。

这个球速度极快，杀伤力极强，一般的球员根本达不到这样的发球完成度。

但是历州大学向来以防守取胜，防住这个球对他们来说并不难。

当一个擅长防守的队伍遇到一个擅长攻击的队伍，就注定会上演一场拉锯战。

但如果有一方实力跟不上，就会变成一场一方被另一方按在地上摩擦的比赛。

很明显，双方对战中，由于顾祁是一个强攻击性的主攻手，允和的攻击力大大加强。对面的人很快意识到这一点，飞速调整战略，全面封锁顾祁的进攻。

特别是他们的前排球员个个人高马大，目测都在一米九五左右，三人联合拦网，极其强势。

每次允和进攻的时候，陆盼盼都紧张得太阳穴紧绷，而进攻被对方拦下时，她又特别失落。

就这样到第一局结束，陆盼盼后背都出汗了。

这一局比赛结果其实比陆盼盼预料中好一点儿，历州大学以二十五比十七拿下了这一局。

交换场地前，吴禄跟他们说话，陆盼盼放下电脑跑过去，没有插话。但是在大家合掌鼓气时，她最后一个把手放上去，正好压在顾祁的手背上。

“加油！”陆盼盼说，“不要紧张，你们可以的！”

她手心下的手背温热，骨节分明，充满力量感。

第二局比赛开始，比分在前半部分依然是历州大学遥遥领先。

转机出现在吴禄叫暂停的时候。

他只简单地跟场上的队员说了几句，然后比赛继续。

顾祁转身跟单旭阳碰拳，随后，两人各自归位。

球从对面发过来，传到单旭阳手里时，陆盼盼注意到他这次托球比以往要高一点儿。

如果她不是长时间观察过他训练，是看不出这种细微差别的。

紧接着，顾祁快攻助跑，佯装起跳，就在对方三人联合拦网起跳时，却猛地暂停，随后再无助跑高起跳，顺利错开了对方的起跳时间！

一人时间差后，顾祁顺利攻破对方的强势拦网。

球落地的那一刻，现场观众都没有反应过来。

顾祁这个一人时间差扣球完成得太快、太流畅，陆盼盼抑制不住地兴奋。顾祁也在这一刻朝她看来。

现场欢呼声响起。

顾祁双眼明亮，笑意盎然，他朝陆盼盼扬了扬下巴。

少年意气风发，浑身都在发光。

“加油！”陆盼盼站起来喊，“很棒！加油！”

陆盼盼坐下后，又听到周围观众的议论。

“可以啊，这个主攻，很久没有看到这么漂亮的一人时间差扣球了。”

“长了那样一张脸，攻击性居然这么强，这是人间加湿器啊。”

陆盼盼：现在的大学女生怎么这么优秀呢?

然而当允和追上比分时，对方的教练也叫暂停，临时调整战术。

对方教练是个眼睛很毒的人，他换了一个副攻，此人非常敏捷，上场之后基本专门盯着顾祁。

不管是顾祁的假动作又或是肖泽凯的战略性掩护，都很大程度依托二传手单旭阳的托球。但对方的防守实在太强悍，单旭阳渐渐显得力不从心，比分又重新拉开。

陆盼盼手心都出汗了，然而第二局允和还是以三分的差距输了。

五局三胜的赛制下，连输两局，要想翻盘，他们要承受很大的精神压力。

除此之外，接下来三局都要赢，还意味着这也是运动员体力的较量。

休息时间还剩三分钟。

吴禄正在交代所有人专注快攻打破对方的拦网，但大家似乎没什么回应，或者说对吴禄的安排不是很认可。

只有顾祁喝了一口水，依然沉默着。

这跟他平时打比赛一样，不管是输还是赢，他在场下都不会有太大的情绪波动，只有到了场上眼神里才会爆发出对胜利的渴望。

陆盼盼站在一旁，手里的矿泉水被她攥得紧紧的。

肖泽凯和罗维的脸色都不太好，他们甚至不怎么说话。

这是本季联赛开赛以来，他们第一次连输两局。

对面历州大学的队员已经调整好状态，准备开始第三局比赛。

陆盼盼看了他们一眼，果然，他们的神态轻松自如，不急不躁。

“他们的拦网太难攻破了。”单旭阳的声音把陆盼盼的注意力拉了回来，“而且他们又占了身高优势，联合拦网的时候就像一堵墙，非常可怕。而且我们已经输了两局，想要扭转……”

“你错了！”

陆盼盼害怕他说出泄气的话影响全队士气，立刻打断他：“历州大学确实擅长防守，而且通常情况下对手连输两局，他们就能赢了。”

所有人都看向陆盼盼。

“但是，在这种情况下他们面对的对手一般也会因为体力不够改变战术开始以防守为主，体力还有经验上肯定比不过他们。”

罗维缓缓抬头，怔怔地看着陆盼盼。

吴禄连连点头，他不善于表达，在这种时候一紧张更是说不利索话，所以刚才大家都没怎么明白他的意思。

“所以我们要继续快攻，到第三局他们的体力也肯定跟前两局不一样。”陆盼盼伸出手，一字一顿地道，“拼耐力和爆发力的时候到了。接下来的三局，谁更拼尽全力，谁的爆发力更持久，谁就赢了！”

顾祁第一个把手放到陆盼盼的手背上。

“嗯。”

他轻飘飘的一个字，却十分有力量。

紧接着，第二只手、第三只手、第四只手……大家纷纷把手放在一起，用力按下去。

“加油！”

陆盼盼回到观众席，第三局比赛开始。

裁判吹响哨子的那一刻，陆盼盼身边观众席的议论声渐渐消失。

岳从嘉作为替补，坐在陆盼盼旁边，结结巴巴地说：“这一轮交叉淘汰赛中，其实庆阳大学和东体大都比历州大学强，如果我们输给历州大学，同时庆阳输给东体大，那是不是代表我们必须赢了庆阳大学才能进入南方赛区十二强啊？”

陆盼盼紧张地看着场上，没说话，只是点点头。

岳从嘉深吸了一口气：“不行，必须得赢！这次抽签我们很幸运了，抽到历州大学，如果碰上另外两个球队，我们根本……”

突然，现场观众的尖叫打断了岳从嘉的话。

他立刻看向球场，只见历州大学的界内落了一个死球。顾祁转身扬起左手，肆意张扬，全队的人都极其兴奋地冲上来与他击掌。

顾祁看向陆盼盼，浅浅地笑着，眼里迸发的光芒炽热得像夏天的太阳。

“怎么了？怎么了？”岳从嘉问陆盼盼，“刚刚发生了什么？”

“左手！”

陆盼盼激动地站了起来，上半身朝球场伸过去，好似要冲上场似的。

“左手！顾祁刚刚用左手扣球！”

刚刚那一幕，陆盼盼清楚地看在眼里。

当球传到单旭阳手里时，对方已经布上拦网墙，和前几局的每一次一样，坚不可摧。

当他们的注意力全部集中在四号位的罗维身上时，六号位的顾祁迅速冲上去，一个左手快攻打得对方猝不及防。

左手扣球与右手扣球有时间和空间的差异，会对拦网的时机与位置选择造成很大影响，历州大学的拦网选手在那一瞬间根本没办法适应其攻击线路。

左手扣球在球场上很罕见，若出现，基本都称之为“金左手”！

正因如此，即便在场观众几乎都是历州大学的学生，也因为顾祁刚刚的左手扣球尖叫起来。

岳从嘉腾地站了起来：“再来一次！我要看！”

陆盼盼大口喘着气，手掌握紧了又松开，完全不知道怎么表达自己激动的情绪。

她从来不知道顾祁左手的灵活度和力量竟然完全不输右手！

连她都不知道的事，对方球员更不可能知道了。

“啊啊啊！允和的主攻手是什么神仙啊？”

“连输两局还能打出这种扣球，这心理素质太厉害了吧！”

在众人议论纷纷时，陆盼盼难以抑制心里的激动，干脆站起来看比赛。

裁判吹了一声哨，比赛继续。

历州大学的人似乎还没从刚刚那个左手扣球中反应过来，当允和的第二轮进攻袭来，他们慌了，没有及时调整防守路线，眼睁睁看着顾祁暴扣他们的三米线。

擅长防守的历州大学，被暴扣三米线！

“顾祁！”

在一片尖叫声中，陆盼盼干脆丢开电脑，嘶声喊道：“继续！”

顾祁回头，与陆盼盼目光相对那一刻，下颌一扬，嘴角噙着一抹笑。

陆盼盼呼吸一滞，感觉全世界都安静了，只剩烈阳一般的顾祁在她眼里发光。

比分迅速拉到十六比十七，历州大学的教练立刻叫停。

可是他们从未遇到顾祁这样能临时换用左手的人，几分钟的暂停时间根本没办法调整防守状态。

比赛继续，允和只用十分钟不到就拿到局点。

最后一个球由顾祁发，他最擅长的高起跳强发球直接致对方于死地——在球落地的那一瞬间，陆盼盼听到身后的女观众纷纷倒吸一口冷气。

“赢了！”岳从嘉激动地冲向球场，“赢了！”

陆盼盼站在观众席，紧紧咬着牙。

顾祁被众人簇拥着，回头那一刻看见陆盼盼，然后朝她走去。

随着他慢慢走近，陆盼盼身后的女观众叽叽喳喳地小声说着什么，随后，她的背后突然亮了一下。

那是闪光灯，有人在拍照。

顾祁眼睛被闪得眯了一下，但他没有不耐烦，只是偏了一下头，站在陆盼盼面前喘了口气，说：“还行吗？”

陆盼盼双手紧紧握拳，看着顾祁的眼睛，紧紧咬着牙齿。

顾祁：“你给个话呀。”

“还行吧。”陆盼盼抑制不住地笑。

顾祁的笑容放大，他扬了扬手，转身回到球场。

第四局，顾祁并不像对方预料的那样频繁使用左手扣球。

他用左手的时机总是出乎对方意料，毫无章法，搞得对方拦网的球员晕头转向。

允和拿下第四局是意料之中的事情。

比赛进行到此时，轮到历州大学的人慌了。

现在比分二比二平，如果顾祁继续这样进攻，他们第五局基本输定了。

在第五局开场的那一刻，陆盼盼看见顾祁揉了揉左手。

他漫不经心的一个动作，陆盼盼却看得心神不安，她总觉得……

果然，第五局，顾祁再没用过左手。

他恢复了常规打法，而历州大学因此找回了状态。

拉锯战到了决定性的一局，并且双方人员体力消耗都到达了极限。

在八比十一，历州领先三分的时候，顾祁再次轮到发球位。

他运球时间比往常久了些。

陆盼盼知道，他的体力所剩无几。

不只是他，所有人的体力都不多了，刚刚单旭阳甚至因为弹跳不够而丢了一分。

但是历州大学的人体力普遍比允和大学的强一些，再僵持下去，允和讨不到好。

就在陆盼盼担忧的时候，顾祁突然飞速助跑，一个跳跃正面上手发飘球。

他大口喘着气，发球的爆发力竟超过第一局的状态！

顾祁再次扣死对方三米线。

在球落地的那一刻，他利落地转身，朝队友用力挥掌。

这是一个既自信又有挑衅性的动作，代表他在发出球的那一刻就知道这个球对方接不到。

这个动作，几乎击破了对方的心理防线。

这个球把现场气氛再一次调动起来，陆盼盼手里的矿泉水瓶被她捏扁，瓶盖蹦起来弹到岳从嘉脑门儿上，疼得他哇哇直叫，但陆盼盼根本听不到。

允和的人也因顾祁的爆发力重现而受到感染，在这决定性的决赛局最后时刻，他们连得六分拿到赛点。

最后一球了。

陆盼盼汗毛竖立，呼吸都急促了起来。

罗维在发球位。

他不是一个爆发型选手，发球没有顾祁那么强势，对方接得很稳。

球再扣回来时，因历州大学的人是拼了命不让允和翻盘，所以这个球扣得又狠又强势，霍豆根本接不住。

球就要落地，空气都凝重了起来。

此刻，单旭阳不知从哪里蹿出来，重重倒地，砸得地板都震了震，接住了这个球。

接应二传方俞乐立刻反应过来，在球再一次濒临落地的时候传给了罗维。

罗维基本没有反应时间，单单是靠肌肉记忆把球扣了出去。

砰的一声，球落地。

现场安静得只听得见球员们粗重的呼吸声。

现场的欢呼比想象中迟来了几秒。

这是来自历州大学的观众为允和发出的欢呼。

谁都没有想到允和这支在近几年联赛上从来没有名次的队伍，能够在连输两局的情况下逆风翻盘。

况且他们的对手还是以强悍防守闯进全国四强的历州大学。

陆盼盼沉浸在来自对手学校的观众的欢呼声中。

眼前的球员们在击掌，在庆祝，在这片属于他们的战场上收获了对手的欢呼。

历州大学的教练和经理带着球员们走过来，按惯例和他们依次击掌。

陆盼盼这才走过去。

历州大学的教练虽然输了比赛，但也乐呵呵的，他笑眯眯地跟吴禄说了几句话后，注意力就转移到了陆盼盼身上。

“姑娘，我感觉去年见过你啊，你当时……”

“当时我在庆阳大学任职。”陆盼盼说，“我们应该是在全国赛上见过。”

“对对对！”历州大学的教练连连点头，又朝观众席看去，“你刚刚一直在观众席拿个电脑噼里啪啦地弄什么呢？”

还没等陆盼盼说话，历州大学的经理就说：“Data Volleyball 吧？”

陆盼盼点头。历州大学的经理又说：“我最近也在弄这个，但是还不熟练。真的太难了，那些代码什么的还要现场盲打，我脑子都转不过来。”

陆盼盼道：“没事儿，多练练就好了。”

吴禄瞥了陆盼盼一眼，没说话。

这个小姑娘，把这事简简单单一句话就带过了，却不知她私底下付出了多少。

吴教练又继续跟对方教练和经理说话。陆盼盼四处看了看，在角落里找到顾祁。

他没跟其他人一起和历州大学的人交流，而是站在一旁喝水。

虽然历州大学的人最想交流的人是他，但是看他远远地站在那儿，也不是孤傲，就让人觉得不太好意思去打扰他。

刚刚也有几个女观众跑来找他，想要个联系方式什么的，但是一看他淡淡地抬一抬眼，就感觉没戏了。

陆盼盼默不作声地走过去，站在顾祁身后。

“还好吗？”

顾祁转身，还没说话，陆盼盼就指了指他的左手：“疼吗？”

顾祁一笑，揉着手腕说：“疼死了。”

见他不正经，陆盼盼严肃地看着他：“我说真的。”

顾祁的笑慢慢垮了下来。他甩了甩手腕，说：“没事儿。”

陆盼盼上前一把握住他的手腕，看着他的左手：五指修长，骨节有力。

“受过伤吗？”

“以前的事了。”顾祁说，“不过没关系，我还有右手。”

陆盼盼抬眸，对上他的眼睛，试图从他的眼里捕捉到他的情绪：“你以前是一个左手攻手？”

顾祁没说是，也没说不是：“差不多吧，左手右手对我来说没什么区别。”

陆盼盼放开他的手，拍他的肩膀：“对，不管是左手还是右手，你都很强。继续加油啊。”

顾祁笑了起来，正要说话，陆盼盼又说：“别在这儿站着了，赢了人家也别这么高冷，去跟人说说话。”

“知道了。”

顾祁没再说别的，朝球场中间走去。

双方交流结束后，吴禄和陆盼盼带着大家回酒店。

大巴车来接，他们俩坐在最前排。

陆盼盼把装着电脑的包放在地上：“一会儿回酒店我就把数据打印出来，咱们及时复盘。”

吴禄点头说好。

陆盼盼想了想，又说：“吴教练，我刚刚想了一下，像今天这种比赛说不定咱们以后还会遇到，我们很有可能会处于历州大学的位置，遇到一个临时改变打法的对手。所以我想着，以后的比赛每一局结束我都把数据给你看，方便客观了解对方的战术，制定最佳应对策略，调整攻击防守模式。”

“我刚刚也想跟你说这件事来着。”吴禄跟陆盼盼一拍即合，“我再多熟悉一下你设置的那些代码。”

“还有，”陆盼盼说，“我还想着光赛后复盘也不够，我手里有足够的数据，包括南方赛区各大高校以及北方赛区某些高校，虽然都是旧的，但是对方战术变化应该不会太大。以后每场比赛，要是我有数据我就整理给你，你可以做趋势预测。”

“好好好！”吴禄还沉浸在胜利的喜悦中，脸颊都是红的，“我还有时间，咱们现在已经进入南方赛区十二强，全国赛要明年三月开始呢。”

陆盼盼笑了笑，后脑勺突然被人戳了一下。

陆盼盼回头，看见顾祁把头顶在靠背上，低声说：“你今天晚上有没有时间……”

“晚上来我房间复盘！”吴禄突然大声朝车内所有人说，“吃了饭就来啊！咱们要趁着感觉没有消失的时候复盘！”

顾祁：“……”

陆盼盼憋着笑，转回了头。

大家回到酒店后，一起去楼下吃了晚饭，然后陆盼盼去打印店给每个人准备了今天的复盘资料。

五张 A4 纸上，记录了允和与历州每一名队员的扣球区域概率、助攻区位、扣球路线、调整攻区位等数据。密密麻麻的，看得人头晕眼花。

吴禄坐在床上，跷着二郎腿，抑扬顿挫地说着今天的比赛情况。

陆盼盼坐在最后面，抱着电脑，没有听吴禄的复盘，而是打开了搜索引擎。

她看过顾祁的资料，记得他初高中是在哪里上的。

陆盼盼在搜索框里输入“顾祁”“排球”“× 省”三个关键词，跳出来的第一条新闻是来自六年前的某报纸体育版块的报道。

“× 省男子排球队青少年队大换血，五名少年获得教练青睐进入一队……”

陆盼盼点开这条链接，看到了顾祁的名字和一张有点儿模糊的合照。

那张照片里的顾祁十四岁左右，穿着宽松的红色球服，五官还很稚嫩，不太适应镜头，半眯着眼睛。

六年前……

陆盼盼想到六年前的自己，刚上大学，正热衷于鼓捣化妆品，每天打扮得花枝招展的，还总有各种学长追求。

那时候她考虑的都是成熟又稳重的男生，而顾祁还是个初中生，连五官都还没长开。

陆盼盼莫名地有些脸红，连忙关了网页。

她继续往下拉，这些几乎都是同系列的新闻，直到拉到底部，才在一篇报道中看到一条信息。

“× 省男子排球青少年队‘金左手’顾祁左手受伤，退出省队，二队新人补位。”

这是四年前的新闻。

陆盼盼抬头，看见顾祁的背影，正好听吴禄说到了今天顾祁的左手扣球。

“顾祁，你以前怎么不说你能用左手啊？”

大家也都回头看顾祁。

“对啊，你早说啊，咱们又能重新制定战术了。”

“是啊，你居然一直不说，憋到比赛才让我们知道。”

…………

顾祁懒懒地说：“左手受过伤，不太好使。”

全场静默了片刻。

在场的所有人都知道，一只手受过伤对一个排球运动员来说意味着什么。

吴禄没再继续这个话题，扇了扇手里的A4纸。

“好了，我们继续说这个历州的拦网，你们注意了啊。”

复盘结束后，大家纷纷散去。

陆盼盼把所有资料收起来，最后一个出去。

顾祁在门口等她。

还有其他人在走廊里闲聊没回房间。前方传来他们断断续续的聊天声，而陆盼盼身后的房间里是吴禄。

陆盼盼回头看了一眼还没进房间的罗维他们，低声说：“找我？”

顾祁一转身，挡在陆盼盼面前，遮住了她的视线：“累不累？”

陆盼盼：“嗯？”

顾祁：“不累的话，今晚音乐广场有烟花。”

陆盼盼朝前走，没说话。

顾祁伸手拉住陆盼盼：“去不去啊？”

陆盼盼甩开他的手：“你让我把东西放下。”

随后，她快步朝自己的房间走去。

顾祁笑了下，疾步跟上。

陆盼盼进房间放东西，顾祁就在门口等着。

她进卫生间看了眼镜子里的自己，头发有些乱，穿着方便的卫衣、牛仔裤和棒球外套。

想到烟花，陆盼盼突然想穿条裙子。

她把门拉开一条缝，对外面的顾祁说："你等会儿，我换一身衣服。"

顾祁闻言，眼睛都笑得弯了起来："好啊。"

陆盼盼回屋打开行李箱，翻了一下，没有裙子。

她明明记得自己出门的时候带了一条的……大概是她走得比较急，忘在家里了。

算了。

陆盼盼重新梳了一下头发，涂个口红就出来了。

顾祁上下打量她："恕我直言，你……带了两套一样的衣服？"

陆盼盼："我没换，懒得换了。"

顾祁低低地哦了一声，眉眼耷拉着："那走吧。"

陆盼盼跟在他身后，悄悄看了他几眼："你喜欢看烟花啊？"

顾祁没说话。

陆盼盼迈大步子，走在他身边："别走那么快，跟不上。"

顾祁放慢了脚步，低声嘀咕："小短腿。"

"你腿长。"陆盼盼声音更小，"就你是T台遗珠。"

顾祁："哎，别说，还真有模特经纪公司找过我。"

陆盼盼："行了行了。"

音乐广场离酒店两千米，两人就这么慢悠悠地走了过去。

广场上挤满了人，远远看去，黑压压一片。

取名音乐广场，是因为这个广场临江而建，特色是有跟着广播里的音乐而喷射的喷泉。

江对面是一座座城堡，今晚的烟花表演就在那里。

陆盼盼和顾祁挤在人群中，等着烟花绽放。

人太多，陆盼盼感觉眼前简直就是人墙。顾祁倒好，轻轻松松就能够纵观全景。

陆盼盼扯扯他的袖子：“要不我们找个视线更好的位置？这里人太多了，我感觉都拍不了照片。”

顾祁看了四周一圈：“哪儿都是人。”

陆盼盼叹了口气：“那算了，谁让我不是T台遗珠呢。”

顾祁垂头看她，目光在她失落的脸上滑过。

下一秒，陆盼盼惊呼一声，来不及思考就感觉自己双脚离地，被顾祁抱到了一旁的石雕上。

这个石雕的高度，她自己是很难爬上去的，顾祁居然轻轻松松把她举了起来……

陆盼盼紧紧扶着石雕，稳了稳心神才说：“你吓死我了。”

顾祁：“现在视线完美了吧？”

陆盼盼勾唇笑了笑：“你就站这儿啊？我会不会挡你视线？”

顾祁满不在乎地说：“无所谓。”

陆盼盼已经坐稳了，松开手，看着顾祁。

这个高度，她正好能跟顾祁平视。

“是你想看烟花，现在又说无所谓。”

“谁想看烟花啊？”顾祁转头看着陆盼盼，“我是想看你。”

天空一阵巨响，缤纷的烟花在头顶绽放，五颜六色的光照在陆盼盼和顾祁的脸上。

她的耳边是观众的欢呼和顾祁清晰的呼吸声。

陆盼盼从小到大看过很多场烟花，听过很多赞美，也遇到过很多直接的表白。

而这一次，她一时没有回神。

烟花好像在她心里绽放，绚烂又热烈。

他的声音在耳边久久不散，一点点地烧红了她的脸。

烟花只放了不到十分钟，所有人还在等着下一场时，却看见对面的城堡连灯都灭了。

结束了。

熙熙攘攘的人群意犹未尽，只能纷纷散去。

广场慢慢变得安静起来。

陆盼盼坐在石雕上，伸脚踩着石礅，找不到合适的跳下去的姿势。

顾祁就站在一旁，只看着前方的城堡。

陆盼盼叫他："顾祁，你……"

顾祁扭头看她："怎么了？"

陆盼盼犹犹豫豫地说："你把我弄上来……也要负责把我弄下去啊。"

顾祁闻言反而退了一步，看似严肃地打量这个石雕，眼里却带着笑意："你想怎么下来啊？"

陆盼盼挪了点儿位置："你接我下去。"

顾祁："抱你下去？"

陆盼盼没脾气了。

算了。

她小心翼翼地扶着可以借力的东西，慢慢抬起一条腿，站在石雕边缘，然后再伸另一条腿去找下一个可以借力的地方。

就在她如履薄冰般一点点往下爬时，顾祁突然伸手把她捞进怀里。世界在旋转，冷风呼呼地灌进领口，她下意识地搂紧顾祁的脖子，身体触及的是少年坚实有力的胸膛和紧紧抱着她的双臂。

脚尖沾地的那一刻，陆盼盼感觉地面好像也在旋转。

她松开手的时候，顾祁也松开了手，却没有推开她。

两人就这么近距离地站着，外套若有若无地接触着，发出轻微的沙沙声。

“你用的什么香水啊？”顾祁声音很小，自言自语般。

一阵风吹来，扬起陆盼盼的一缕长发，飘过顾祁的鼻尖。

“这么香。”

“我没用香水。”

陆盼盼转身朝步行道上走。

顾祁跟在她身后，嘀咕道：“那就是我产生错觉了。”

他们回到酒店时，大部分人已经休息了。

顾祁轻轻地打开房门，没开灯，但还是吵醒了刚睡着的单旭阳。

单旭阳半睁着眼睛，蒙蒙眬眬地看见顾祁的影子，问道：“出去玩了啊？”

顾祁点头：“吵到你了？我很快就好。”

“没事儿。”单旭阳下床去上厕所，“你是不是去吃火锅了？”

顾祁听单旭阳这么说，抬起袖子闻了闻：“没啊。”

单旭阳进厕所前说：“那就好，今天禄禄专门说了这里的火锅很出名，但是不准去吃。”

这座城市火锅最出名，鲜香麻辣，许多游客慕名而来。但是有些商家为了让顾客吃了不闹肚子，会在底料里添加止痛药或者诺氟沙星，这些东西含有兴奋剂成分。

顾祁哦了一声，转身站到床前，拉开窗帘。

这次他们出来比赛，经费有限，大家住的是快捷酒店，没有大阳台，只有半大的窗户。

顾祁把窗户推开，让冷风灌进来。

明明是很冷的夜，他却感觉浑身燥热。

他想到陆盼盼身上的味道，想到她的发梢拂过鼻尖酥酥痒痒的感觉，想到她慌乱时下巴擦过自己的侧脸。

打了一场酣畅淋漓的比赛，顾祁却想出去跑两圈，不然今晚睡不着了。

单旭阳上完厕所回来，什么都没说就上床继续睡觉。

顾祁站在窗边，胸口涨满愉悦，说不上来什么感觉，急需跟人分享，否则会在心里百转千回。

而那个人，回来的路上一直没怎么说话，到了酒店更是直接进了房间，连道别都没有。

顾祁想到这里，胸口那股愉悦中又混入一股酸涩的滋味。

他回头，看见单旭阳已经熟睡。

目光再次落到窗外，顾祁看到两个熟悉的身影正鬼鬼祟祟地过马路。

顾祁眯了眯眼睛，认出那两个人是肖泽凯和罗维。

顾祁拿出手机，给他们发消息。

顾祁：你们俩干什么去？

顾祁：为什么不带我？

马路上的人很快就看到消息了，站在路边，回头看酒店。

肖泽凯：嘘……顶风作案……

顾祁知道那两人是去偷吃火锅，自然没了兴趣，洗漱完准备睡觉时，打开门看了一眼对面紧紧闭着的房门。

肖泽凯和罗维跟着导航找了大半天，最后发现又绕回酒店了。

罗维正苦恼着要不要继续在这大冷天坚持去一饱口福时，肖泽凯突然说："我看到一个不平凡的人正朝我们走来。"

罗维："谁啊？"

肖泽凯："盼盼姐。"

两人的第一反应都是快溜。躲进酒店大厅后，他们往外看去，陆盼盼又掉头继续踱步，似乎不是冲着他们来的。

"哎，"肖泽凯说，"她好像没看到我们，大晚上的不睡觉在这儿吹什么冷风呢？"

罗维注视着陆盼盼，见她穿着一件厚外套，双手揣在兜里，围巾遮住了大半张脸。她低着头，一步步沿着花坛走，好像在散步，又好像不是。

肖泽凯念叨："她在思考人生呢？"

肖泽凯想过去一探究竟，罗维拉住他，往楼上拽。

"人家女孩子想事情你瞎凑合什么？走走走，回去睡觉。"

在陆盼盼一个人吹冷风的时候，许曼妍也在家门口吹冷风。

许曼妍出门看了个电影，结果忘了带钥匙，陆盼盼又不在，许曼妍只能给家里保姆打电话让她送钥匙过来。

保姆在亲戚家玩，还要先回家一趟拿了钥匙才能送过来。

十二月初的风像夹着冰碴子似的，一阵阵地刮在脸上，生疼。

许曼妍在楼下坐了十分钟就不行了，一边给保姆打电话一边往外走去："我在小区外面找个店坐着等你啊，冷死了。"

小区门口的店不少，许曼妍选了最近的奶茶店，店里既暖和又能随便坐。

她推开门，风铃清脆作响。

许曼妍扫了菜单一眼，说道："你好，我要一杯布丁奶茶。"

柜台里的人抬头，两人对上目光的那一刻，同时沉默不语。

不知过了多久，许曼妍别开了脸。

霍修远站起来，低头摆弄器材，漫不经心地说："打包还是带走？"

许曼妍："……"

霍修远愣了一下，眼里浮现懊恼。

但他很快把这种情绪压下去了。

"打包还是在这里喝？"

许曼妍："打包。"

许曼妍说完就找了个位置坐下来，拿出手机摆弄，面色无波无澜。

霍修远二话不说，立刻转身做奶茶。

他的手指在机械地动着，表情不受控制，变得僵硬。

呵，女人，厉害。

她是没有心肺吗？她怎么做到面不改色来买奶茶的？

几分钟后，霍修远把奶茶放在桌上：“您的奶茶好了。”

许曼妍什么都没说，拿起奶茶就走。

直到她的背影消失，霍修远才抬起头，眉心蹙成了一个“川”字。

她真的是，一点儿反应都没有，冷漠到了极点。

这么一想，还是小鹤比较可爱，霍修远想着想着就拿出手机。也不知道是不是心有灵犀，小鹤正好给他发了消息。

鹤立鸡群：服了！服了！！服了！！！这世界真小啊！

上下求索：怎么了？

霍修远刚把消息发出去，门口的风铃又响了。

他抬起头，看见许曼妍朝他走来。

夜色正浓，明堂的灯光打在她身上，越发显得她明艳的五官跟油画似的。

直到许曼妍款款站在霍修远面前，他才开口：“你还回来干什么？”

许曼妍看了他一眼，然后拿出手机对着柜台上的二维码扫了一下：“我忘了付钱。”

丢下这句话，许曼妍再次走了出去。

她又坐回了小区门口的花坛上，郁闷得想捶死自己。

她给陆盼盼打电话对方也不接，保姆又还在路上。

她看着手边那杯奶茶，更是气不打一处来。

这大冬天的，她想找个地方坐坐容易吗？

郁闷归郁闷，许曼妍还是要给自己找点儿事做。

她打开手机，看到对方已经回消息了。

鹤立鸡群：没什么，刚刚遇到点儿事。我好冷哦。

上下求索：你没在家吗？

鹤立鸡群：暂时回不去。打游戏吗？

上下求索：不了，我在上班，还是别打游戏了。要不我陪你说说话？

鹤立鸡群：好的呀！

街边的店陆陆续续关门了。

陆盼盼坐电梯上楼。酒店过道铺着地毯，软软的，踩着没有声音。

她拿出房卡，正要开门，身后有一阵响动。

陆盼盼回头，看见顾祁衣衫整齐地站在门口。

见陆盼盼看过来，顾祁反手拉上门。

关门声在走廊回荡，顾祁低声问："你怎么这么晚还在外面？"

陆盼盼："刚刚有点儿事。"

"有事吗？"顾祁笑着说，"我明明看见你一个人在楼下思考人生呢。"

她没说话，就盯着顾祁看。

我没思考人生，我在思考你。

也不知道过了多久，顾祁叹了口气，掏包找房卡："你别这么看我，容易跑我梦里去。"

打开门，顾祁背对着陆盼盼说："早点儿睡吧，我自己去做梦。"

陆盼盼慢吞吞地挪进房间："晚安啊，顾祁。"

她的声音软软糯糯的，一瞬间，顾祁满脑子像有密密麻麻的昆虫爬过似的。

顾祁猛地回头，门已经关上，这里安静得好像没有发生过刚才那一幕。

顾祁保持着这个姿势，久久没有回神。

以允和前些年的状态，一般会在联赛小组循环赛就出局，偶尔坚持到交叉淘汰赛，也基本是在第二轮争夺小组第四名的时候成为炮灰。所以这次允和能在交叉淘汰赛第一局就进入南方赛区十二强，不能不说是质的飞跃，连允和大学体育学院院长都专门来排球馆看了几次训练。

同时，陆盼盼看了眼这次小组赛的成绩：东体大对战南邮胜出，庆阳大学对战南财胜出，最后历州大学在和南邮、南财的循环比赛中胜出，成为第四名，最终还是进入南方赛区十二强。

全国赛在明年三月到五月举行，意味着南北赛区前十二强还有两个多月的训练时间。

现在已经十二月了，考试月就快到来，寒假学生们还要回家过年，所以算起来训练时间并不算多。

放假前的最后一次训练，所有人都有些心不在焉。

人还在球馆，心思大概已经飞回家了。

下午，金鑫给陆盼盼打电话说想来看看，吴禄一听，立刻就去吆喝着让大家打起精神来，毕竟对方是赞助商。

金鑫和陆盼盼看了会儿训练，就叫吴禄一起上楼。

今天金鑫过来的意思主要是他想做正儿八经的排球职业俱乐部，只是现在排球在国内的职业化发展还很稚嫩，特别是男排，所以他打算先从校企合作做起。

至于第一步，自然就是先和各个高校达成合作意向。

而这种事情，金鑫自然也是第一个找到陆盼盼头上。

在金鑫说话的时候，陆盼盼全程没有发表意见，只让吴禄做决定。

像这种好事，吴禄哪儿有拒绝的道理?

如今大学生运动员数量与日俱增，但真正能留在竞技场上的人寥寥无几，其余的要么做老师或教练，要么转行。

现在金鑫有这个想法，不仅能给球员们平时的训练提供更好的条件，指不定未来还可以给他的学生们提供新的人生方向，何乐而不为。

吴禄就这么敲定了这件事。

但他同意还不算，金鑫还得去跟学校谈。

现在已经是期末，时间紧，吴禄二话不说就要带着金鑫去见校领导。

三人下楼时，球馆里的训练还没结束。

金鑫看见球场中央的顾祁，连连赞叹："没想到他还真的留在球队了，我之前以为他最多俩月就走。"

陆盼盼："为什么？"

金鑫看了吴禄一眼，凑在陆盼盼耳边小声说："小庙供不起大佛啊。"

说完，金鑫又扫了陆盼盼一眼："不过我觉得肯定是你的功劳，你说说是用了什么方法把他留下来的？"

金鑫是很正经地在问。

因为他确实没想到像顾祁这种条件的人会留在允和，毕竟那时候允和的成绩没法儿看，顾祁完全没必要在这里浪费时间。

是啊。

陆盼盼当然知道，顾祁其实没必要留在允和。

当初她找他的时候他就说过不感兴趣，而且允和什么成绩他心里很清楚。

那么，顾祁留下来的原因……

陆盼盼想，大概……是因为她吧。

一旦有了这么个想法，她就无法控制脑子里的胡思乱想了。

陆盼盼没说话，眼珠子不自然地乱转。

金鑫还在戳她的手臂："说说啊，用了什么办法？"

陆盼盼没说话。

"嘿！"金鑫觉得好笑，又戳了陆盼盼一下，怎么向她取个经还搞得她一脸娇羞呢？

陆盼盼回过神来，想着怎么敷衍金鑫，可又莫名地觉得有一道目光注视着自己。

她抬头，果然看见顾祁抱着球，盯着她。

两人隔着十来米的距离，陆盼盼看不清顾祁的脸，却能感受到他浑身散发的不满情绪。

不过片刻，顾祁就转身继续打球。

陆盼盼抿了抿唇，往旁边挪了一步："你离我远点儿啊。"

"嘿，臭丫头。"金鑫越发觉得好笑，"你发什么神经呢？"

金鑫去和学校谈合作，陆盼盼不好参与，把人送到办公楼就回了排球馆。

不一会儿吴禄也回来了。

眼看着要到训练结束的时间，吴禄和陆盼盼事无巨细地交代假期要注意的事情。

若是暑假就算了，这放寒假回去过年，他们就怕这一个个的要么吃成一头猪回来，要么缺胳膊少腿儿地出现在面前。

强调了一遍又一遍的安全问题后，吴禄宣布放假。

一群大男孩儿跟从笼子里放出来的野狗似的，一转眼就跑得七七八八了，只剩下轮到今天收拾球馆的罗维、顾祁和霍豆。

吴禄一个大男人，什么都不用收拾，推着他那辆自行车就出门放假了。

陆盼盼也没什么好收拾的，站在门口，裹紧了围巾。

十分钟后，里面的三个人有说有笑地走出来了。

准确地说，是罗维和霍豆有说有笑，顾祁十分安静。

三人走到门口，第一眼看到陆盼盼的还是罗维。

他停下脚步，惊诧地问："盼盼姐，你还没回家啊？"

陆盼盼抬头，下巴从围巾里露出来。

罗维身边的顾祁也看到了陆盼盼，却没说话。

"我等你们走了再走。"

霍豆嘿了一声："盼盼姐你放心，里面收拾得干干净净的，水电都断了，门也锁了……”

他还想继续邀功，罗维突然看了身旁的顾祁一眼，随后拉着霍豆走。

“别多嘴了，赶紧回去，咱们都多久没玩过游戏了！”

两人脚步快，很快就没了影儿。

陆盼盼这才侧身瞥了顾祁一眼：“哪天的机票？”

“明天下午。”

陆盼盼点点头，朝前走。

顾祁跟在她身后。

陆盼盼问：“行李多吗？”

顾祁：“不多。”

两人沉默了。

两人走出排球馆外的小径，视野瞬间开阔了。

陆盼盼有一句话在嘴边徘徊了很久，但始终说不出来。

“你呢？”还是顾祁打破了沉默，“你什么时候回家？”

“后天。”陆盼盼说，“买的高铁票。”

“那要坐多久？”顾祁想了一下陆盼盼家的大致方位，“六七个小时？”

“睡一觉就到了。”

他们已经走到了分岔路口，顾祁要回宿舍，陆盼盼要回家。

“那我走了啊。”

“等等。”顾祁拉住她的手腕，“你的行李多不多？”

陆盼盼点头：“多。”

顾祁：“有人送你吗？”

陆盼盼：“有。”

顾祁：“谁啊？”

陆盼盼：“刚刚你看到的那个。”

陆盼盼感觉自己手腕上的力道突然加重。

“哦，好。”顾祁愣了一瞬，还是松开手，“知道了。”

“当姐夫的，送送小姨子也是应该的。”

顾祁原本都转身了，听到她这句话又机械地转过头：“姐夫？”

陆盼盼没看他，嗯了一声。

顾祁立马笑了起来。

“哎，你姐姐的眼光不错嘛，找的老公又成熟又稳重，还是个搞体育的。”

陆盼盼突然有些提不起气。

她半张着嘴，想了想，还是没说其他的。

“回去吧，明天早上别起晚了错过飞机。回家不要吃太油腻的，日常的锻炼也不要间断。”

顾祁：“嗯，知道了，我会想你的。”

陆盼盼失笑：“不是，我在跟你说——”

“你会想我吗？”顾祁打断她，“一点点也行。”

陆盼盼的呼吸紧了一些：“还没回家，谁知道呢。”

“那我就当你会想我了。”顾祁难得笑得眼睛眯成缝。

“走了。”陆盼盼转身往学校大门走。

熟悉的顾祁的味道突然朝她袭来。

陆盼盼一怔，被顾祁从背后抱住。

学校里有很多拉着行李箱的学生，连笑语声都近在耳边，陆盼盼有些恍神。

顾祁的拥抱很有分寸，甚至可以说是试探性的——他用双手轻轻圈住她，没有实在地接触到她的身体。

“新年快乐，盼盼。”

陆盼盼回到家里，许曼妍一直在她耳边念叨：

“烦死了烦死了，一想到过年要回家天天面对七大姑八大姨我就头疼。哎，你说她们怎么就那么闲呢?

“我爸妈这次把我的护照也收了，我要不溜去海南过年吧，暖和多了。

“你什么时候回来上班?我看你假期也挺长，要不咱们出去玩儿?

“陆盼盼，听见我说话没?”

“嗯?”陆盼盼站起来往房间走，“我去收拾行李。”

“你后天才走，收拾什么啊?”许曼妍拉住陆盼盼，“明儿去逛街，你回家不给爸妈买点儿东西啊?”

“也好。”

放假后的步行街，人少了许多。

许曼妍觉得没意思，开车带陆盼盼去市中心的商场。这里倒还是人山人海。

商场里张灯结彩，挂满了红灯笼，各个品牌都抢着做春节促销。

陆盼盼和许曼妍一路看过去，都是些化妆品或者保健品促销，唯一画风不同的，是几个装扮夸张的coser（装扮者）。

许曼妍是不感兴趣的，但是陆盼盼一眼就看出来那是她玩的那个游戏在做线下活动。

她走近一看，果然，海报、周边产品堆满了摊位，一个电子显示屏正在展示春节即将上线的大礼包。

陆盼盼拿了一张海报看。许曼妍百无聊赖地等了一会儿：“你看吧，我去那边看看香水啊。”

陆盼盼点头。

虽然陆盼盼早就不怎么玩游戏了，但是这种自己熟悉的虚拟东西出现在现实里，会有一种莫名的亲切感。

她把传单浏览了一遍，原本还觉得有意思，可是一看价格就觉得没意思了。

陆盼盼把传单卷了卷，要去找许曼妍。

她抬起头时，却发现自己旁边站了一个男人，正在浏览立起来的展板。

按理说在这种热闹的场合，陆盼盼不会注意到路人。

但是这个男人的气质和现场不合，他身穿浅灰色的毛衣、深色外套，鼻梁上挂一副半框眼镜，怎么看也不像一个对游戏感兴趣的宅男。

也因这一秒的注视，陆盼盼突然觉得他有些脸熟。

直到他转过脸来，陆盼盼可算想起来了。

这是仲嘉月的师兄，王……王什么来着。

“王医生？”陆盼盼想不起全名，只能这么称呼他。

王洛桢挑眉：“你也玩这个？”

陆盼盼扬扬手里的海报：“念书的时候玩，刚刚经过就随便看看。”

王洛桢的视线直直落在陆盼盼的脸上：“你在哪个服？”

陆盼盼来了兴趣，不答反问：“你也玩这个吗？”

王洛桢正要开口，陆盼盼又说：“看不出来啊。”

王洛桢一笑：“你这话是什么意思？”

“你们医生不是都很忙吗？”陆盼盼说，“从进入医学院到毕业，要背的书堆起来比我还高吧。”

她还伸手在自己头顶比画：“哪儿还有时间玩游戏？”

陆盼盼不知道王洛桢在想什么，只见他笑得有些无奈：“那我大概是个学渣。”

陆盼盼懂了他的意思，惊喜地说：“真的假的啊？你是哪个服的？”

王洛桢：“星河落月。”

“巧啊，”陆盼盼说，“我以前也在这个服来着。”

王洛桢顿了一下：“你的 ID（用户名）是什么？”

陆盼盼笑：“怎么，你觉得我们在游戏里见过？”

王洛桢：“说不定呢。”

“星河落月可是最大的服务器，那么多人。”陆盼盼随手把传单放回原位，“而且我这种菜鸡，不提也罢不提也罢。”

正巧许曼妍在叫她，陆盼盼挥挥手就走：“我先走了啊。”

王洛桢看着陆盼盼的背影，偏了偏头。

“那人是谁啊？”许曼妍问。

“仲嘉月的师兄，”陆盼盼说，“复健中心的医生。”

回到家里，陆盼盼真的开始收拾行李了。

她算了算假期，还真不短。因为家里的衣服也挺旧了，所以她塞满了一个大箱子，把能带回去的衣服都带上。

陆盼盼收拾好行李后，又和许曼妍一起做了个大扫除，然后洗了澡躺到床上，已经过去四个小时了。

她打开手机，打算看会儿电视剧，却收到好几条消息。

除了爸妈发消息来问她什么时候到家，其他都是顾祁的。

六点四十分，他发来一条“落地了”。

七点半，他发来一条“到家”。

八点半，他发来一个问号。

陆盼盼抬头看了眼时间，现在已经九点了。

她正在想该回什么消息，对方突然发来视频邀请。

陆盼盼吓了一跳，第一反应就是坐起来对着镜子照了照自己的脸。还好，她在洗澡的时候敷了面膜，头发也吹得蓬松自然。

她拢了拢睡衣领口，按下接听键。

出现在屏幕里的却是顾音的脸。

“姐姐……”顾音压低了声音，像做贼似的说，“你睡了吗？”

陆盼盼不明所以：“没睡，你……找我有事？”

顾音笑得狡黠：“我跟你说，今天你没回我哥消息，他现在一个人玩非主流搞忧伤呢。”

陆盼盼：“嗯？”

“非主流，你明白我的意思吗？”顾音说，“我偷偷给你看啊。”

顾音拿着手机轻手轻脚地往一个房间走去，手机被她握着，陆盼盼什么都看不到。

他玩非主流搞忧伤？因为她没有及时回消息，他就……玩非主流搞忧伤去了？

半晌，顾音举起手机，对着一扇白色的门。

顾音的声音从手机里传来：“姐姐，你看哦，别笑太大声，他会听到的。”

顾音推开门，一道柔和的光线照亮了屏幕，然后陆盼盼听到了轻柔的钢琴曲。

随着门慢慢打开，陆盼盼看见手机屏幕里，顾祁坐在一架钢琴前，穿着浅色家居服，修长的双手在黑白琴键上灵活跃动。

房间的灯光很柔，他五官的轮廓也变得柔和。

颀长的上半身随着音乐轻轻律动，当乐曲到达高潮，他却越发从容地操控着琴键。琴声如泉水，从指尖倾泻而下。

少年的面容温柔而无害，眉间还有一丝化不开的忧愁，融在这画面里，让人分不清这是不是梦里才能见到的场景。

真的好像梦，因为陆盼盼感觉在这寒冬闻到了栀子花香。

那种纯净的、代表着初恋的花香，在鼻尖蔓延，钻入她的大脑、她的心脏，蔓延至她的全身上下。

陆盼盼看得入了神。

如果她在那座城市，她想她可能会控制不住地去他身边，亲眼看着、亲耳听着他弹完这一曲。

顾音却悄悄退了出来，关上了门。

陆盼盼耳边只剩隐隐约约的钢琴声。

“姐姐，你知道这首曲子叫什么吗？”

陆盼盼没说话。

“《水边的阿狄丽娜》。”顾音说，“钢琴老师说，这首曲子代表爱慕与期盼。”

陆盼盼深吸一口气，耳边顾音的声音变得忽近忽远。

顾音咯咯笑：“他好想你哦。”

顾音挂了视频，把通话记录删除，然后把手机放回原位。

顾祁再拿起手机时，什么迹象都没有。

冬天的夜格外漫长，顾祁感觉自己在琴房里待了很久很久，出来时不过九点半。

叮——

手机响了两下。

陆盼盼：看到了。

陆盼盼：坐了几个小时飞机，早点儿休息。

陆盼盼本来想就此结束话题，但是想到顾音挂视频时的那句话，她指尖顿了顿。

几秒后，陆盼盼又发了一条消息。

陆盼盼：你弹钢琴的样子很帅。

顾祁：……

这一刻，他竟然不知道自己该开心还是该暴躁。

总之，他把顾音从房间里拎出来严肃教育了一顿，又回琴房疯狂自我沉醉了两小时。

他回头一想，顾音偷拍他弹琴，让他得了陆盼盼一句夸奖，总比说他腰不好要令人能接受一点儿。

陆盼盼坐了好几个小时动车，到家时，饭厅还为她亮着一盏灯。

陆育成和苏和顺都等着她，饭桌上的菜还冒着热气。

陆盼盼简单收拾了一下就上桌吃饭，碗里的菜堆成了一座小山。

他们吃完了，爸妈也不让她洗碗，赶她去洗澡早点儿休息。

陆盼盼也只有在每次放假刚回家的时候感觉自己像个公主——陆育成这几天总是变着法儿给陆盼盼做好吃的。他是大学老师，放假了比较闲；苏和顺在研究院工作，如今也快退休了，比往些年下班早，每天都带些新鲜的鱼肉回来。

但和睦的日子过了没几天，他们又开始念叨陆盼盼的终身大事。

他们一会儿说学校里哪个教授的侄儿博士毕业了，考虑结婚，要她见见；一会儿说研究院同事的儿子留学归来，一表人才，一定不能错过。

陆盼盼嗯嗯哦哦地应付了，父母真要她安排时间去见人，她又总能找到理由拒绝。

跟父母磨，陆盼盼是在行的。

爸妈年纪大了，她也不吵，把自己用在工作上的劲头用来跟他们磨。

但是今年好像父母也越来越倔强了。

饭桌上，苏和顺没吃几口就搁了筷子。

“盼盼，明年你就二十五了，也该考虑考虑了，你要是不喜欢我们给你介绍的，那你身边有没有合适的？我寻思着你从小到大也招男生喜欢，应该有人在追你吧。”

想起顾祁，陆盼盼被呛了一下。

陆育成轻轻拍她的背：“有就有，没有就没有，多大人了还支支吾吾的。你要是有合适的，也跟我们说说，我们来把把关。我们又没说什么一定要富贵人家，主要就是看看人靠不靠谱。只要是个靠得住的人，就算没什么钱，只要你喜欢，我们也依你。”

“哪儿那么容易遇到合适的？”陆盼盼扒拉着米饭，“你们就先别操心我了，都说了明年才二十五，人家那些三十多还没嫁人的都没着急，我急什么急？我那些早早结婚的同学，现在好几个都拖着孩子闹离婚呢，有意思吗？还是慢慢找，不着急。”

话音一顿，陆盼盼心里咯噔一下，缓缓抬头，果然看见爸妈脸上都染上一层哀戚。

“爸，妈，我是说……”

“没事儿，我们不催你，你还年轻，是该好好考虑。”苏和顺拿纸巾擦了擦嘴，往房间走去。

“爸……”陆盼盼又看陆育成，“你们放心吧，我最近其实……有在好好考虑，正因为这样，所以不想在没有确定的时候跟你们说这些。”

“那就好，你自己好好考虑，我相信你是有眼光的。”陆育成又给陆盼盼盛汤，“不过你也要理解理解我们，你看你其他朋友的爸妈都还年轻，我们却老了，生怕哪天又有个意外……”

“爸！”陆盼盼打断陆育成，“说什么呢？”

陆育成放下汤碗，笑了起来：“是是是，这大过年的，不说这些，你好好吃饭。”

但他嘴角的笑意始终没有蔓延至眼里。

陆盼盼低头喝汤，不再说话。

气温又急骤下降，到了腊月二十几，陆盼盼已经被冻得不想出门了。

她在家躺了两天，刷剧、看小说、买年货，家里张灯结彩，一家人其乐融融。

只是每当他们吃饭时，气氛总有些沉寂。

连续几年的春节都是这样。别人一家团圆，陆盼盼的爸妈总是羡慕。

平平淡淡地过了除夕，陆盼盼走了几家亲戚，转眼就到了初六。

这几天的日子，怎么说呢？挺好的，她和朋友聚会，跟亲戚吃饭，和爸妈窝在沙发上看电视。

但陆盼盼总觉得哪里不得劲，思来想去，没想到原因。

直到下午，她收到了一个快递。

年前顾音找她要地址，说要给她寄新年礼物，由于速度快的快递停运，这份礼物今天才到。

陆盼盼抱着快递回家，手忙脚乱地找剪刀，一时没找到，干脆就徒手撕开胶带。

“哎哎哎！你干吗呢！”苏和顺拿着剪刀过来，却见陆盼盼已经拆开了快递。

“毛毛躁躁的……”

陆盼盼没理自己的妈，把箱子里的东西一样样地拿出来。

凤梨酥、空气巧克力、马卡龙、五颜六色的糖果。

陆盼盼把东西全都拿出来，最后还把箱子举起来朝下抖，也没别的东西。

“空了空了！”苏和顺看得好笑，“这么多零食你还不够吃，还想掏点儿东西啊？”

陆盼盼嘿嘿笑，拆开一盒空气巧克力吃了起来。

巧克力很甜，但她还是觉得差了点儿什么。

陆盼盼抱着一整盒巧克力坐到沙发上，苏和顺在一旁看电视，陆育成在厨房忙活。

电视里还在重播春晚，一派喜庆，主持人的声音和背景音乐闹腾得让人心烦。

因此手机的响动格外清晰。

叮的一声，振动还没停歇，陆盼盼已经拿起手机。

顾祁：你们那儿今晚会下雪？

陆盼盼抬头看电视，下面滚动的天气预报正显示着初雪将在今晚姗姗来迟。

陆盼盼：嗯。

顾祁：今天早上我们家就下雪了。

陆盼盼：美吗？

顾祁：一般。

陆盼盼：那你干吗问我？我还以为你喜欢雪。

顾祁：冷得要死，谁喜欢了？只有顾音疯子一样跑出去玩雪，我在想你是不是也会这样。

陆盼盼：说不定哦，毕竟我家这边三年没下雪了。

顾祁：……

顾祁：我上句话的重点是，我在想你。

陆盼盼嘴里的巧克力融化了一半，甜腻的味道好像遍布了全身。

顾祁：你有没有一点点想我啊？

顾祁：回个话啊，一点点也行。

顾祁：一点点都没有吗？

陆盼盼一口吞下巧克力，终于感觉到了充实。

陆盼盼：有。

叮咚一声，门铃响了。

苏和顺去开门，一股寒风灌进来。

陆盼盼放下手机望去，金鑫拎着大包小包的东西站在门口。

“妈。”

苏和顺点点头，没说话，领金鑫进门。

厨房里的陆育成往外瞥了一眼，又回头接着洗菜。

每年初六金鑫都来拜年，没人意外，也没人惊喜。

毕竟在金鑫进来的那一瞬间，这套房子里的气氛都变了。

陆盼盼立刻迎上去，接过金鑫手里的礼物。

“你怎么买这么多东西？去年买的那个什么菌都还没吃完。”

陆盼盼领着金鑫坐下。他局促地坐在沙发最边上，磨蹭了会儿，突然想起什么似的，从他带来的东西里拿出一个精美的木盒。

“妈，前段时间你说你眼睛不太好，我专门托人给你带了点儿铁皮石斛回来。这品种不好弄，你先吃着，完了我再托人弄。”

苏和顺犹豫了一下，还是接过这盒子：“你费心了。”

金鑫坐了会儿，又说要去厨房帮忙。陆育成剁着排骨，不咸不淡地说：“你别来添乱了，大少爷，好好坐着吧。”

金鑫讪讪地点头，坐回陆盼盼身边。

厨房里的人忙得很，客厅里那位又看着电视不说话，陆盼盼只得身先士卒来缓和气氛。

“你那个校企合作搞得有声有色的，怎么样了啊？”

金鑫说：“刚起步，什么有声有色的？慢慢来。不过你们学校那边是谈妥了，下学期开学我就给你们弄两台自动发球机，等你们拿了冠军，我再帮你们翻修一下场馆。”

陆盼盼笑：“这么好？”

金鑫：“双方共赢嘛，我这个俱乐部成形了以后还靠这些高校给我输送人才。”

陆育成端着一盆鸡汤从厨房里出来，听了会儿，没发表什么意见。

金鑫上前把鸡汤接过来，往桌上摆：“我来我来。”

不一会儿，饭桌上摆满了酒菜。

金鑫陪陆育成喝酒，他们聊天断断续续的，时不时冷场，还得靠陆盼盼来继续话题。

每当这时候陆盼盼一边强行尬聊一边心里想着您明年别来拜年了。

但是这话她肯定不能说出来。

一家人吃完晚饭，金鑫要主动去洗碗，苏和顺让他一边儿去。

“你十指不沾阳春水，可别把我家的碗摔了。”

苏和顺的语气有些重，金鑫尴尬地僵着手，不知所措。

“哎，也不早了，”陆盼盼说，“你今天是住酒店还是飞回去啊？”

“晚上的航班。”金鑫说。

“那你可得早点儿，万一路上堵呢。”

金鑫说好，收拾收拾准备出门：“爸，妈，那我先回去了啊。”

苏和顺在厨房里，开着水龙头，也不知道听没听到。陆育成在阳台摆弄花草，回头说：“路上小心。”

说完他又继续折腾他的花草。

陆盼盼送金鑫出门。两人到楼下，金鑫裹上围巾，说："你上去吧，外边冷。"

陆盼盼点点头，转身上了两层台阶，又说："今天你说的那事儿，就是翻新场馆。我问你啊，你到底是不是因为我啊？要真这样的话我觉得没必要，你搞那些也挺花钱的，放在允和这种前途未卜的球队上我也于心不忍。我是自己喜欢这一行，也愿意去琢磨，但是你自己有事业，没必要来帮我。"

金鑫夸张地睁大眼睛："嘿，白纸黑字签的合同，你以为我骗你的啊？"

"我不是那个意思。"陆盼盼叹了口气，"算了，你路上慢点儿。"

"那我走了啊。"

"等等，今晚好像要下雪，你多半飞不了，先订个酒店，有备无患吧。"

"行。"

送走金鑫，陆盼盼回到家里，饭桌都收拾干净了。

苏和顺回屋里看书，今晚多半不会再出来。

她每年这天都这样，陆盼盼习惯了，也不去打扰她。

陆育成端着碗酱豆子坐到沙发上，朝陆盼盼招手。

"妹妹，来陪老爸喝喝酒，刚刚他在这儿我都没怎么喝。"

陆盼盼不会喝白酒陆育成自然是知道的，所以叫她喝酒也只是个借口，目的是想坐一起聊会儿天。

平时老两口儿都有自己的事业，一个教书还要带项目，一个做研究，都挺忙的，不怎么提及陆盼盼的姐姐。

只有每年这个时候，陆育成总会叫陆盼盼陪他喝酒，父女俩一起怀念怀念过去。

他们聊着聊着，话题总离不开金鑫。

"你说他爱不爱你姐姐？当然爱，爱惨了，不然那会儿能因为你姐姐一句话，就上天下海什么都干吗？

“唉，年轻也真是好。他追起你姐姐来，我脸上都有光。那一车车的玫瑰花往楼下送；多热的天啊，他在单位门口一等就是一下午；一个恐高的人听你姐姐说飞行员帅，就硬是去考了私人飞行执照，吐得是脸白嘴青的。”

“嗯……”陆盼盼淡淡回应，接不上话。

毕竟金鑫追她姐姐那会儿，她才十几岁，天天在学校里，也不太清楚这些。

“可是结婚后，你看你姐姐真的过得好吗？”陆育成说，“是，他们金家是有钱，可是一个大男人不能因为家里有钱就没个事业，这人生有什么意思？

“哦，今天飞美国看 NBA（美国职业篮球联赛），明天去非洲看世界杯，赌个球能输上百万，跟别人赛马白白送出去两套房子。

“你说他对你姐姐好不好吧，也是好的，去哪儿都带上你姐姐，也从没见他有那些拈花惹草的习惯。可你姐姐都三十了，哪儿能眼睁睁看着自己的丈夫就这么成天游手好闲，你说她操心不操心？那两年我看着你姐姐成天跟他吵架，我都揪心。”

这些事情发生在陆盼盼长大后，她见过，偶尔也能接上两句，不过大多数时候还是陆育成在说。

“你姐姐出了意外，能怪金鑫吗？其实不能，谁知道意外什么时候来。可我心里就过不去这个坎儿。他要是成熟点儿、稳重点儿，或者说，你姐姐要是没嫁给他，是不是就没有后来这些事了？她是不是就……”

这些话，陆育成几乎每年都要说一遍。

与其说是在跟陆盼盼聊天，不如说他是在跟自己对话。

陆育成抬头一看时间，都快十一点了，收拾收拾情绪，让陆盼盼把桌子整理了。

“不说了不说了，人老了就爱提旧事。我喝多了，困了，你也早点儿睡吧。”

陆盼盼说好。

陆育成走到房间门口，又对陆盼盼说：“妹妹啊，我有句话一直想跟你说。”

陆盼盼回头：“嗯？”

陆育成说：“你也不要烦我们总是给你找相亲对象，我们老了，就想看着你身边有个可靠的人可以依靠。”

他顿了顿，又说：“我知道在你这个年纪说这话有点儿残忍，但是浪漫不是真实，再绚烂的恋爱也不如沉稳的呵护。”

陆盼盼点点头。

“爸，我知道了，你早点儿睡吧。”

陆盼盼去厨房洗碗，忙完已经十一点多了。

她擦了擦手，去阳台关窗户。

冬夜很安静，有的人家已经关了灯，对面的住房每层只有三四户亮着灯。

小区里的路灯早就亮了，从半空中照下，陆盼盼能看见纷纷扬扬的雪花。

真的下雪了。

陆盼盼想着顾祁。

他家那边的雪应该停了，此时他是躺在温暖的被窝里，还是坐在客厅打游戏机？

她看见楼下有个模模糊糊的人影。

那人从远处走来，她看不清身影轮廓，也分不清性别。

直到他站在路灯下，光照在他身上，陆盼盼心里一惊。

她打开窗户，踮着脚往外看，不确定自己是不是眼花了。

当他抬头时陆盼盼才确定，真的是顾祁。

她站着没有动，愣了好一会儿才想起要拿出手机确认。

手机在衣服兜里，她手忙脚乱地摸出手机，看到两分钟前顾祁给她发了消息。

顾祁：睡了没？

顾祁：没睡的话就下楼吧，我在你家楼下。

一股灼热的感觉从脚底蹿到头顶，溢满的冲动在她的胸腔里回荡。

陆盼盼回头，看见陆育成洗完澡，穿着拖鞋回房间。

他关了客厅的灯，准备睡了。

陆盼盼再往窗户外看去，只见顾祁穿着黑色外套，肩膀上落满了雪，握着手机，脚不安分地踢着路边的小石头。

她觉得这不像真的，于是再次给他发消息。

陆盼盼：你来了？现在？

顾祁：嗯。

顾祁：虽然你只有一点点想我，但足以让我连夜赶来见你。

咚咚咚。

陆盼盼听到自己心跳的声音。

爸，对不起，这绚烂的爱情实在太吸引人了。

当隔壁房间的灯熄灭时，陆盼盼已经换了一身衣服。

她穿上软绵绵的雪地靴，轻手轻脚地一步步穿过客厅，出门后把钥匙插进锁眼，轻轻合上门，这才下楼。

走到二楼，陆盼盼停下来，从窗户看了一眼，再次确认那真的是顾祁。

到现在，她还是有点儿不真实的感觉。

怎么会有人因为她有一点点想他，就冒着雪连夜赶到几百千米外的地方？

陆盼盼慢慢走下去。

路灯下，顾祁的影子被拉得变形。他斜斜地靠着路灯。

雪花在昏暗的灯光里飞舞，灯光像一层滤镜，照得顾祁越发不真实。

顾祁看见陆盼盼，抬眼笑了。

陆盼盼沉默地走到他面前，近距离打量着他。

“你怎么过来的？”

“开车。”

“你能上高速吗？”

“能啊，高考完就拿到驾照了。”

陆盼盼沉默了片刻，又问：“你开了多久啊？”

顾祁抬手看腕表：“不知道，五六个小时吧。”

陆盼盼伸手拍掉他肩膀上的雪。

“你怎么知道我家的地址？”

“顾音不是给你寄东西了吗？”

陆盼盼笑道：“是不是你让她找我要的啊？”

“不是。”顾祁说，“我不会那么拐弯抹角。”

幸好夜色够浓，否则陆盼盼的脸色变化会被他看见。

她低头理了理围巾，再抬头时，小半张脸已经藏在毛茸茸的围巾里了：

“我带你去吃个夜宵吧。”

这个时间点，大多数店铺关门了，还在营业的也只有夜宵铺。

雪下得越来越大，陆盼盼和顾祁小跑了起来。

到店里时陆盼盼喘着气，顾祁却面不改色心不跳。

陆盼盼不饿，给顾祁点了粥和小菜。

顾祁低头吃饭，陆盼盼就看着他。

陆盼盼记得前两年跟陆育成去顾祁家那边玩过，一路通畅无阻，但中间在休息站停了两三次，花了七个小时。

“喂。”陆盼盼说，“你该不会是一路没停过吧？”

顾祁喝了口粥：“有什么好停的？”

他抬头看陆盼盼，双眼在灯光下显得特别亮：“很想来见你。”

“见我了，然后呢？”

“明天回家，我妈回来了。”

陆盼盼愣了一下。

“今晚开几个小时车来，明天又开回去？”

顾祁突然勾唇笑着：“你不想我走？”

陆盼盼拿筷子轻点他的鼻梁：“我是担心你疲劳驾驶。”

顾祁又低头喝粥。

“你家里是做什么的啊？”陆盼盼说，“你妈妈为什么是明天回来？”

顾祁在喝粥，没说话。

陆盼盼看得出来，他其实真的很饿，只是吃相好，再饿也慢条斯理的。

这一大碗粥很快就见底，也没让人觉得他狼吞虎咽。

顾祁擦了嘴，说：“搞金融的呗，一年到头也看不到人。”

陆盼盼：“你爸爸呢？”

顾祁垂眸，掏出手机扫付款码。

“去世了。”

陆盼盼愣了片刻：“不好意思啊。”

“没事儿。”

陆盼盼这才反应过来顾祁在付钱，连忙按住他的手：“我请你。”

顾祁轻而易举地挣开她的手，给了钱，又觉得好笑，自言自语道：“这还是第一次有女生说要请我。”

陆盼盼故意问：“这么说你每次跟女生出去都很绅士地掏钱？”

顾祁一抬眼，把陆盼盼脸上的狡黠尽收眼底。

“送命题？”

陆盼盼摇头轻笑：“算了，不为难你。”

顾祁啧了一下，无奈地别开脸：“我要是说我身边没有女生围绕，你肯定也不会信。”

陆盼盼双手捧着下巴："嗯，那你继续说。"

顾祁："没什么好说的啊，就是女生们常常叫我去吃饭、去玩，但没有谁主动说过请客。"

陆盼盼眨了眨眼睛："合着你拒绝人家的原因就是没有主动请客？"

"啊？"顾祁一脸不可理喻，"我只是在陈述一个客观事实，你重点抓哪儿去了？"

陆盼盼乐不可支。

"再说了，"顾祁说，"我看着像那种女生一说请客我就跟人走的男人吗？"

陆盼盼抿着嘴笑，收紧了衣领，戴上围巾和衣服上的帽子。

她站起来，戳了戳顾祁的手背："走，我请你看雪。"

顾祁愣了一下，倏地站起来。

"你等等我啊。"

全世界都安静了，在欣赏这阔别三年的大雪。

路上的车也没有声音，湖水也流淌得格外平缓。

街心公园的路灯很温柔。

陆盼盼和顾祁坐在路灯下的长椅上。

其实陆盼盼不怎么看得清，即便头顶有路灯照射，她能看见的也只有眼前飘落的雪花和余光里顾祁的侧脸。

"你明天什么时候走？"

"反正赶上我妈回来吃午饭就行。"

陆盼盼一惊："那你不是早上五六点就要走？"

顾祁："差不多吧。"

陆盼盼拉他："那你赶紧去休息。"

"别急。"顾祁反把她拉着坐下，"你再看一会儿雪吧。"

他扭头看着陆盼盼："我再看会儿你。"

说完他有点儿想笑，怎么把心里话说出来了。

而陆盼盼听他这么一说，余光倒是不敢搁在他身上了。

四周越来越安静，安静到可以听见时间流淌的声音。

哦不对，是雪花落下的声音。

真的太晚了。

陆盼盼扯了扯顾祁的袖子："你真的该去休息了。订酒店了吗？"

顾祁站起来伸了个懒腰。

"行吧，我先送你回去。"

陆盼盼本来想让他先去休息，可是转念一想，这大晚上的他不可能让她自己回去，于是由他去了。

两人走到楼下，陆盼盼转身说："你几号回学校？"

顾祁："你几号回？"

陆盼盼："我在问你。"

顾祁："我还没买票，你几号回我就几号回。"

"十号。"

陆盼盼说完就转身上楼。

顾祁在楼下站着，直到那层楼亮了灯然后又灭了，他才转身离开。

心里的雀跃无处发泄，顾祁走着走着蹦了几步，顺手一拳挥到一旁的小树上，树上的雪簌簌砸下来，纷纷落在他头上，他好像一夜白了头。

顾祁到酒店时已经夜里两点了。

顾祁开了房，洗了澡，窗外的雪还在下。

他穿着单薄的衣服，也不觉得冷，就站在宽敞的阳台上看雪。

他第一次觉得，雪，原来真的挺美的。

看了没多久，顾祁闻到一股烟味。

他侧头，看见隔壁房间的大阳台上站了一个人，和他一样的姿势，靠着栏杆在看雪。

那人也侧头，看见了顾祁。

顾祁心中的雀跃还没有消散，连带着脑子也特别活跃、特别聪明。

他张口道："姐夫。"

金鑫："啊？"

陆盼盼第二天早上醒来时，手机里第一条消息就是金鑫发来的。

金鑫：爸妈啥时候又认了个儿子啊？

陆盼盼睡得迷迷糊糊。

陆盼盼：啊？

这会儿金鑫正在候机室，闲得无聊。

金鑫：昨晚有个人叫我姐夫。

陆盼盼：谁啊？

金鑫：顾祁啊，就你们球队那个！

陆盼盼：你们遇到了？

金鑫本来就是发消息逗陆盼盼的。

他跟陆家结缘这些年，想叫他姐夫的人还真不少。

见得多了，他自然也就懂得多了。

所以昨晚一看顾祁那样子，他就知道又是一个想拱他家白菜的。

陆盼盼等了好一会儿没等到金鑫回消息，又巴巴地给他发过去。

陆盼盼：你先别跟爸妈说啊。

其实金鑫只是忙着登机去了。

等他在座位上安置好，拿出手机一看，笑得眼眶发红。

昨晚顾祁一晚上没睡，就站在阳台上跟他说话，直到天亮了，才急急忙忙地找了个代驾回家。

而金鑫的后劲儿却持续到现在。

他也曾像顾祁一样，热烈地追求过心爱的人。

他虽未说出口，但心里承诺着要一辈子对她好，要做她永远的靠山。

可是还没等他长大，机会就无声无息地消失了。

球队放假回来已经是二月，下个月他们就要进入全国总决赛。

根据南方赛区积分，允和大学排名第六，在全国赛中依照贝格尔编排法，与南方赛区第二名、第四名一同分入C组。同组还有来自北方赛区的三个队伍，分别是北方赛区第一名、第三名和第五名。

由于比赛历来都是采用这样的编排法，陆盼盼不用等组委会发通知就已经知道了C组的具体学校。

庆阳大学以南方赛区第四名的成绩，也进入全国决赛C组。

而决赛第一轮比赛是小组大循环，每个学校之间都会交手。也就是说，下个月的比赛中，允和势必会遇到庆阳。

陆盼盼把这些学校单独列出来，这五支队伍里，有两支跟庆阳交过手，也就是说陆盼盼手里有两份对手的数据。

再加上庆阳，一共有三个对手是她摸得清套路的。

这让陆盼盼在面对接下来的比赛时稍微有了些底气。

但是她没想到，第二周组内抽签结果公布后，允和第二个要交手的就是庆阳。

陆盼盼拿名单给吴禄看，吴禄得知第二个要交手的队伍是庆阳，也五味杂陈。

毕竟庆阳的教练冯信怀是他的同门师弟。

两人之间的那些弯弯绕绕陆盼盼也懂，可如果吴禄真的不想赢，陆盼盼初次见他时他也不会是那样一副失意模样了。

说到底，现在他心里五味杂陈，还是因为允和跟庆阳的实力相差太远。

陆盼盼给他打气，也给自己打气："放心啊，咱们今年拿到南方赛区第六名，多厉害啊，赢庆阳的机会有一半呢。"

"唉，我不是担心这个，我就是觉得这些名单上的队伍都挺强的。"

“当然强啊，人家都是各个赛区前六名呢。”

“是啊，所以我这不是……”

“但我们也是前六名啊！”

吴禄笑了笑，又问：“要跟自己以前的球队站到同一个赛场上比赛，你怵不怵啊？”

陆盼盼耸肩：“有什么好怵的？反正也不是我自己上场打比赛。”

陆盼盼逗乐了吴禄，两人都放松了许多，回头一看，却是狼藉一片。

十几个队员几乎全倒在地上了。

这一切都在陆盼盼的意料之中。

她跟吴禄相视一笑，无奈地走过去。

金鑫是个说到做到的人，两台自动发球机在球队归校第一天就搬来了。

当时，球员们看见两台崭新的发球机，一个个都兴奋得不得了，上摸摸下搞搞。

排球馆原来有两台老式发球机，因为年代久远，性能不行了，吴禄早就不用了。

而金鑫送来的是最新款的自动发球机，不仅容量大，还能根据不同的要求调整发球模式，简单又高效。

那时候陆盼盼在一旁看着大家兴奋的样子，无限感慨。

他们还是太天真，不知道这种全自动高效发球机代表着什么。

现在你们觉得它高效，以后你们痛恨它高效。

这不？才刚用上几天，他们就一个个恨不得搬走这两台发球机了。

以前吴禄没用发球机训练的时候，像扣杀球这种专项训练一人一天两百个就顶天了，毕竟你扣一次对方也得发一次，还要来来回回捡球。

但现在有了这么高效的发球机，人只要往那儿一站，球就噗噗噗地发出来，球员根本没有休息时间。

吴禄理所当然地把这种日常训练的基数加倍。

肖泽凯第一个倒下，呈“大”字形瘫在地上。

“禄禄，不行了，我真的不行了，手都抬不起来了。”

沈周初躺在肖泽凯旁边，球衣湿透，脸上全是汗。

“禄禄，我们还是两百个扣杀球吧，四百个真的不行，不如杀了我。”

有肖泽凯和沈周初带头，其他人也跟着嚷嚷起来了。

他们个个身上都有各种因为训练带来的外伤，虽然不至于影响运动，但是面临这种强度的训练，实在太难受了。

陆盼盼也相信，他们说的手臂都快抬不起来不是夸张。

陆盼盼没说话，扫视众人。

她的目光最后还是落在顾祁身上。

顾祁在最后一排席地而坐，屈着一条腿，手臂搭在上面，垂头喘气；汗水顺着他的脸颊往脖子流，跟淋过雨似的。

陆盼盼知道他也很累了。

虽然他爆发力强、耐力好，但是终究不是体育生。

陆盼盼绕过人群朝他走过去，经过单旭阳时突然蹲下，问坐在地上的单旭阳：“你还好吗？”

单旭阳也大喘着气，汗如雨下。

他平时话少稳重，又特别勤奋能吃苦，从不叫苦叫累。所以陆盼盼考虑着，如果单旭阳都觉得超出负荷的话，她就跟吴禄商量一下减轻一些训练量。

单旭阳抹脸，抬头道：“我觉得还行。”

“真的？”陆盼盼说，“你不用逞强，要是觉得太累的话，吴教练会酌情考虑减轻训练量的。”

单旭阳摇头：“我没逞强，真的还行。”

他直直地看着陆盼盼，严肃认真。

“好，那你歇一会儿。”

陆盼盼继续朝前走，就快到顾祁身边时，突然绕了一下，站到他后面。

陆盼盼弯下腰，戳了戳顾祁的肩膀："歇菜了？"

顾祁没回头，也没说话。

陆盼盼歪头去看他，刚瞥到他鼻梁时，他突然转过来，鼻尖擦过陆盼盼的鼻尖。

她猝不及防地与他近距离接触。连他灼热的呼吸都拂在她的脸颊上。

陆盼盼倏地往回缩，还看见顾祁笑得一副得逞的模样。

他是故意的。

"我在问你话。"陆盼盼换上严肃的表情，"这种强度还行吗？"

陆盼盼以为顾祁会跟单旭阳一样，说自己没问题，没想到他却直直地仰起头，一脸坦然地说："不行，太累了。"

这倒让陆盼盼不知道怎么接话了。

在她的印象里，顾祁跟单旭阳还不一样：单旭阳觉得苦、觉得累，会表现出来，但是从来不抱怨；而顾祁好像什么都无所谓似的，叫他加训就加训，甚至让人感受不到训练完的他其实也挺累的。

所以当顾祁这么坦诚地说自己很累时，陆盼盼蹲下来，眉毛都拧在了一起。

之前的日常训练量要求低，陆盼盼想着允和的基础要差一些，才跟吴禄商量好在决赛前提高训练量。

现在可怎么办才好？

陆盼盼正愁着呢，顾祁突然站起来，手臂前后摆动，放松肌肉。

"不过你放心，说了要给你拿个冠军回来。"顾祁低头看着陆盼盼，"我说到做到。"

吴禄已经被磨得没脾气了。

他本来就是个心肠软的人，这会儿看自己的学生一个个累得跟死狗一样，就回想起自己在体校的时候。

太累了，他自己都坚持不下去。

就在吴禄一口气提不上来要松口时，另一头传来响声。

他回头，看见顾祁跟单旭阳一个在四号立一个在六号位，已然开始接着练习后排进攻。

别人也看见了。

肖泽凯大吼一声，在地上挣扎："他们两个是魔鬼吗？是魔鬼吗？"

霍豆就快哭出来了，扑在肖泽凯身上："遇到这样的队友，日子真的没法儿过了，呜呜呜！"

吴禄见状，心一横，一脚踹在霍豆的屁股上。

"起来！你们看看人家顾祁，不是体育生都比你们能坚持！"吴禄又看罗维，"罗队长，你还赖着不起来呢？"

罗维欲哭无泪，起身的时候顺道把肖泽凯也揪了起来："走啊！给我继续啊！"

霍豆坐在地上，抓自己的头发："禄禄，我们分到C组了，要打的是北方赛区第一名、第三名和第五名。他们太可怕了，光身高就够够的了，你说我们现在临时抱佛脚还有用吗？"

霍豆说的话也是在场其他人的心里话。

进入全国二十四强固然值得高兴，但是分组原因，他们在第一轮小组内大循环要面临的对手是南方赛区第二名和第四名以及北方赛区尖子生。

他们比赛经验不多，压力太大了。

吴禄用力吹哨子催坐在地上的人赶紧起来："抱佛脚总比不抱好！"

吴禄二话不说，宣布训练继续。瘫在地上的人陆陆续续地被罗维弄到网前，分成两队，继续练习。

两队人有序地进行攻击训练，每人击出三个球就快速绕到队伍后面排队。除了个别人还能保持状态，剩下的人连过网都勉强，而且不仅是体力上的勉强。

陆盼盼站在他们身后，大声说道："各位加油啊！"

她的声音在球场里回荡："你们是运动员，你们的存在就是为了征服自己。别人可以享受安乐，但你们天生就是要风雨兼程、翻山越岭。全国有一百多个球队踏上赛场，每一个队伍都想赢，但只有二十四个走到今天。而我们刚好走到二十四强，只有不到二十四分之一的可能夺冠，这在概率学里被称为小概率事件。联赛里的每个队伍都在争取这个小概率事件的发生。竞技体育永远都在争取小概率事件，运动员的一生都在争取小概率事件。你们只有尝过成为万里挑一的天之骄子的感觉，才会真正体验到竞技体育的乐趣。"

排着队的人都回头看陆盼盼。

"所以不要气馁好吗？"陆盼盼说。

大家停下来，喘着气看向陆盼盼，一时不知道该怎么回答。

陆盼盼看向顾祁，笑着说："我们的大主攻，有信心吗？"

顾祁轻笑："答案我早就告诉你了。"

陆盼盼愣了一下才反应过来他的意思——就算只有百分之五的希望，我也不会放弃。

这种有征服欲的男人真的太吸引人了。

陆盼盼感觉心里最后一根弦已经堪堪欲断，想扑进这个男人怀里去近距离感受他那颗灼烫的心。

心里浪潮翻涌，陆盼盼的眼神也做不到波澜不惊。

她迎上顾祁炽热的目光，说道："我相信你，并且很期待。"

当训练再次步入正轨，陆盼盼和吴禄头疼的事情又来了。

联赛全国决赛在江城举行，第一轮小组循环赛就要打一周，紧接着十二进八又是一周，之后是八进四、半决赛、总决赛，如果真的有希望走到最后一步的话，三月到五月他们基本都待在外地了。

其他人倒是没什么，都是体育生，要出去比赛学校自然没有意见。但是顾祁不是体育生，他平时的课程也并不少。

去年在分赛区打比赛的时候，时间宽松，任务也没那么艰巨，顾祁完全能两边顾上。

但是到了全国决赛，他空间和时间上都故不到兼顾。

吴禄的意思是，当然希望顾祁能够每场都上，但如果他本人更看重学业，吴禄也就不勉强他。

这事儿吴禄交给陆盼盼去办。

不过陆盼盼心里其实也没底。

稍微了解顾祁的人都知道，他本身学习成绩拔尖，在允和的王牌专业里备受老师青睐，加上本身家庭背景就和金融相关，可以预见前途一片光明。

而他在竞技场上，虽然也表现亮眼，但是竞技体育这种东西，谁都不敢保证未来。

它有太多的偶然、意外与不可抗力，每一个选择这条路的人，都在用青春和汗水博一个小概率事件。

“看他吧。”吴禄说，“其实我知道，如果他不去决赛，我们大概就止步全国二十四强了。但他……”

吴禄话没说完，手机突然响了起来，是一个陌生号码来电。

吴禄接了，陆盼盼就听见他“嗯嗯”“好的”说了几句，然后挂掉。

“金融系的刘赖文老师给我打电话……”吴禄满脸疑惑，“叫我们去一趟他的办公室。”

“金融系吗？”陆盼盼说，“是不是跟顾祁有关？”

吴禄：“他没说，我们先去看看吧。”

吴禄带着陆盼盼去了财经学院的办公楼。

金融系辅导员的办公室在顶楼，没有电梯，吴禄爬上去时累得就差伸出舌头喘气了。

他们找到刘赖文的办公室，推开门时，就见顾祁坐在刘赖文对面的沙发上。

一师一生安静地坐着，顾祁淡定得很，刘赖文也不说话，但两人之间就是莫名地有一股较劲的气氛。

刘赖文看到吴禄过来，勉强热情地招呼他坐。

刘赖文不认识陆盼盼，递去一个眼神："这位就是咱们学校的球队经理？"

吴禄点头道："嗯对，她就是陆经理。"

顾祁看到陆盼盼进来，立刻坐直了。

陆盼盼站到他身边，低声问："怎么了？"

顾祁抬抬下巴，那边刘赖文已经跟吴禄说起来了。

"吴教练，是这样，因为你们的联赛顾祁来找我请假，"刘赖文尽量克制自己的情绪，竖起两根手指，"两个月。"

陆盼盼和吴禄都看向顾祁。

他们刚刚还为这件事发愁，没想到顾祁却先斩后奏，已经来请假了。

刘赖文："吴教练，陆经理，我个人是非常赞同并且支持学生多多参加体育活动的，不过顾祁身为学生，还是要分清主次，当下学习才是最主要的任务。为了业余爱好去请两个月的假，这合适吗？"

顾祁低声嘀咕："合适。"

刘赖文一记眼刀飞来，陆盼盼也瞪了顾祁一眼。顾祁撇撇嘴，起身往饮水机走去。

看他这样子，想必平时跟辅导员是很熟的，那形势看起来也没有那么严峻。

而且从刘赖文的措辞来看，他说的是"这合适吗"而不是"这可能吗"，说明这种事情有前例，并不是完全不可行。

吴禄对刘赖文说："刚刚我就跟陆经理在讨论这件事来着……"

"你们是怎么想的？"刘赖文说，"你们应该也知道，他是正儿八经的金融系学生，不是体育学院的学生吧？"

他的言下之意就是：这是我们学院的人，你们没有权力决定他的学业安排。

吴禄伸手拨刘赖文桌上的地球仪："我们决定尊重顾祁的想法。"

刘赖文："什么？"

吴禄看向顾祁："你是什么想法？刘老师也说了，你不是我们体育学院的学生，所以你要不要去参加决赛？你要是想留在学校，我们也不勉强。"

"教练，我都来请假了，你说我想不想去决赛？"顾祁倒了一杯热水，递给陆盼盼。

陆盼盼没想到顾祁就这么当别人不存在似的给她倒水，搞得跟在自己家似的。

陆盼盼接过水，低头捧着喝，没去看别人的眼神。

其实吴禄和刘赖文的注意力都不在她身上，也没觉得顾祁这个动作有什么奇怪的地方。

刘赖文心里已经火冒三丈，但带了这么多届学生，克制情绪还是没问题的。他依然平静地问顾祁："你这么想去打排球，当初为什么不报考体育学院呢？"

他这话是有一点儿讽刺意味的。

陆盼盼和吴禄却是真心疑惑。

一个在球场上极具攻击力也极有胜负欲的男生，在本身能力也很出众的情况下，简直就是天生的运动员，所以即便其文化成绩很好，也更可能选择体育专业。

毕竟对这种男生来说，在竞技场上的征服感会强过学习书本知识。

顾祁勾勾唇，笑道："谁能预料到生活中会遇到什么人，发生什么事呢？"

吴禄听了这话，满脑子哲学思想。刘赖文更是怔住，没想到这人说话这么绕弯。

陆盼盼看了他一眼，放下水杯，面朝他说道："这不是闹着玩儿，你不要因为其他因素做决定，要想清楚了。”

刘赖文接着陆盼盼的话说：“是啊，你之前不是说过你还要拿硕士学位吗？”

“两者冲突吗？”顾祁站起来，走到刘赖文面前，“刘老师，我跟你保证这学期考年级第一行吗？”

刘赖文一愣：“啊？”

顾祁重复道：“期末考试我拿第一，你让我去参加比赛。”

刘赖文开始考虑这件事的可行性。顾祁又说：“刘老师，刚上大学那会儿您就说过，希望我们在大学去做自己想做的事情，去追求自己想追求的梦想，去完成以前没有完成的心愿，您没忘吧？”

刘赖文喃喃道：“没忘啊，我……”

顾祁：“那我们做这个交易可以吗？”

刘赖文想了想，终是妥协：“这事儿我说了不算，我要跟年级主任商量，然后再给学院打报告。”

顾祁笑道：“那我等您的好消息。”

等顾祁一行人出了办公室，刘赖文给年级主任打了个电话，把这事说了一通。

年级主任问他怎么想的，刘赖文说：“顾祁说做个交易，让他去比赛，他保证期末考年级第一，我觉得可行。”

年级主任沉默片刻，说道：“他不是一直都是年级第一吗？你这做的是什么交易？”

刘赖文：“……”

吴禄带着陆盼盼和顾祁走出办公大楼，心情特好，走路都飘飘然。

初春的梅花还开着，路边的玉兰已经有一些迫不及待地绽放了。

陆盼盼和顾祁走得慢一些，渐渐跟吴禄拉开了距离。

“你今天怎么不提前跟我说一声？”陆盼盼问，“这种事情你直接就去请假，万一辅导员不同意怎么办？”

顾祁说：“其实刘老师是个很通情达理的人。大一那会儿，我奶奶突然想出国旅行，要去玩一个月，我就直接跟刘老师说我要陪我奶奶出去玩，他也准假了。”

顾祁顿了顿，笑道：“虽然在我走之前他每天在我耳边念叨，耳朵都快起茧子了。”

陆盼盼无奈地说：“你还是没听懂我的意思。我是说，以后遇到这种事情，你能不能先跟我商量一下？”

顾祁停下脚步，好像没听懂陆盼盼的话似的。

陆盼盼说：“只要是合情合理的事情，我肯定会支持你，但是你下次不能这样先斩后奏了，毕竟这不是你一个人的事。”

“是吗？”顾祁问，“只要是合情合理的事情，你都会支持我？”

“嗯？”陆盼盼不解地抬头看他。

这话有什么问题吗？他理解不了吗？

顾祁却舔着嘴角笑，用极其严肃的语气说：“那我现在很想亲你，合情合理吗？你支持吗？”

陆盼盼一脚往他的鞋上踩去，顾祁连退了两步。

吴禄回头问道：“你俩干吗呢？”

陆盼盼瞪了顾祁一眼，朝吴禄走去。

顾祁皱着眉，懊恼地叹气，快步追上他们。

三个人回到排球馆，球队成员正在自觉地练习。

虽然还是有人对目前的训练强度叫苦不迭，但在折磨中也渐渐适应了这个节奏。

顾祁归队，吴禄去训练他们，陆盼盼拿着训练记录本，搬了个小板凳坐在后面看他们打对抗赛。

突然，身后储物柜里有铃声响起来，陆盼盼循着声音，打开柜子，发现是顾祁的手机在响。

陆盼盼朝球场喊："顾祁，有人找你！"

顾祁正打得起劲，跟陆盼盼挥挥手，人没过来，意思是不接。

陆盼盼也没再管，铃声自动停了，几秒后又打了过来。

陆盼盼这次把手机拿出来看了一眼，来电显示"阿音"。

"顾祁！你妹妹找你！"陆盼盼拿手机朝他晃手臂。

顾祁停下来，喘着气，说道："那你接吧。"

说完他又接着打球。

陆盼盼看着手机，嘀咕道："你妹妹找你，我为什么要接……"

说是这么说，陆盼盼还是按下了接听键，那头的声音立刻传了过来。

"哥哥！哥哥……哥哥你快回来……哥哥……奶奶被车撞了，她要走了……你快回来啊……"

电话一接通顾音就泣不成声。陆盼盼心惊，接不上话，但顾音传达的信息已经够明确了，片刻之间陆盼盼就知道发生了什么。

她转身看向球场，一个球朝顾祁扣过去，他本来已经挥臂准备接，却突然恍了一下神，球落地，他也朝陆盼盼看过来。

陆盼盼相信亲人之间是有某种心灵感应的，就像现在的顾祁和顾音，他遥遥看着陆盼盼，突然冲了过来，拿过手机。

他听电话的时候一言不发，只在挂电话前说了一句"别怕，哥哥马上就回来"。

顾祁转身，手臂止不住地颤抖，却还是平静地对陆盼盼说："我要回家一趟。"

"好，你现在回去拿身份证，我给你订最近的机票。"

顾祁跑出去了。

训练的人都停下来，不明所以地看着顾祁飞速离开的背影。

吴禄走过来问："发生什么了？"

陆盼盼说："听她妹妹的语气，应该是奶奶出事了。他现在要回去，我帮他订最近的机票。"

陆盼盼一边说，一边打开订票软件。

吴禄看着门口，揪心地叹气："要不你陪他一起回去？他这样子，我担心路上出什么状况。"

陆盼盼愣了一下，说好。

回顾祁家时间最近的航班是下午三点，除此之外只有晚上的航班。

陆盼盼随身携带身份证，当顾祁拿到身份证，两人就立刻打车前往机场。

陆盼盼一次次地催司机快点儿。

司机已经在能力范围内开到最快，但到机场也要一个小时。

顾祁什么行李都没带，坐在出租车上，拳头抵着嘴巴，看着窗外。

但他放在膝上的右手止不住地颤抖。

陆盼盼拍了拍他的手："别怕，别怕。"

顾祁侧头看着陆盼盼，手心一阵阵地出汗。

"我是奶奶养大的。"顾祁只说了这么一句，几乎是从嗓子里憋出的话。

他再说下去，情绪会在这车水马龙的马路上崩溃。

即使到了机场，陆盼盼也是被顾祁拉着冲进安检口的。

面前排了长龙，他没办法安静地站着，甚至想穿过人群插队到第一个去。

可是理智告诉他，飞机只能在那个时候起飞，他插队也没用。

他们排队的时候，顾祁的妈妈打电话来了。

顾祁按下接听键。

"妈……妈……"

"回来了吗？"

"在机场了，三点的飞机。"

对面的人沉吟片刻，已经过了最焦急的时刻，声音反而显得沉静。

“你奶奶今天想出门买毛线，在十字路口等绿灯的时候出的意外。”

顾祁胸口剧烈起伏，眼眶倏地红了。

“现在还在抢救，但是……你快回来吧，或许能见到最后一面。”

顾祁没说话，对面的人久久没能等到回应，又说：“儿子，意外谁都不能预料，你抓紧时间吧，妈妈……”

那边的人再次哽咽。

在她忙乱地挂电话之前，顾祁隐约听到医生的话：

“希望渺茫，请家属做好心理准备。”

顾祁转身背对着陆盼盼，肩膀久久不止地战栗。

“顾祁……”

“我没事儿。”顾祁依然背对着陆盼盼，说道，“医生还在抢救，还有希望……”

他说着说着蹲了下来，把头埋进膝盖。

“我就是很后悔，我为什么要来这么远的地方读书？我为什么不在家上学？我放假为什么不在家里多待几天……”

陆盼盼鼻尖一酸，两行泪毫无预兆地流下来。

并非对顾祁有多深的感情，只是她想到了自己也曾这样猝不及防地失去最亲密的家人，说晴天霹雳太过肤浅。没有感受过这种椎心之痛的人，无法体会五脏六腑突然被砸得稀巴烂，却还要挤在一起勉强维持功能的滋味。连呼吸都仅仅靠着身体的本能，全身的细胞都在一阵阵地抽疼。

陆盼盼用袖子胡乱地擦了眼泪，拉着顾祁站起来。

“走吧，该过安检了。”

顾祁到了候机厅，还有二十分钟才到登机时间，他没有坐下，站在检票口等着。

检票开始的那一刻，他第一个走进甬道，陆盼盼跟在他身后。

空姐站在机舱口，满脸笑容，正准备对第一位客人表示欢迎，看到来人赤红的眼睛，一时竟不知道如何开口。

顾祁就这么走了进去，找到自己的位置坐下。

他忘了系安全带，陆盼盼伸手去帮他，却被他一把按住手背。

“会没事的吧？”

陆盼盼反握住他的手，第一次感觉到这个永远浑身充满力量的少年手心冰冷。

“会好的。”

客人陆陆续续地上来了，机舱渐渐变得嘈杂。

一个女人坐到陆盼盼身边，打开小桌板，放上电脑，戴上耳机开始说话。

“你们都给我稳住甲方！我正在修改方案，五点半下飞机就赶过来！他们八点走是吧？没问题！你们都给我稳住了！我来亲自跟他们谈！

“什么？没有可是！必须稳住！这个项目必须拿下来，我们部门业绩已经烂成这样了，要是这个项目也搞丢了，我们全组都得收拾东西走人！

“你们就算跟去动车站也行，反正先继续磨他们，不能就这么算了，一旦他们回总公司，那边的投标就趁机而入了。别担心，就按我说的做！只要我到了，我一定有办法拿下这个项目！

“就按我说的做！老板已经下死命令了，这个项目拿不下我们全都要滚蛋！全都给我打起十二分的精神！”

女人的声音尖细，在密闭的环境里显得聒噪，前排正在哄孩子睡觉的妈妈扭过头不满地说：“你能不能小声点儿？嚷嚷什么呢。”

女人不耐烦地瞥前排一眼，继续跟手机里的人嚷嚷。

前排妈妈气不过，阴阳怪气地指桑骂槐。

陆盼盼揉了揉额角。

这样嘈杂的环境，越发显得顾祁安静，安静得让她心疼。

顾祁一直看着窗外，眉心紧紧皱着。

到现在，他的呼吸依然不是很平稳。

空乘在过道来回穿梭，距离起飞的时间越来越近，机舱也渐渐安静了下来。

突然，过道里的所有空乘互相低语几句，然后全部往机舱口集结。

陆盼盼前后的人都在念叨，感觉有什么事情发生。

而身旁的女人完全注意不到这些，还在电话里跟同事强调一定要拖住甲方，等她落地。

陆盼盼抬头张望，眼看着快起飞了，机舱门还没关闭，心里莫名地有一种不好的预感。

顾祁烦躁地关上遮阳板，说道："怎么还不起飞？"

"别着急。"陆盼盼心里也在默默祈祷，"快了，马上就要起飞了。"

这时，一个乘务长装扮的女人走进来，朝机舱里的乘客鞠躬。

所有人都觉得似乎有事情发生，全都看向乘务长，连陆盼盼身旁那个正在进行线上会议的女人也按了静音键。

乘务长起身看向机舱，说道："各位乘客，我们机组刚刚接到通知，三位心外科医生刚刚在医院获取了一颗心脏移植供体，现在急需送往杭州，一位八岁的心脏病男孩儿正躺在手术台上等待这颗心脏。现在移植供心冷却血只剩不到四个小时。本次航班起飞时间最近，距离杭州不远，如果各位乘客愿意牺牲宝贵的时间，为这颗移植心脏争取时间，我们就临时改变航线，给这颗心脏开启绿色通道。"

乘务长话音一落，整个机舱里的乘客议论纷纷。

陆盼盼第一时间看向顾祁：他的目光凝滞在乘务长身上，嘴巴半张着，呼吸似乎都停住了。

"顾祁……"陆盼盼想说话，又听到前方乘务长开口："医生们已经进入候机厅，一分一秒都无法耽误，尊敬的乘客们，我们不强求不强迫，尊重每个人的意见。还剩三分钟，如果你愿意牺牲这一段时间，请按亮座位左侧的服务灯。”

乘务长说完，再一次深深鞠躬。

“救人一命胜造七级浮屠，本次航班如果能到杭州，挽救的是一个家庭。”

机舱完全安静了下来。

陆盼盼身旁的女人突然用力合上电脑，靠着椅背，揉着眉心，另一只手用力按亮了服务灯。

这时候其他人似乎才反应过来到底发生了什么事。

陆盼盼转头，看着眼前眼白布满红血丝、额角的青筋都在抖动的少年。

他缓缓伸手。

那双修长有力的手，在球场上风光无限的手，正在战栗。

就在他触碰到服务灯时，陆盼盼难以抑制地从喉咙里发出一声低唤：“顾祁……”

顾祁抬眼，看着陆盼盼，几乎用尽所有力气笑了笑，然后按下了那个小小的按钮。

陆盼盼感觉自己的脑子在那一刻炸开了，心里有什么东西奔泻而下，在身体里翻江倒海，化作一股想紧紧抱着他的冲动。

顾祁却在这时候转过头，再次盯着窗外。

陆盼盼按下身旁的服务灯，然后伸出双手去握住顾祁的手。

在半个小时前，她还认为自己深有同感。可是现在看来，她所承受的痛苦和心理折磨远远小于顾祁。

她不知道能说什么，只能紧紧握着他的手。

她不知道如果是自己，会怎么选择。

她甚至都不敢去把这种想象加在自己身上。

“多大的事儿，不就是耽误两三个小时嘛，走走走。”

“去就去呗，什么事情也没有救命来得重要啊。”

“医生呢？快叫他们上来吧。”

机舱里的人都发声了。

乘务长的双眼立刻亮了，她激动又感动地再次鞠躬：“谢谢各位乘客的谅解，我谨代表患者和医生感谢大家！”

她说完，立刻跑到舱门口。

不到两分钟，三个拖着精密箱子的男人上来了。

他们样貌平平，都戴着眼镜，从机舱口到座位的一段路上连连鞠躬道谢。

有好奇的人目光跟着这几个医生移动，看到他们坐下来才转回头。

空乘们再次出来进行安全提示。

五分钟后，飞机起飞了。

顾祁一直看着窗外，一言不发。

陆盼盼看不到他的表情，只感觉到他手上的力道很大，握得她有些疼。

直到飞机进入平流层，顾祁突然解开安全带，说要去上厕所。

陆盼盼身旁的女人面无表情地起身让道，顾祁出去后，她重重地坐回去，闭着眼睛睡觉。

陆盼盼在座位上等了很久。

她一次又一次地看时间，顾祁一直没出来。

一个男人去了卫生间几趟都有人，找空姐解决。空姐去卫生间敲了门，也只能无奈地跟男乘客摇头。

陆盼盼坐不下去了。

她走到卫生间门口，轻轻敲门。

“顾祁，你还好吗？

“顾祁？

“飞机快降落了，你必须出来了。”

话毕，卫生间的门突然被打开。

陆盼盼还没看清眼前发生了什么，就被顾祁大力拉进怀抱。

顾祁紧紧抱着她，头埋在她身后，什么也没说，她却能切身地感觉到他胸膛的起伏和逐渐平稳的呼吸。

陆盼盼伸手抱住顾祁，拍了拍他的背，然后摸着他的头发，轻声道："都会好的。"

她知道，顾祁在开门的那一刻抱住她，只是不想她看见他哭。

陆盼盼就当作不知道，当作没感觉到他颤抖的肩膀，当作没感觉到脖子上的热流。

"都会好的。"

飞机降落在杭州机场，还没停稳，三个医生就解开安全带迫不及待地想出去。

空姐叫他们先等飞机停稳，那三个医生按捺不住，连连跟飞机上的人道谢。

等到飞机停稳，他们拖着箱子，一秒也不耽搁，头也不回地跑了出去。

空乘们开始陆陆续续给飞机上的乘客发食物，让大家休整片刻，等待下一趟飞行。

陆盼盼身旁的女人睁开眼睛，往窗外看去，见那三个医生正在上摆渡车。

"唉，小家伙，活下去啊，你阿姨我可是为你丢了饭碗。"

她深吸一口气，拿出手机发语音：

"散了散了，赶不上了，我一会儿下飞机直接去酒店睡觉。"

说完，她戴上眼罩，继续睡觉。

飞机里闹闹嚷嚷的，前排的小孩又哭了起来。有人拆开零食，空气里弥漫着各种味道。

顾祁开了手机，一下子弹出十几个未接电话和几十条未读短信。

他看了眼，没拨回去，也没看信息，直接关机。

陆盼盼看到他这个动作，心底一颤，浑身酸软无力。

半个小时后，飞机再度起飞。

这一次，顾祁虽然还是安静地看着窗外，陆盼盼却能感觉到他的情绪平复了许多。但他越是平静，越是让人心疼。

他一定是感应到了什么，才不打电话，不看消息，只静静地等待着飞机落地。

又是两个小时的飞行，飞机终于落地。

顾祁和陆盼盼一下摆渡车就往出口跑去，顾祁妈妈安排好的司机已经在外面等着了。

当顾祁坐上车、扣上安全带的那一刻，直接闭上了眼睛。

陆盼盼坐在他身旁，感觉浑身的力气好像都在这几个小时的飞行里散尽。

她已经很久没有这种精力耗尽的感觉，也从未因为一个男人这么揪心过。

路上，三个人都没有说话。

司机是个憨厚的胖大叔，一言不发，一路踩油门，在半个小时内飙到了医院。

顾祁用尽全力克制住的情绪，在他看到医院大楼的那一刻再次崩溃。

他咬着牙跑进去，好几次差点儿撞到人，总算在电梯关闭前一秒按住了电梯门。

幸好陆盼盼平时有运动的习惯，堪堪地跟了上去。

电梯缓缓上升。

电梯到达四楼的时候，门打开了，站在最前面的顾祁却没有出去，后面的人绕过他走出去。

陆盼盼就站在顾祁身旁，想了想，什么都没说。

“其实我有感觉了，但我还是很害怕。”顾祁看着前方亮堂的走廊。

“去吧。”陆盼盼说，“你的妈妈和妹妹都在等你。”

顾祁还是站着没动：“我一直跟着奶奶，直到高中毕业奶奶身体不好了才搬回乡下生活。”

陆盼盼点头：“嗯。”

顾祁张了张嘴，还想说什么，却只是叹了一口气，往前走去。

他们根据指示牌，拐过一个弯，就看见坐在楼梯口、头埋在膝盖上的顾音。

顾音听到脚步声，抬起头来，一张小脸上全是泪。

她鼻头通红，声音沙哑，说话也没有什么力气：

“哥哥，你怎么才来啊？奶奶已经走了……一个小时前，她走了……”

陆盼盼坐在走廊的椅子上，顾音挨着她坐，头靠着她的肩膀。

哭了半天，小姑娘累了，快睡过去了，而她的妈妈和哥哥还在病房里。

从陆盼盼进入医院到现在，顾祁的妈妈就没有出过那间病房。

顾祁进去后也没有再出来。

陆盼盼给吴禄打了电话，说了这边的情况，顺便还让吴禄帮忙给顾祁请个假。

他现在这样，估计没记起要跟学院请假这回事。

吴禄打电话给刘赖文请假了，刘赖文也很惊讶，怎么上午还好好的，下午就发生了这种事。

于是他忘了自己本来要给顾祁的家长打电话说顾祁请假两个月这件事。

大约一个小时过去，顾祁和他妈妈出来了。

和陆盼盼想象的不一样，他的妈妈头发松散地搭在脑后，面容清瘦，不太有精神，高挑的身影在白色灯光下显得瘦弱不堪。

程云惠看到陆盼盼，不解地说：“您是？”

陆盼盼想起身，可顾音靠着她睡着了，她一时没法儿推开，就听见顾祁说：“她叫陆盼盼，是她陪我回来的。”

陆盼盼不知道顾祁这话到底有什么特别的，但程云惠听了眼里顿时充满了好奇，忍不住打量陆盼盼。

但她也只是说：“谢谢您。”

这时，顾音醒了，迷糊地看着顾祁和程云惠。

“阿音，先回家吧。”顾祁说。

“我不。”顾音揉眼睛，“我要留在这儿。”

顾祁半蹲下来，声音无力：“你留在这里帮不上什么忙，奶奶的……后事我和妈妈来处理就行了，你回去休息吧。”

顾祁又看向陆盼盼，声音越发柔和：“你跟阿音回我家休息好不好？我今晚跟我妈有很多事。”

陆盼盼点头：“好。”

顾祁站起来，回头对程云惠说：“妈，我送她们出去。”

程云惠将目光再次扫过陆盼盼，随后点头：“路上慢点儿。”

顾祁带着陆盼盼和顾音下楼。

天已经完全黑了，三人站在医院门口等着司机把车开过来。

面前是车水马龙的马路，汽车飞快驶过，一切看起来都是生机勃勃的样子。

顾祁静静地站着，虽然整个人平和了下来，但眼里还是有散不去的悲痛。

陆盼盼抬头看他：“接下来就要处理后事了吗？”

顾祁点头。

陆盼盼张嘴，还想继续说话，顾祁又说：“不用担心我，家里就我一个男人，我再怎么难受也得把奶奶的后事处理好。”

又是这种感觉，陆盼盼感觉自己的心又酸又涩。

明明失去亲人的不是她。

“今天辛苦你了。”顾祁说，“家里有干净的客房，让阿音帮你收拾一下。”

司机把车开来了，就停在他们面前。

顾祁说：“回去吧，早点儿休息。”

陆盼盼长叹一口气，伸手帮他把外套的拉链拉上。

也不知道是不是他在病房待了太久，陆盼盼感觉顾祁的衣服上有一股药水的味道，太清冷，太萧瑟。

这种味道像一个玻璃罩，把顾祁罩在一个没有空气的地方，迫使他不得不压抑住心里的难过，打起精神处理后事。

他才二十岁。

陆盼盼的姐姐是四年前去世的。

那时候陆盼盼也才二十岁，她还有爸妈、有姐夫，都觉得天塌了。

她现在根本无法切身地体会顾祁的感受。

陆盼盼没把手放下，顺势抱住了他。

“别怕，你还有妈妈，还有妹妹。”她又收紧了手臂，脸颊在他胸前蹭了蹭，“你还有我。”